www.tredition.de

AF185696

www.tredition.de

Verlag und Druck:
tredition GmbH, Halenreie 40-44, 22359 Hamburg

ISBN
Paperback: 978-3-347-34340-5
Hardcover: 978-3-347-34341-2
e-Book: 978-3-347-34342-9

Barbara Schmitt-Englert studierte Sinologie und Politische Wissenschaften Südostasiens in Heidelberg und Shanghai, war Mitbegründerin des Ostasieninstituts der Hochschule Ludwigshafen und dort mehr als zwei Jahrzehnte tätig. Sie lebt in Rheinland-Pfalz.

Bisherige Veröffentlichungen der Autorin:

Deutsche in China zwischen 1920 und 1950. Alltagsleben und Veränderungen. Ostasienverlag 2012, ISBN 978-3-940527-50-9 (Wissenschaftliche Monographie) 2. Auflage August 2021

Nichtig- und Alltäglichkeiten. Plöger Verlag 2009, ISBN 978-3-89857-253-8 (Gedichte)

Es gibt Zeiten da fließt der Neckar in den Huangpu. Plöger Verlag 2015, ISBN 978-3-89857-305-4 (Roman)

Barbara Schmitt-Englert

Ein Sommer der Vergangenheit

Roman

Eine Sintflut großer dicker Regentropfen spornten die Scheibenwischer zu Höchstleistungen an. Auf Verena übten sie eine gegenteilige Wirkung aus. Sie hatte sich so darauf gefreut, Peter eine ihrer früheren Wirkungsstätten zu zeigen, an der sie einige Monate ihres – damals noch recht jungen - Lebens verbracht und die ihr gezeigt hatten, wie rasch der Wechsel von jugendlicher Arglosigkeit ins Erwachsenendasein vonstattengehen kann.

Und jetzt dieses Mistwetter!

Bis Montreux waren es sicher noch mehr als fünfzig Kilometer. Irgendwo zwischen Fribourg und Bulle auf der E 27 hing Verena gedanklich zwischen Vergangenheit und Gegenwart.

Als sie sich vor fast vierzig Jahren zum ersten Mal diesem Ort genähert hatte, war sie von einer leuchtenden, einladenden Sonne begrüßt worden. Was das Wetter betraf, schien das Willkommen heute etwas zurückhaltender auszufallen, eine drastische Minderung ihrer Vorfreude kurz vor dem Ziel.

„Wo kann ich mich über das Wetter beschweren?" Missmutig starrte sie über das Lenkrad hinweg auf die nasse Fahrbahn. „Die Beschwerdestelle ist derzeit nicht besetzt!" Peter warf ihr einen aufmunternden Seitenblick zu, beugte sich leicht nach vorne und drehte die Lautstärke des Autoradios höher, um die Nachrichten nicht zu verpassen.

Während die beiden die letzte Strecke zurücklegten und Verena schließlich das Auto in der Tiefgarage unter der immer noch einzigartigen im Jugendstil errichteten Markthalle eingeparkt hatte, setzte sie ihre Geschichte fort, die sie Peter im Lauf der vergangenen Stunden - während der wetterbedingt relativ anstrengenden Autofahrt - erzählt hatte. Bruchstücke daraus waren ihm bereits aus früheren Erzählungen in Erinnerung gewesen, zusammenhängend hörte er diese Geschichte allerdings zum ersten Mal.

📖

Frühsommer 1979

Im Jahr 1979 hatten die Vietnamesen Kambodscha von den Roten Khmer befreit, bald darauf die Chinesen einen sogenannten Erziehungsfeldzug gegen Vietnam gestartet, Israel und Ägypten einen Friedensvertrag unterzeichnet, Ayatollah Khomeini die Islamische Republik Iran ausgerufen - und Verena erfolgreich ihr Abitur bestanden. Letzteres hatte zwar für den Lauf der Welt und die Entwicklung der abendländischen Zivilisation eher wenig bis keinerlei Relevanz, für Verena selbst aber umso mehr. Eine neue - und wie sie hoffte – für sie persönlich selbstbestimmte Epoche sollte damit ihren Anfang nehmen. Zum ersten Mal hatte sie das Empfinden, mit dieser Zäsur unmittelbar auf ihr Leben und ihre Zukunft Einfluss nehmen zu können. Allerdings stellte sich gleichzeitig aber auch ein diffuses Gefühl der Überforderung ein, denn eine Vorstellung von dem, was sie erwartete oder den Konsequenzen, die ihre künftig allein zu treffenden Entscheidungen nach sich ziehen würden, hatte sie nicht wirklich. Voll jugendlicher Verwegenheit und kaum zu unterdrückendem Tatendrang, doch mit mindestens genauso vielen, mehr oder weniger gut verdrängten Zweifeln und Ungewissheiten ausgestattet, hatte sie eine Schule verlassen, die ihrem Dasein bis dahin zwar einen zeitlich disziplinierten Rahmen, aber wenig sinnstiftende Orientierung gegeben hatte. Begeisterung oder Freude am Lernen hatte ihr das Gymnasium kaum vermittelt.

Es gab durchaus Phasen, in denen ihr die Schule Spaß gemacht hatte; die letzten Jahre gehörten definitiv nicht dazu. Ein Teil der Lehrkräfte, die sie in der Oberstufe berufsbedingt beglückt hatten, waren eher mit sich selbst, als mit dem Unterricht oder gar den Bedürfnissen ihrer Schüler beschäftigt. Pech! Einige, denen privat scheinbar niemand zuhören wollte, schienen das Klassenzimmer als eine Art Hydepark Corner zu nutzen, wo sie alles loswerden konnten, was eigentlich keine Menschenseele interessierte. Darüber hinaus gab es leider auch die Spezies, deren größte Befriedigung darin zu liegen schien, ihren persönlichen Frust an den Schülern oder Schülerinnen auszulassen, die sich nicht zu wehren wagten. Solche Lehrer bedeuteten im Grunde eine Zumutung für ihre genötigte Umwelt und für sich selbst wahrscheinlich ebenso. Irgendwer musste, wie es schien, für die Brüche in ihren Biographien herhalten. Für eine Auseinandersetzung auf Augenhöhe, folgerte

Verena damals bissig, reichte die Courage dieser Westentaschen-Chauvinisten allerdings nicht.

Glücklicherweise gab es gleichwohl auch an Verenas Schule überzeugte und überzeugende Pädagogen, die bei ihrer Berufswahl nicht danebengegriffen hatten. Die Atmosphäre insgesamt machte Verena den Abschied vom Gymnasium allerdings trotzdem sehr leicht, was auch bei der offiziellen Verabschiedung ziemlich deutlich zutage getreten war. Weder der Schule noch den Abiturienten war an einer festlichen Entlassungszeremonie gelegen. Ein paar belang- und beziehungslose Worte der Rektorin, Verteilung der Zeugnisse, nach weniger als 30 Minuten, war der Spuk vorüber.

Über den folgenden absolut pflichtfreien Tagen hatte eine seltsame, ungreifbare Leere geschwebt. Es wollte ihr in dieser Zeit einfach nicht gelingen, die Freude über ihr bestandenes Abitur und das Ende ihrer Knechtschaft mit irgendjemandem zu teilen. Was ihr so bedeutend und elementar erschienen war, ließ den Rest der Welt um sie herum völlig ungerührt. Kein Jubel, keine Freudenschreie, nicht einmal ein anerkennendes Schulterklopfen! Nichts! Die Welt drehte sich unbeeindruckt weiter.

Wenige Tage nachdem ihr die Reife behördlich bestätigt worden war, setzte sie sich in ihren zitronengelben VW Käfer und machte sich auf den Weg nach Montreux, um ihre Schwester Anne zu besuchen, die dort einige Monate zuvor eine Stelle als Praktikantin in einem kleinen Hotel angenommen hatte, um dabei ihre Französischkenntnisse zu verbessern. Zuvor waren es die Englischkenntnisse, die sie als Au-pair-Mädchen in England aufgemöbelt hatte. Auch dort hatte sie ihr in den Ferien einen kurzen Besuch abgestattet. Und jetzt hatte sie schließlich fast alle Zeit der stoischen Welt.

Die Motivation, die ihre Schwester zu diesen Auslandsaufenthalten veranlasst hatte, lag in ihrer Absicht, der Lufthansa etwas Gutes zu tun, indem sie sich im folgenden Jahr als Stewardess bewerben würde. Im Gegensatz zu ihrer Stippvisite in England ein Jahr zuvor, war Verena jetzt zeitlich weitgehend ungebunden, was ihr ein kolossales Gefühl von Freiheit gab.

Bis zu ihrem anvisierten Chemiestudium wollte Verena die Zeit nutzen, um hier und da ein wenig Geld zu verdienen, ausgiebig zu reisen und möglichst viel zu erleben, denn dass ihr dafür im Laufe ihrer Studienzeit noch viel Raum bliebe, hielt sie für unwahrscheinlich. Wenn sie nämlich Freunden und Bekannten zuhörte, die bereits ein Universitätsstudium begonnen hatten, wunderte sie sich jedes Mal, wie diese es schafften, noch Zeit zum Schlafen zu finden. Bei solchen Gelegenheiten begann sie manchmal auch an sich selbst zu zweifeln, denn wenn selbst Überflieger so sehr mit ihrem Lernpensum zu kämpfen hatten, wie sollte sie, die bezüglich ihrer schulischen Leistungen ein Abonnement auf das Mittelmaß zu haben schien, ein Studium schaffen?! Aber wahrscheinlich, so tröstete sie sich immer wieder, wurde beim Erzählen auch maßlos übertrieben. Sie würde es in nicht allzu ferner Zukunft herausfinden.

Montreux kannte Verena lediglich aus Beschreibungen ihrer Schwester. Es musste eine überschaubare Kleinstadt sein. Bei rund 20.000 Einwohnern stellte sie sich das Leben recht beschaulich vor. Im Atlas sah der Genfersee, an dessen Ostufer der Ort lag, wie ein Croissant aus.

Im Radio hatte sie gelegentlich vom alljährlich dort stattfindenden Jazzfestival gehört, doch kein Bild vor Augen oder gar eine Vorstellung davon, wo diese Veranstaltung geographisch zu verorten war. Ihre Schweiz-Kenntnisse beschränkten sich auf die Deutschschweiz, und da im Wesentlichen auf das Berner Oberland, wo sie in ihrer Kindheit Skifahren gelernt und die alljährlichen Winterurlaube verlebt hatte.

Circa sieben Stunden dauerte im Jahr 1979 ihre erste Fahrt an den Genfersee. In Karlsruhe, wo die Hügel des Kraichgaus in die Rheinebene hinabgleiten, fuhr sie bei strahlendem Sonnenschein auf die Autobahn Richtung Basel. Die Rheinebene entlang zwischen dem Schwarzwald auf der östlichen, dem Kaiserstuhl auf der westlichen Seite und weit im Hintergrund erkennbar die Vogesen. Während die Berge des Schwarzwaldes vor dem Hintergrund eines babyblauen wolkenlosen Himmels in einem atemberaubenden Dunkelgrün in der Sonne glänzten, leuchteten die Weinberge, die sich die Vulkanhügel des

Kaiserstuhls emporschoben in einem frischen optimistischen Hellgrün.

Dieser überwältigende Anblick, eine nie zuvor erlebte Vorfreude auf das Neue, das vor ihr lag, die gesamte Gemengelage bewirkte ein behagliches Kribbeln im Bauch und eine Euphorie, die Verena beinahe
in eine Art Trancezustand versetzte. Ein unbeschreib-
liches Glücksgefühl überschwemmte sie. Es fühlte
sich an wie das Schweben entlang grün blauer Nadel-
wälder und sonnig flirrender Kulturlandschaft.
Nichts schien diese sommerlich optimistische Stimmung trüben zu wollen.

Selbst der erwartungsgemäß zähfließende Ver-
kehr durch Basel hindurch konnte die Hochstim-
mung, die sie von den Zehenspitzen bis zu den Haar-
wurzeln erfüllte, nicht mindern. Schließlich konnte
auch sie nicht in die Zukunft schauen.

Obwohl sie alleine unterwegs war und das Ziel
nun nicht gerade um die nächste Ecke lag, erschien
ihr das Fahren überhaupt nicht anstrengend. Auch
dann nicht, als es nach Bern auf der Landstraße naturgemäß wesentlich langsamer voranging, als zuvor
auf der Autobahn. Ohnehin fuhr sie immer sehr
gerne über Landstraßen und Dörfer, denn Veränderungen der Landschaft, der Siedlungsgefüge und der
Atmosphäre lassen sich – schon der gemächlicheren
Fahrweise wegen - auf kleineren Straßen intensiver
erleben. Je weiter sie Bern und damit die akkurat
strukturiert wirkende Deutschschweiz hinter sich gelassen hatte und je näher sie ihrem Ziel kam, desto

offener und mediterran wirkte die Umgebung, die sie durchquerte.

Von den meisten Songs, die im Dezibel Bereich eines Presslufthammers aus dem Radiogerät dröhnten, kannte Verena zumindest Textfragmente, die sie lautstark mitsang und textliche Defizite mit eigener Prosa ergänzte. Im Laufe der Fahrt gelangte sie mehr und mehr zu der Überzeugung, dass ihre eigenen Texte die besseren waren, was sowohl ihre poetische Kreativität, als auch die Inbrunst und Lautstärke beim Singen steigerte. Es hatte auch Vorteile, alleine im Auto unterwegs zu sein!

Und da glänzte er mit einem Mal in der Sonne: der Lac Leman. In einem atemberaubenden, kristallklaren Türkis lag der Genfersee in einem majestätisch anmutenden, sich nach Westen in die Unendlichkeit verlierenden Taleinschnitt. Ein Anblick, dessen Schönheit ihr Herz für einen Augenblick zum Hüpfen brachte und jede Faser im Körper mit einem beglückenden Prickeln überzog. Alleine für den Zauber dieses Bildes hatte sich die weite Fahrt schon gelohnt!

„Was sollte einen solchen Tag noch trüben?", überlegte Verena während sich dieses Panorama für immer in ihr Gedächtnis brannte. Die Antwort auf diese Frage sollte nicht lange auf sich warten lassen.

Das Hotel Villa Florentine, direkt an der Grand Rue, der Durchgangsstraße, auf der einen und der Uferpromenade des Sees auf der anderen Seite gelegen, war leicht zu finden. Nicht ganz so leicht zu finden war allerdings ein gebührenfreier Parkplatz, was Verenas Stimmung um Einiges drosselte, denn sie hatte nicht die Absicht, ihre überschaubaren Barbestände in Parkgebühren zu investieren. Missmutig fütterte sie eine Parkuhr mit Münzgeldrestbeständen des letzten Skiurlaubs und nahm sich fest vor, bald eine andere Lösung zu suchen, denn dass sie fürs erste bei Anne übernachten konnte, schien ihr selbstverständlich.

Villa Florentine, schon der Name des Hotels klang wie eine Verheißung. Es bestand aus einem charmanten, gleichzeitig verwunschen und majestätisch wirkenden mehrgeschossigen Flachdachgebäude, eine interessante architektonische Mischung aus Belle Époque und Jugendstil. Für ein Hotel erschien es nicht besonders groß aber dafür vermittelte es eine umso angenehmere Atmosphäre.

Der Haupteingang befand sich an der Grand Rue, während der Garten auf der gegenüberliegenden Hausseite direkt an die Promenade des Sees grenzte. Die Straße lag eine Etage höher als der Garten, denn der Ort erstreckt sich am nordöstlichen Ufer des Sees entlang, und so drängt sich die Bebauung die Berge, die sich in seinem Rücken erheben, hinauf. Zur Tür aus dunklem Holz mit kunstvoll gefassten Glaselementen führten drei Stufen aus hellem Marmor. Der Eingangsbereich, mit hellem Stein getäfelt und schmiedeeisernen Balustraden dekoriert, wirkte an sich schon wie eine galante Einladung einzutreten.

Der Eindruck dieser stilvollen Harmonie wischte Verenas schwach aufkeimende Befangenheit kurzerhand beiseite.

Beim Durchschreiten des Portals nahm Verena über ihrem Kopf ein energisches Bimmeln wahr. Ihre in der gleisenden Helligkeit der Sonne verengten Pupillen brauchten dagegen einen Augenblick, bis sie sich wieder so weit geöffnet hatten, dass sie den Übergang in das schummerige Licht des Foyers schafften. Noch bevor es ihr gelingen konnte den Blick bewundernd auf die gediegene Jugendstilkulisse der Empfangshalle zu richten, die den Besucher augenblicklich in die Zeit des ausgehenden 19. Jahrhunderts zurückversetzte, erstarrte sie in ihrer Verzückung.

„Bonjour, bonjourbonjourbonjour!" Eine schrille weibliche Stimme, gefolgt von einem flatternden Schatten, wirbelte mit der Dynamik eines Taifuns auf Verena zu. Sie erkannte erst kurz bevor dieses Gespenst, das mit seinen ausgebreiteten Armen auf sie zu geweht kam, die Gelegenheit hatte, sie zu überrollen, dass es sich um eine ältere Dame mit einer bemerkenswert wetterresistent wirkenden, hochtoupierten Haarpracht handelte. Zumindest sah die Frisur so aus, als wäre sie in der Lage, unversehrt einem Orkan oder einem mittleren Erdbeben standzuhalten. Die Dame wünschte ihr, als potentiellem Hotelgast, einen wunderschönen Tag und lächelte ihr mit grellrot geschminkten Lippen kampferprobt entgegen. Vom Lächeln und der Raumtemperatur ganz

16

und gar unberührt waren erstaunlicherweise die frostigen Augen geblieben. Sie mussten an einen anderen Schaltkreis gekoppelt sein. Da Verena keinesfalls unhöflich sein wollte, streckte sie der grazilen Dame die Hand entgegen, lächelte ihrerseits unbarmherzig zurück und stellte sich wohlerzogen vor. „Bonjour, mein Name ist Verena Keller. Ich möchte gerne meine Schwester Anne besuchen", informierte sie Madame artig und freimütig über den Zweck ihrer Anwesenheit.

Augenblicklich schrumpften Madames karmesinroter, eben noch breit lächelnder Mund und die arktisch-kalten Augen jeweils zu einem verkniffenen Strich. Ihre beneidenswert wohlgeformten Augenbrauen krümmten sich reflexartig Richtung Nasenwurzel. Ihre Hand, die um ein Haar Verenas ausgestreckte Hand ergriffen hätte, schnellte so unvermittelt zurück, dass das erstaunte Mädchen ihren Arm einen Moment lang wie eine Marionette in der Luft hielt, bis er endlich wieder – unverrichteter Dinge - in seine Ausgangsposition zurücksank.

„Private Besuche unserer Mitarbeiter werden sehr ungern gesehen", zischelte es Verena entgegen.

„Dankeschön, ich freue mich auch, Sie kennenzulernen!" Verena war einen kurzen Augenblick irritiert. Der Beantwortung der Fragen, wer Privatbesuche ungern sieht und mit wem Verena denn wohl das Vergnügen hätte, erachtete die Dame ihr Gegenüber offenkundig unwürdig, denn sie drehte sich schlicht auf ihren teuren Absätzen um, schwebte mit erhobenem Kopf bis zur Treppe und dröhnte in der Modulation einer rostigen Kreissäge in die Tiefen des Treppenhauses. „Anne, kommen Sie sooofort zur Rezeption".

Als Anne Sekunden später an die Rezeption trat, wo sich ihre Schwester zum erkennbaren Missfallen der Empfangsdame aufhielt, reichte es gerade für eine kurze freudig überraschte Begrüßung. Anne hatte keine Ahnung von den Besuchsplänen ihrer Schwester gehabt und war daher genauso perplex wie glücklich über deren unerwartetes Aufkreuzen. Mitten in die Wiedersehensfreude drang die schneidende Stimme von Madame Hoover, so lautete der Name der weiblichen Ein-Frau-Wachpatrouille, wie Verena jetzt von Anne erfuhr, mit der Frage, ob Anne denn nichts mehr zu tun hätte, schließlich sei sie nicht zur Erholung hier. Von so viel Liebreiz geplättet, blickte Verena etwas ungläubig zunächst auf Madame Hoover, die sich bereits wieder abgewandt hatte, dann auf ihre Schwester Anne. Diese erklärte ihr mit leichtem Stirnrunzeln, dass momentan die Saison in vollem Gange und das Kollegenteam mit drei Personen ziemlich überschaubar sei. Daher waren sie selbst, eine ältere, ebenfalls deutsche Kollegin und ein italienischer Mitarbeiter fast rund um die Uhr im Einsatz. Na wenn das kein Glücksfall für das Hotel war! Verena drehte sich nach Madame um. „Wie ich höre, gibt es einen personellen Engpass und wie es der Zufall so will, hätte ich gerade Zeit." Anstelle eines erleichterten Willkommensgrußes traf sie zuerst ein visueller, dann ein verbaler Pfeil mit der nicht ganz unberechtigten Feststellung, dass sie ja gar keine Ahnung vom Hotelgewerbe hätte. Ihre Ankunft träfe den Hotelbetrieb im Übrigen zu einem höchst unpassenden Zeitpunkt und sie könne ihre Schwester Anne sicher auch ein anderes Mal besuchen. Nun wollte Verena zwar keinesfalls zur Eskalation der Höflichkeiten beitragen aber den Einwand, dass es sich auch bei ihrer Schwester und, wie sie vermutete, auch bei deren Kollegen wohl eher nicht um Fachpersonal handle – das legte zumindest im Falle ihrer Schwester die eher sittenwidrige Bezahlung nahe – konnte sie sich dann doch nicht verkneifen.

Um eine weitere Zuspitzung der offenkundigen Disharmonie zu vermeiden, verabschiedete sich Verena dann allerdings ohne weitere Umstände von Anne. Sie war betrübt über die wenig gastfreundliche Gereiztheit der Dame des Hauses, und informierte ihre Schwester, deren Enttäuschung nicht größer hätte sein können, dass sie zunächst versuchen würde, bei Bekannten in Bern unterzukommen. Mit einem aufmunternden Lächeln versprach sie, Anne anzurufen, sobald sie dort angekommen sei.

📖

Dieses Unterfangen war ja mal so ziemlich in die Hose gegangen! Eine Pleite, wie sie im Buche steht! Verena ärgerte sich maßlos zunächst mal über sich selbst, dann über diese unglaublich arrogante, brüske Hotelchefin und vor allem darüber, dass sie nicht im

Vorfeld wenigstens Alternativen ins Auge gefasst hatte. Es widerstrebte ihr, nach Bern zu fahren, wo sie bei einer entfernten Urlaubsbekanntschaft unangemeldet um Obdach bitten wollte. Zwar hatten Eva und Thomas sie während der Skiferien im Jahr zuvor zu einem Besuch, expressis verbis inklusive Logis, eingeladen, von einer Überraschung war dabei freilich nicht die Rede gewesen.

Dass sie dann auch noch an der örtlichen Tankstelle beim Tanken den Deckel ihres Benzintanks auf das Autodach gelegt und vergessen hatte ihn wieder aufzuschrauben, setzte ihrer Erfolgsgeschichte schließlich die Krone auf. Beim Wegfahren musste sie ihn wohl verloren haben. Die Beschaffung eines neuen stellte sich als enorm zeitintensiv heraus, denn sie musste dafür zuerst eine VW Werkstatt finden. Zwar war der Tankwart so freundlich herumzutelefonieren und ihr so bei der Suche zu helfen, dennoch war ein neuer Tankdeckel eine völlig entbehrliche Belastung für ihr ohnehin bescheidenes Budget gewesen. Das war eindeutig nicht ihr Glückstag, es schien wirklich alles schiefzulaufen.

Beinahe in Zeitlupe tuckerte Verena schließlich Richtung Bern und leistete sich unterwegs mehrere ausgedehnte Kaffeepausen. Zeit schinden und dabei nachdenken, welche Alternativen sich aus dieser absonderlichen Konstellation momentan ergeben könnten, mehr wollte Verena gegenwärtig nicht einfallen.

In Matran, einem Ort nicht weit von Fribourg entfernt, parkte sie kurzentschlossen den Wagen vor einer Telefonzelle, kramte im Portemonnaie nach

Münzgeld und wählte die Nummer des Hotel Florentine. Warum sie das tat, wusste sie selbst nicht genau. Vielleicht ein Geistesblitz, wahrscheinlich aber eher, um die Ankunft in Bern hinauszuzögern oder einfach mangels sonstiger sinnvoller Intuitionen. Zu ihrer großen Erleichterung hatte sie nicht diese schroffe giftige Walküre, sondern sofort ihre Schwester am Apparat, die auf diesen Anruf geradezu gewartet zu haben schien.

Bevor Verena den Grund ihres Anrufes überhaupt erklären oder rechtfertigen konnte, prasselten Wortkaskaden auf sie ein, die sie völlig überforderten. Zum einen zählten weder Anne noch sie selbst zur Spezies der Plaudertaschen, schon gar nicht am Telefon, zum anderen ließ ihr die Geschwindigkeit in der die Informationen in ihren Gehörgang trommelten, keine Chance auf deren synchrone rationale Verarbeitung. Wortfetzen, wie „Margot … Betrug … Kündigung … schnell zurückkommen…" prallten an ihr Trommelfell und suchten verzweifelt nach einer fassbaren Ordnung oder einer wie immer gearteten Hirnzelle, an der sie andocken und sich aufschlüsseln konnten. Nicht ein Bruchstück dieses Redeschwalls hatte sie wirklich verstanden - nichts, außer der eindringlichen Aufforderung, schleunigst zurückzukommen, und nichts anderes erschien ihr im Augenblick von Bedeutung zu sein. Mit diesem unerwarteten Appell hatten sich auf einen Schlag alle Probleme in Luft aufgelöst, die eben noch wie ein Damoklesschwert über ihr geschwebt hatten. Die Rückfahrt nach Montreux dauerte dann auch nur noch halb so lange und wäre der Himmel über ihr inzwischen nicht ohnehin dunkel gewesen, Verena hätte die Gegend und die Ortschaften durch die sie fuhr, wohl auch bei heller Beleuchtung nicht mehr wirklich zur Kenntnis genommen.

📖

Endlich an ihrem alten neuen Ziel angekommen, wurde sie von ihrer Schwester, die an der Rezeption Dienst tat und dabei ungeduldig auf sie gewartet hatte, empfangen und so ungestüm wie ausführlich über die veränderte Lage in Kenntnis gesetzt.

Verena war am Nachmittag offenbar kaum abgereist gewesen, als der ihr bislang noch unbekannte Patron, Monsieur Suter, der neben irgendeiner aushäusigen Tätigkeit gemeinsam mit Madame Hoover das Hotel leitete, zurückgekommen war und Margot, Annes ältere Kollegin, aufforderte, augenblicklich ihre Koffer zu packen.

Was sich dann im Laufe eines nicht sehr erbaulichen Disputes herauskristallisierte, klang nach groteskem Klamauk: Diese Kollegin hatte sich in verschiedenen Nachtclubs der Stadt als spendable wohlhabende Witwe eingeführt und den Anschein erweckt, es sich leisten zu können, über Wochen hinaus in dem Hotel zu logieren, in dem sie in Wahrheit lediglich als Saisonangestellte arbeitete. In den einschlägigen Lokalen der Stadt, die natürlich – wie wohl überall - den Schönen, vor allem aber den Reichen, Kredit gewährten, stand sie inzwischen mit

Tausenden von Franken in der Kreide. Zwar war auch Anne aufgefallen, dass Margot spät abends, aufgedonnert wie ein Vamp, die Stadt unsicher machte, doch hätte ihre wesentlich ältere Kollegin durchaus ihre Mutter sein können und sollte daher wohl selbst wissen und beurteilen, was sie tat. Auf ihre Großzügigkeit im Umgang mit Alkohol – vor allem dem hoteleigenen – hatte Anne ihre Kollegin zwar diverse Male angesprochen, doch denunzieren mochte sie diese nicht.

Während Anne gerade dabei war Verena auf den neuesten Stand der Entwicklung zu bringen, tauchte wie aus dem Nichts die reizende Chefin im Foyer auf, musterte Verena abschätzig und teilte ihr schmallippig mit, dass sie sich dazu durchgerungen habe, ihr die freiwerdende Stelle zu überlassen.

Am folgenden Morgen sollte sie Margot in aller Frühe, mitsamt Gepäck, in ihrem Auto zum Bahnhof bringen und nicht von deren Seite weichen, ehe der Zug sich – nebst Margot - Richtung München in Gang gesetzt hätte. So lautete die erste an Verena gerichtete Dienstanweisung ihrer neuen Arbeitgeberin.

Dem ersten Impuls, zu salutieren oder sich vor Dankbarkeit auf die Knie zu werfen, widerstand Verena tapfer, und so konnte ihr eine freudenstrahlende Anne, ohne dass es zu folgenschweren Zwischenfällen gekommen wäre, ihr neues Domizil zeigen, das sich hinter der Lingerie, der Wäsche- und Bügelkammer, befand.

Zu zweit passten die Mädchen gerade so in das Dienstboten-Kämmerchen, in dem sich ein Bett, eine

Kommode und nun auch die zwei Schwestern drängten. Vorsichtshalber setzte sich Verena auf das Bett und zog die Beine an, damit sich die Beiden nicht gegenseitig auf den Füßen stehen mussten. Aber immerhin hatte Verena ein Bett! Ihren, angesichts der räumlichen Verhältnisse, glücklicherweise handlich kleinen Koffer schob sie unter das Bett, das sie nobler Weise sogar mit hoteleigner Wäsche frisch beziehen durfte. Noch unter dem Eindruck von so viel Güte und Großherzigkeit lernte sie endlich auch Alberto kennen, einen blonden Sizilianer mit beeindruckender Hakennase, dessen blitzende Augen und trockenen Humor sie sofort ins Herz geschlossen hatte. Er musste ein wenig jünger als sie selber sein überragte sie aber um Haupteslänge. Unverblümt erzählte er ihr in erstaunlich flüssigem Deutsch, dass sein Vater ihn nach seinem Schulabschluss hierhergeschickt habe, damit er vor seiner weiteren Ausbildung endlich lerne, was Arbeit und Disziplin sei. Halleluja! Wenn das keine lobenswerte väterliche Absicht und unwiderstehliche Motivation für den, so zitierte Alberto seinen Papa, degenerierten Nachwuchs, offenbarte! Sein Vater, der mit Monsieur Suter irgendwie bekannt war, schien diesem zuzutrauen, einen förderlichen Einfluss auf seinen Sohn auszuüben.

Wenig später klopften Alberto, Anne und Verena an die Tür der gekündigten Kollegin. Erst beim dritten Klopfzeichen öffnete sich die Tür einen Spalt und eine schlaftrunkene, leicht verhärmt wirkende Gestalt schob sich zwischen Tür und Zarge und mit ihr eine Wolke aus schwerem Parfum, kaltem Nikotin und hochprozentigem Alkohol. Verena, die bisher noch nicht Margots Bekanntschaft gemacht hatte, wich unwillkürlich einen Schritt zurück. Mit einer Mischung aus Faszination und Unbehagen beäugte sie die Frau, die ihre Besucher, so empfand es jedenfalls Verena, mit zunehmender Belustigung musterte. Die dünnen, nachlässig blondierten Haare hafteten wie festgebügelt kreuz und quer an ihrem Kopf, ihre blasse Haut wirkte, wie die müden und gleichzeitig aufblitzenden Augen etwas welk; die vollen Lippen verzogen sich spöttisch. Und dennoch strahlte das Antlitz eine verblüffende Attraktivität aus. Der stark ausgebleichte seidene Morgenmantel verhüllte nur unzureichend eine üppige Oberweite, die mit der leicht molligen Figur ziemlich gut harmonierte. Zweifellos war diese Frau einmal sehr hübsch gewesen und sie wäre es, so mutmaßte Verena, ohne überreichlichen Alkohol- und Zigarettenkonsum, sicherlich immer noch. „Was liegt euch denn so schwer auf dem Herzen, dass ihr einer geschäftigen Dame von Welt ihren Schönheitsschlaf raubt?"

„Wir wollten uns von dir verabschieden und dir sagen, dass uns das alles sehr Leid tut." Annes Satz war noch nicht zu Ende, als ein kehliges Lachen durch den Flur hallte. „Ihr tut ja so, als wäre etwas Schlimmes passiert. Was gibt es denn da zu bedauern? Ich habe mich, soweit es in diesem langweiligen Kaff eben geht, ganz gut und obendrein kostenfrei amüsiert. Aber glaubt mir, es gibt aufregendere Orte auf dieser Welt und für mich wird es hier ohnehin allmählich langweilig."

„Können wir vielleicht etwas für dich tun?" Albertos Frage war durchaus ernst gemeint, daher wirkte er ein wenig gekränkt, als Margot ihn einfach nur auslachte. „Mach' dich nicht lächerlich. Was solltet ihr schon für mich tun können? Ich habe keine Zeit für diesen gefühlsduseligen Schmarrn."

„Aber bist du denn nicht traurig, dass du gehen musst? Hast du überhaupt genug Geld oder sollen wir …", weiter kam Anne nicht.

„Kinder, ihr seid süß aber schrecklich grün hinter den Ohren. Natürlich hat man nie genug Geld aber glaubt mir, es reicht. Was ich jetzt allerdings wirklich brauche, ist einen ungestörten Schlaf, sonst sehe ich morgen aus, wie eine Eule. Also, war nett mit euch und jetzt geht endlich auch schlafen." Zu war die Tür! Anne, Verena und Alberto standen noch einen Augenblick betreten auf dem Flur, befolgten dann Margots Rat und gingen zu Bett.

Ihren ersten Arbeitsauftrag erfüllte Verena anweisungsgemäß am folgenden Morgen, nachdem sie mit der erstaunlich ungerührt wirkenden und perfekt zurechtgemachten Delinquentin Margot ein schnelles Frühstück eingenommen hatte.

Am Bahnhof angekommen, war noch ein wenig Zeit bis zur Ankunft des Zuges. Die beiden setzten sich einträchtig auf eine Bank und warteten. Margot nutzte die Wartezeit bis zu ihrer Abfahrt, indem sie überwältigend gut gelaunt über ihre Lebensphilosophie referierte. „Merk dir eins", ließ sie Verena an ihren Einsichten teilhaben, „die Menschen, vor allem aber die Männer wollen beschissen werden. Sie lieben das Pompöse und das Geheimnisvolle. Und wenn du entsprechend auftrittst und ihnen eine erstklassige Vorstellung bietest, fragt keiner, was wirklich dahintersteckt." Margot war, wie sie völlig unbefangen schilderte, jedes Wochenende, herausgeputzt wie eine Filmdiva, in den Nachtclubs der Umgebung unterwegs gewesen, hatte die betuchte Sommerfrischlerin gemimt und Unmengen Schulden hinterlassen. Keiner ahnte – Kleider machen schließlich Leute - dass sie sich im Hotel nicht als Gast, sondern als Arbeitskraft aufhielt. Anfangs zeigte sie sich dem Personal und ausgesuchten männlichen Gästen gegenüber recht spendabel und schon galt sie in den Lokalen als kreditwürdig und konnte unbesehen anschreiben lassen.

„Dazu braucht man unter allen Umständen Courage, man muss erst einmal einiges investieren, auch in die Garderobe selbstverständlich. Natürlich gehört auch ein weltläufiges, mondänes Auftreten zum Spiel. Die Leute müssen den Eindruck haben, dass du es gewohnt bist, Anweisungen zu erteilen. Deine Schwester und du, ihr werdet es diesbezüglich wohl zu nichts bringen, mit eurer eher provinziellen, spießbürgerlichen Erscheinung."

Verena hielt es für durchaus möglich, dass sie damit Recht hatte, allerdings ließ Margot das Argument, dass die beiden Schwestern andererseits aber auch keine Schulden hätten und nicht die Flucht vor Gläubigern ergreifen müssten, nicht gelten. „Dafür habt *Ihr* nichts vom Leben", meinte sie lapidar und fuchtelte bühnenreif mit den Armen in der Luft herum. Außerdem war sie sich sicher, dass auch die beiden Hotelchefs nicht ganz lupenrein sein könnten, denn ganz offensichtlich fürchteten sie die Polizei im Haus, wie der Teufel das Weihwasser, sonst hätten sie sie nicht geradezu zur Flucht gezwungen.

„Glaubst du etwa, ich wurde aus reiner Nächstenliebe gewarnt und sozusagen in Schallgeschwindigkeit von der Bildfläche entfernt? Die haben sogar meine Schulden beglichen. Ausgerechnet diese Geizhälse! In diesem Etablissement ist einiges nicht ganz koscher, das kannst du mir glauben. Aber mir kann es nur recht sein."

„Was machst du jetzt, hast du denn Familie, zu der du gehen kannst, oder was für Pläne hast du nun?", wollte Verena von ihr wissen. Das raue, laute Lachen, das wie eine Eruption aus Margots Kehle detonierte, erschreckte und verstörte Verena ganz unvermittelt. Margot warf ihren Kopf in den Nacken und schien diese Nachfrage unglaublich lustig zu finden, dabei war sie durchaus mitfühlend und ernst gemeint.

„Eine solche Frage kann nur ein schlichter Kleingeist wie du stellen. Familie! Wer braucht eine Familie, die sich in Alles einmischt und einen ununterbrochen auf die Nerven geht?! Neues Spiel, neues Glück!

Auf zu neuen Ufern! Mein Gott Kind, auf welchem Planeten lebst du denn?"

Mitten in ihrem Monolog wechselten ihr Ton und ihr Gesichtsausdruck von herablassender Heiterkeit in angriffslustige Feindseligkeit. Verena setzte gerade zu einer Rechtfertigung an, als der Zug geräuschvoll quietschend in den Bahnhof einfuhr und vor ihren Nasen zum Stehen kam. Bevor Verena reagieren konnte, zog Margot sie an ihren üppigen Busen, drückte sie fest an sich, schnappte ihr Gepäck und drängte sich im nächsten Augenblick bereits rempelnd durch die offene Waggontür. Verblüfft stand Verena wie angewurzelt auf dem Bahnsteig und versuchte vergeblich ihre Empfindungen zu ordnen, doch schon öffnete sich direkt vor ihr ein Zugfenster. Als Margot sich aus ihrem Abteilfenster lehnte und sich mit einem „Gott zum Gruß!" von ihr verabschiedete, dröhnte wieder ihr gewaltiges rauchiges Gelächter über den Bahnsteig. Sie wandte sich kurz ab, beugte sich über ihr Gepäck und kramte aus ihrer großen schweren Tasche, die sie auf dem Sitz abgestellt hatte, eine Flasche Whisky, stemmte diese wie eine Trophäe triumphierend in die Luft und johlte feixend, während sich der Zug in Bewegung setzte. „Wie gut, dass ich mich im Hotel noch mit ein paar Flaschen flüssigem Proviant versorgt habe. Das macht die Reise kurzweiliger!"

Ungläubig staunend stand Verena auf der Plattform und sah zu, wie sich der Zug erst langsam in Bewegung setzte, dann immer schneller aus dem Bahnhof ratterte und die winkende Margot immer kleiner wurde, bis sie sich schließlich am Horizont auflöste.

Niemals zuvor und nie wieder danach hatte Verena eine Frau wie diese kennengelernt. Zwar hätte sie nicht behaupten können, dass Margot ihr wirklich sympathisch gewesen wäre, aber die unerschütterliche Kühnheit und der beharrliche Zweckoptimismus hatten durchaus großen und vor allem bleibenden Eindruck auf sie gemacht. Die Empfindungen dieser ihr eigentlich völlig fremden Person gegenüber, schwankten zwischen Unbehagen, Beklemmung, Mitleid und Faszination. In jedem Fall aber beschäftigte sie Verena mehr, als es ihr lieb war.

Im Foyer des Florentine traf Verena ihre neue Chefin in der, inzwischen allzu vertrauten hochmütig wirkenden, kerzengeraden Körperhaltung an. Mit dem ihr eigenen herablassenden Gesichtsausdruck befand sie sich im Gespräch mit zwei in Polizeiuniform gekleideten Herren mittleren Alters: „Nein, ich kann Ihnen nicht sagen, wo Sie Frau Eberhard finden können. Unsere Angestellte hat, zu unser aller Überraschung, kurzfristig ihr Arbeitsverhältnis gekündigt und ist gestern wegen einer dringenden Familienangelegenheit abgereist. Und das mitten in der Saison!" Ein verdrossenes Seufzen und ein kurzer beleidigter Augenaufschlag, garniert mit einer unnachahmlichen Drehbewegung des Kopfes, unterbrachen ihren Monolog für wenige Sekunden. „Wo es ohnehin schon schwer genug ist, halbwegs qualifiziertes Personal zu finden."

Als Madame Hoovers Blickachse auf Verena traf, die sie eben erst bemerkt zu haben schien, wirkte sie für einen Augenblick irritiert. Schleunigst hob sie mit einem gequälten, auf Verena gerichteten Seitenblick ihre rechte Augenbraue und wechselte von der französischen in die deutsche Sprache: „Los, los, an Arbeit wird es Ihnen wohl nicht mangeln, die Gästezimmer 5 und 6 sind noch nicht fertig. In zwanzig Minuten komme ich zur Kontrolle."

Die beiden Polizisten hatten die junge Angestellte in der Zwischenzeit ebenfalls ins Visier genommen. „Pardon Mademoiselle, dürften wir Sie kurz befragen…" Der Satz war noch nicht vollendet, unterbrach Madame Hoover den Herrn mit der Feststellung, dass weder diese junge Beschäftigte, noch überhaupt jemand in diesem Haus Auskunft erteilen könne. Schon wegen des beträchtlichen Altersunterschiedes, hätte niemand vom Hauspersonal auch nur den geringsten privaten Kontakt zu der abgereisten ehemaligen Angestellten gehabt. Darüber hinaus würde sich das nun erhöhte Arbeitspensum, wie sich die Herren sicher vorstellen könnten, durch den unerwarteten Ausfall der Mitarbeiterin, wohl kaum von alleine bewerkstelligen. Noch bevor Madame ihre Ansprache beendet hatte, scheuchte sie Verena mit einer gebieterischen Handbewegung ein Stockwerk höher.

Immerhin gestand Madame ihr, als eine neue Hotelangestellte, nach dem übellaunigen Empfang, zwanzig Minuten zur Reinigung von zwei Räumen zu, von denen sie noch nicht einmal wusste, wo genau sich diese befanden. Schließlich hatte sie gerade erst eine Nacht in diesem Haus verbracht!

Im ersten Obergeschoss angekommen wurde sie bereits von Alberto und Anne erwartet, die lauschend am Treppengeländer lehnten und gleichzeitig jeweils ihren Zeigefinger an die Lippen legten. Wenige Minuten später hantierte Verena schon geschäftig und energisch, mit kompletter Putzausrüstung bewaffnet, in einem der Gästezimmer. Umgehend hatte sie sich als erstes am Bettenmachen versucht. Die Betonung lag im Wesentlichen jedoch auf dem Begriff ‚versucht', denn kurze Zeit später, sie hatte gerade tatkräftig das Badezimmer ins Visier genommen, rauschte Madame Hoover ins Zimmer, ließ einen kurzen Augenblick ihren inquisitorischen Blick schweifen, der sich abrupt und unvermittelt an das Bett heftete. Ohne Umschweife griffen ihre Finger, wie Tentakeln eines Kraken, unerbittlich nach dem ordentlich glatt gezogenen und kunstvoll drapierten Bettlaken. Ein Rutsch und Laken, Daunendecke, Kopfkissen, das gesamte sorgfältig bezogene Bettzeug flog in hohem Bogen von der Matratze und landete auf dem Fußboden. Bei dieser Gelegenheit konnte Verena ganz nebenbei gebührenfrei in Erfahrung bringen, dass Madames Stimme nicht nur schrill, sondern auch sehr laut sein konnte und dass es keinesfalls reichte, wenn die Betten ordentlich gemacht und tadellos aussahen. Das Laken musste in einer bestimmten Reihenfolge unter der Matratze eingeschlagen, glattgezogen und das Arrangement von Decke und Kissen, einer vorgegebenen Norm entsprechend, arrangiert werden. Man lernt täglich neue existentielle Fertigkeiten! Alberto verdrehte gelangweilt die Augen und alberte hinter dem Rücken seiner Chefin herum, was es Verena obendrein erschwerte, die pädagogisch ausgefeilte Unterweisung mit gebotenem Ernst entgegenzunehmen. Als Madame Hoover mit wehendem Gewand – offenbar ihr Markenzeichen - dem Raum entschwebt war, machte Alberto seine neue Kollegin mit ausdrucksstarken Gesten mit der wichtigsten Überlebensstrategie in diesen Gemäuern vertraut: Das akustische und intellektuelle Schalten auf Durchzug. Dafür war noch ein wenig Übung von Nöten, doch hatte Verena – wie sich herausstellen sollte, berechtigterweise - keine Zweifel daran, dass sie diese in kürzester Zeit bekommen würde. Ebenso unnachahmlich imitierte Alberto Madams theatralischen Abgang, bis die beiden Schwestern - trotz hartnäckiger Unterdrückungsversuche - irgendwann das Kichern nicht mehr verkneifen konnten. Schließlich fiel auch Alberto in das Lachen ein. Geschwind schaltete Anne den Staubsauger an und schubste die Tür zu, denn im Dreiklang hätte das Gelächter ansonsten im ganzen Haus kaum überhört werden können.

Am späten Nachmittag wurde die neue Mitarbeiterin schließlich dem heimkehrenden Patron, Monsieur Viktor Suter, vorgestellt, dessen Reaktion, sehr verhalten, über ein „Bonjour" nicht hinausging. Immerhin! Seine grau-blauen Augen machten im Gegensatz zu seinen akkurat ausgeführten Bewegungen einen etwas unsteten Eindruck. Vielleicht ein Meter siebzig oder fünfundsiebzig, größer war er sicher nicht, das Alter so um die fünfzig Jahre. Die recht kurzen dunkelblonden Haare wirkten bereits etwas gelichtet, aber Geheimratsecken ließen sich bisher nicht erkennen. Auf den ersten Blick hätten seine hagere Statur, das biedere Jackett und der akkurat gebundene Seidenschal, auf einen unscheinbaren Buchhalter schließen lassen, wären da nicht diese Augen und die betont straffe Körperhaltung gewesen.

Der Patron bewohnte den schönsten Seitenflügel des Hauses, der aus einem großen hellen Raum bestand, dessen halbrunder Süd-Erker einen grandiosen Blick auf den See und eine weitere Fensterreihe auf der Westseite des Zimmers, in den Garten gewährte. Vom Straßenniveau aus gesehen befand sich sein Appartement dem Eingang gegenüber im Erdgeschoss, von dem tiefer liegenden Seeufer aus betrachtet lag es in der ersten Etage. Wie Verena bald erfahren sollte, durfte dieser Raum nur im Beisein seines Bewohners betreten und gereinigt werden. Die Bettwäsche, so der Eindruck während ihrer ersten autorisierten Reinigungsaktion, war zum vorangegangenen Weihnachtsfest das letzte Mal gewechselt worden, und auch sonst schien Monsieur le Patron, innerhalb seines eigenen Wohnbereichs, nicht von einer Reinlichkeitsneurose befallen zu sein. Zu seinem persönlichen Erscheinungsbild mochte das nicht so richtig passen, denn er kleidete sich sehr akkurat, gepflegt und vor allem teuer, doch bereitete ihr diese offensichtliche Diskrepanz keine schlaflosen Nächte. Heute wie damals störten sie individuelle Eigentümlichkeiten nur dann, wenn diese für sie selbst oder Andere in irgendeiner Weise eine Beeinträchtigung darstellten. Was den unterentwickelten Ordnungssinn des Monsieur Suter anbelangte, schien dies nicht der Fall zu sein, denn außer ihm selbst war niemand davon betroffen und er schien gut damit zu leben.

Die Art und Weise des Umgangs und der Ton der Kommunikation zwischen ihren beiden neuen Chefs ließen dagegen darauf schließen, dass sich die beiden nicht gerade in Herzlichkeit zugetan waren. Dieser Eindruck sollte sich in den nächsten Tagen und Wochen noch verstärken. Häufig durchsuchten die Beiden gegenseitig den Wohnbereich des jeweils anderen, sobald dieser das Haus verlassen hatte. Wonach sie suchten, blieb dem Arbeitsteam ein Rätsel. Um nicht in einen Konflikt hineingezogen zu werden, versuchten die drei Domestiken, so titulierten sie sich selbst manchmal scherzhaft, diesen Sachverhalt zu ignorieren. Sie taten so, als würden sie nichts davon bemerken und machten sich augenblicklich aus dem Staub, sobald sie den Verdacht hatten, dass es wieder einmal so weit war.

Verenas Hardcore-Einführung hatte den Vorteil, dass sie sozusagen im Turbomodus die Verhältnisse kennen- und, zumindest ansatzweise, einschätzen lernte. Die Fronten waren damit ziemlich prompt und unmissverständlich geklärt. Sie lernte Madame-Hoover-gerechtes Betten machen, putzen, saugen, waschen, mangeln, Wäsche falten, Frühstück zubereiten, servieren, Telefon- und Rezeptionsdienste zu übernehmen, ohne den Fortbestand des Hotels ernsthaft in Gefahr zu bringen.

Was sie ebenfalls rasch lernte war, dass Begriffe, wie Acht-Stunden-Tag, Sechs-Tage-Woche oder etwa geregelte Arbeitszeit, hier weder zum häuslichen Wort- noch zum Erfahrungsschatz gehörten. Der Arbeitstag begann um sechs Uhr morgens mit den Vorbereitungen für das Frühstück, dann kümmerte sich in der Regel eines der Mädchen um die Frühstücksgäste, die andere begann, gemeinsam mit Alberto, mit dem Bettenmachen, Aufräumen und Reinigen der Zimmer, Bäder und Flure. Sobald die Gäste gefrühstückt hatten, waren auch der Wintergarten, in dem das Frühstück serviert wurde sowie die Küche an der Reihe, auf Vordermann gebracht zu werden. Das dauerte gewöhnlich bis um die Mittagszeit, dann gab es ein kleines Dejeuner. Anschließend wechselten sich die Drei ab beim Putzen der Küche, Befüllen der Waschmaschine, Wäsche aufhängen, beim Gang zur Polizeistation, um die Meldezettel abzugeben und beim anschließenden Einkaufen. Der Nachmittag war planmäßig für Bügel-, Mangel- und Rezeptionsdienste vorgesehen. Außerdem wurde gesaugt, geputzt, Wäsche gefaltet, Gäste im Haus, wie auch im Garten betreut und bei Laune gehalten, Vorräte aufgefüllt und wo es möglich war, Madame Hoover aus dem Weg gegangen. Die Dienstzeit dauerte offiziell bis 18 Uhr, üblicherweise hatten sie jedoch länger zu tun, mitunter waren sie bis 22 Uhr beschäftigt. Ein freier Tag pro Woche war die Regel, doch musste man „in diesem Gewerbe in Stoßzeiten flexibel" sein, so die Chefin. Und Stoßzeit war die gesamte Saison.

Die gute Stimmung unter den drei hauseigenen Proletariern - einer der zahlreichen selbst kreierten Ehrentitel - ließ die Arbeit leicht von der Hand gehen, denn Albertos Humor ließ sich mit dem der beiden Schwestern ganz gut vereinbaren, was sie alle als keineswegs selbstverständlich empfanden und sich umso mehr darüber freuten.

Am liebsten arbeiteten sie alle Drei in der Lingerie zusammen. Dieses Wäschezimmer war für das Team gleichzeitig so etwas, wie ein Personal-Aufenthaltsraum. Es fungierte gewissermaßen als ihr Wohnzimmer, wenn es auch ganz und gar nicht danach aussah und auch absolut nichts Gemütliches an sich hatte. Die durch eine halbhohe Trennwand von der Lingerie abgetrennte Waschküche mit Waschmaschine und Trockner nutzten sie auch als Teeküche, denn sie verfügte zusätzlich über einen kleinen Kühlschrank, einen Wasserkocher, ja sogar Kaffeegeschirr stand ihnen zur Verfügung. Was sie sich privat an Lebensmitteln besorgten, konnte hier in einem bereits etwas antik anmutenden Küchenschrank aufbewahrt werden. Oft saßen die Drei auf verschlissenen Stühlen in der Lingerie um den Ablagetisch für Wäschestücke herum, tranken Kaffee, aßen eine Kleinigkeit und unterhielten sich.

Annes und Verenas kleine Schlafzimmer waren nur von der Lingerie aus zugänglich und bildeten ursprünglich vermutlich mit dieser zusammen einen großen Raum, von dem dann irgendwann die beiden Zimmerchen abgetrennt worden waren. Albertos Zimmer war, wie das kleine, gemeinsam benutzte Bad, vom Flur aus zugänglich, grenzte aber ebenfalls an den Wäscheraum. Entsprechend diente die Lingerie dem Team nicht nur als Arbeits-, sondern auch als Rückzugsbereich. Hier konnten sie die Tür hinter sich schließen, den Kassettenrekorder laut stellen und, zwischen Bügel-, Falt- und Sortiervorgängen, zu ihren Soul- und Funk-Musikkassetten herumhüpfen und -tanzen, was hin und wieder in hemmungslose Fröhlichkeit ausartete.

Wenn Madame etwas in ihrer Nähe überhaupt nicht ertrug, dann war es gute Laune, doch davon besaßen ihre drei Angestellten, sehr zu ihrem Missfallen, eine ganze Menge. Die Mehrzahl der Gäste freute sich hingegen über die permanente Heiterkeit des Hauspersonals und ließ sich nicht selten sogar davon anstecken. Ausnahmen bestätigten, wie immer und überall, die Regel, aber im Großen und Ganzen war das Terzett wohl recht beliebt. Einer der Gäste behauptete sogar, sie brächten Urlaubsstimmung in die Gruft, denn Madame Hoovers verhalten unterkühlte Höflichkeit, die haarscharf die Grenze zur Arroganz unter- gelegentlich auch überschritt, tauchte die Räume oft genug in eine frostige Friedhofsstimmung.

Insgeheim teilten sie zwar alle Drei diese Charakterisierung uneingeschränkt, dennoch ließen sie die Äußerung des Gastes lieber unkommentiert.

Die Hotelgäste waren so unterschiedlich, wie sie nur sein konnten. Da waren ältere Ehepaare, überwiegend aus der Deutschschweiz, die einen ruhigen, entspannten Erholungsurlaub am Genfersee mit den vielen Ausflugsmöglichkeiten auch in die Berge genossen. Dann gab es Gäste aus aller Herren Länder, die an der Verleihung des Filmpreises „Goldene Rose von Montreux" teilnahmen und solche, die für das alljährlich im Sommer stattfindende Jazzfestival angereist waren. Bei ihnen handelte es sich um Musikliebhaber, in erster Linie Jazzfans, aller möglichen Nationalitäten und Altersgruppen mit naturgemäß ganz unterschiedlichen Bedürfnissen und Anspruchsverhalten.

„Der Gast ist König und wenn er Wünsche hat, dann sollten Sie versuchen, diese umgehend zu erfüllen." Das war Madame Hoover! In der Theorie! Und das waren die drei Beschäftigten, das Dream Team! In der Praxis! Natürlich gaben sie sich alle Mühe, um die Gäste zufrieden zu stellen: Ein Brett unter die Matratze eines älteren Herrn, der Rückenprobleme hatte, ein Kopfkissen mit Synthetik-Füllung für eine Dame, die allergisch auf Federbetten reagierte, frische Milch heiß aufgeschäumt oder kalt, Kaffeesahne für den Kaffee, für Diabetiker Diätmarmelade statt herkömmlicher Konfitüre und weiterer möglichen Extrawünsche zum Frühstück, das Aufbügeln von

Hemden oder Blusen, die zerknittert aus den Koffern geborgen wurden und Vieles mehr, je nach Wünschen und Erfordernissen. Eigentlich alles völlig im Rahmen und unkompliziert.

Doch, wie Verena rasch feststellen musste, waren einige der Gäste als gleich und andere als gleicher einzustufen, zumindest nach Madame Hoovers Kategorisierungsmaßstäben. Als nämlich ein dunkelhäutiger Amerikaner, der im Hause logierte, um ein Bügeleisen bat, damit er sein Hemd für eine Abendveranstaltung plätten konnte, machte Verena ihm den Vorschlag, dieses für ihn zu erledigen, worüber er sich sehr freute und diese Reaktion setzte Verena auch aus der Chefetage ganz selbstverständlich voraus. Eine exemplarische Fehleinschätzung! Nachdem Madame die Rückgabe des superglatt gebügelten Hemdes beobachtet hatte – sie schlich ständig wie ein Geist durchs Haus und tauchte immer unerwartet auf, wo man sie gerade nicht vermutete – machte sie Verena erst einmal auf ihre unnachahmlich nachdrückliche Weise zur Schnecke: „Ganz offensichtlich haben Sie nicht genug zu tun, wenn sie die Zeit finden irgendwelchen hergelaufenen Ausländern die Hemden zu bügeln!" Hoppla! Was war das? War der Gast nicht König? Hatte Verena da irgendetwas nicht richtig verstanden? Im Laufe der Diskussion erst begann sie zu begreifen. Selbstverständlich waren die Gäste Könige, es sei denn, sie hatten eine dunkle oder gar schwarze Hautfarbe! Dann galten im Hause andere Regeln. Damit hatte Verena nun wirklich nicht gerechnet, nicht hier, nicht in der Schweiz, nicht in einer Region, die seit Generationen vom Tourismus lebt und mit ihrer Internationalität und Offenheit wirbt. Mit all ihren Rechtfertigungsversuchen und Argumenten konnte sie Madame Hoover jedenfalls weder zu mehr Entgegenkommen bewegen, noch dazu beitragen, die schwelende Missstimmung die sich ohnehin schon zwischen dem italienisch-deutschen Dream-Team und den Chefs aufgebaut hatte, zu verringern. Verenas Punktekonto stand schon weit im Minus, bevor sie sich richtig eingearbeitet hatte. Bis dahin war sie in ihrer jugendlichen Naivität tatsächlich davon überzeugt gewesen, es sei nur eine Frage von Besonnenheit und der richtigen Kommunikation, um ein annähernd harmonisches Zusammenleben und -arbeiten verschiedenster Menschen zu ermöglichen.

„Wie konnte Konfuzius nur einst zu dem Urteil gelangen, der Mensch sei von Natur aus gut?! Und wie konnte ich mich so von ihm einwickeln lassen?!", brach es später im Domestiken-Wohnzimmer aus Verena heraus, als sie ihrer Schwester und Alberto von dem Vorfall berichtete. „Kein Wunder, dass er letztlich zum Scheitern verurteilt war! Und jetzt auch ich! Wenn mir auch die Vermessenheit dieses Vergleichs durchaus bewusst ist." Nun erfolgte Verenas konfuzianisch begründeter Denkfehler zwar etwas zeitversetzt, denn Konfuzius strauchelte bereits vier Jahrhunderte vor Beginn der christlichen Zeitrechnung. Dennoch befiel sie spätestens an diesem Tag der Verdacht, dass nicht nur Konfuzius in vorchristlicher Zeit, sondern wohl auch sie selbst, über zweitausend

Jahre danach, sich offensichtlich gründlich geirrt hatten. So näherte sie sich etappenweise der Reife, die ihr - wie sie folgerte etwas verfrüht - schon mit dem Abitur amtlich beurkundet worden war.

Die Tatsache, dass sich die drei Hausgehilfen so gut verstanden, ließ erfreulicherweise die Negativerfahrungen im Verhältnis zu ihren Arbeitgebern weit genug in den Hintergrund treten, um den Spaß bei der Arbeit nicht gänzlich zu unterdrücken. Weder Gesprächsstoff noch Ideen gingen jemals aus. Und im Fantasieren und Bauen von Luftschlössern machte ihnen so leicht Keiner etwas vor.

„Kommt es dir denn nicht merkwürdig vor, dass diese Schwester wie aus dem Nichts hier auftaucht? Und dann auch noch so passend!" Viktor Suter stand hinter der halbgeöffneten Gardine am Fenster und beobachtete Anne und Verena, die damit beschäftigt waren im Garten Tische und Stühle mit einer Seifenlauge von Staub und Schmutz zu befreien, Sitzauflagen auf die Stühle zu legen und sie ordentlich um die Tische zu gruppieren. Mit dem Rücken an die geschlossene Zimmertür gelehnt folgte Helene Hoover, mit vor der Brust verschränkten Armen, der Richtung seines Blickes.

„Seit wann kümmerst du dich um das Tagesgeschäft und das Hotelpersonal?" Langsam, ohne seine Position zu verändern, drehte der Patron den Kopf in Richtung seiner

Gesprächspartnerin. Die Blicke, die sich dabei trafen wären durchaus geeignet gewesen, empfindsame Zeitgenossen in die Flucht zu schlagen oder zumindest in einen akuten Schockzustand zu versetzen. Für einen Augenblick herrschte absolute Stille im Raum, dann wandte er sich wieder ungerührt dem Garten zu.

„Vielleicht hätte ich das tun sollen, es wäre uns wahrscheinlich manche überflüssige und unliebsame Überraschung erspart geblieben. Deine Personalentscheidungen lassen sich - wohlwollend ausgedrückt - als eher unglücklich bezeichnen, was wir am Beispiel dieser Frau Eberhard wieder einmal eindrücklich erfahren konnten. Nun, diese beiden Mädchen scheinen wenigstens nicht arbeitsscheu zu sein."

Das kurze Flackern in den Augen von Helene Hoover konnte er zwar nicht sehen, doch war ihm die Wirkung seiner Worte durchaus bewusst. Er kannte sie inzwischen lange genug, um seine Stiche treffsicher zu setzen. Doch auch sein Gegenüber ließ sich nicht so leicht ins Bockshorn jagen. „Ich vermute, hätte ich diesen Aufgabenbereich dir überlassen, wäre der Bestand dieses Hotels schon längst Geschichte. Wie wir beide wissen, liegen deine Interessen sicherlich nicht in den Niederungen des Gastgewerbes."

„Diese Frau Eberhard konnte immerhin, von dir ganz und gar unbemerkt, aufgedonnert wie ein Pfau, die einschlägigen Lokale der Umgebung aufmischen, einen Berg Schulden hinterlassen und damit unnötige Neugier auf uns lenken. Nur durch den raschen Ausgleich ihrer Außenstände konnte ich weitere Schnüffeleien unterbinden." Noch immer stand er völlig bewegungslos am Fenster, nur seine Nasenflügel bebten fast unmerklich.

„Nun, es wundert mich, dass du ihr in den Etablissements nicht begegnet bist! "

Harmonie war es gewiss nicht, was die Beziehung zwischen Helene Hoover und Viktor Suter charakterisierte. In ihrer Bewertung der Qualifikation des aktuellen Arbeitsteams konnten sie allerdings außergewöhnlich rasch Übereinstimmung erzielen. Das wiederum war angesichts der Tatsache, dass kein Teammitglied eine einschlägige Ausbildung besaß, wodurch auch eine Menge Personalkosten eingespart werden konnten, kein Kunststück. Die fast herzergreifende jugendliche Naivität der Drei, gepaart mit der Unerfahrenheit in Bezug auf das Hotelgewerbe, war schlimmstenfalls dazu geeignet das Missfallen ihrer Arbeitgeber zu erregen, gefährlich werden konnten sie wohl kaum.

📖

Einer der vergnüglichsten Tagträume, denen Alberto, Anne und Verena immer wieder gerne nachhingen, war die Vorstellung, der ganze Laden gehöre ihnen. Sie räumten in ihrer Fantasie aus und um, organisierten, renovierten, strukturierten und konzipierten, was das Zeug hielt, wenigstens in ihren Fiktionen und scherzhaften Wortgeplänkel während der Arbeit. Sie waren das Dream Team, das hatten sie bald festgestellt und hegten daran keinerlei Zweifel. Aus diesem Hotel würden sie als Unternehmer eine Goldgrube machen, das war für die Drei ebenso sicher wie das Amen in der Kirche. Wären die beiden

Schwestern und Alberto die Hoteliers, würde hier eine andere Stimmung herrschen! Natürlich müssten sie ein wenig modernisieren und umgestalten, denn es gab hier eindeutig einen gewaltigen Investitionsstau. Vor allem die Bäder waren fällig, denn die hatten definitiv ihre beste Zeit bereits hinter sich, und die sicherlich früher einmal luxuriösen Armaturen, besaßen bestenfalls noch antiquarischen Wert. Die Einrichtung der Zimmer bedurfte ebenfalls einer geschmackvollen und stilsicheren Auffrischung. Plüsch und Plunder hatten sich in der Zwischenzeit definitiv überlebt. Einen gewichtigen Kostenfaktor stellte sicher die Neugestaltung der Küche dar. Aber diese Investition würde sich schnell amortisieren, das glaubte das Trio auch als Laien beurteilen zu können. Zumindest erschien ihnen das absolut unbestreitbar. An der Belle Époque Architektur und dem Jugendstil, die das Haus innen wie außen prägten, wollten sie – in ihrer einsichtsvollen Bedachtsamkeit - nichts ändern, denn diese verliehen dem Gebäude den besonderen Charme. Es sollte, unter ihrer Regie, aber etwas heller und - auch im übertragenen Sinne - wärmer gestaltet werden. Sie würden Packages anbieten für das Jazzfestival, für das Filmfestival „Rose von Montreux", für ein „Frühlingserwachen" und die „Sommerfrische" am Genfersee, ebenso für Herbstwanderer und, nicht zu vergessen, für Weihnachtsflüchtlinge. Die Inspirationen sprießten geradezu und die Drei fühlten sich bereits wie frischgebackene Hotelbetreiber.

Eines Abends, sie saßen wieder einmal in der Lingerie zusammen und ließen ihrem kreativen Überschwang freien Lauf, zeichneten sie die Grundrisse jeder einzelnen Etage. Auf diese Weise ließ sich ein grober Überblick über das Gebäude und ein imaginäres Planungskonzept entwickeln. Mangels Messdaten schätzten sie Pi mal Daumen Längen und Breiten der Räume, was ihnen einigermaßen zu gelingen schien.

Dabei bemerkten sie jedoch etwas Unglaubliches. Die Flächen und Anzahl der Räume des zum See hin ebenerdigen Stockwerks, stimmten nicht mit denen der oberen Etagen überein. Der Grundriss war nicht deckungsgleich. Da fehlte ein Stück der Fläche! Wie sie es auch drehten und wendeten, es fehlten mindestens zwei Zimmer, alles in allem sicherlich rund achtzig Quadratmeter. Wie konnte das sein? Dass auf der zur Straße hin ebenerdigen Etage ein Ladengeschäft leer stand, das hatten sie in ihrem Plan berücksichtigt. Die Räume, die, entsprechend des von ihnen erstellten Plans, unter dieser Fläche vorhanden sein müssten, existierten scheinbar im unteren beziehungsweise zum See hin ebenerdigen Geschoss überhaupt nicht. Hektisch diskutierten, verglichen und prüften sie ihre Entwürfe, doch kamen sie immer zum gleichen Ergebnis. Da war eine Lücke!

Schon mehrfach hatten sie sich gewundert, als Interessenten für das Ladengeschäft auftauchten und von Madame Hoover immer wieder mit dem Hinweis weggeschickt wurden, es gäbe bereits neue Mieter für die Geschäftsräume. Dennoch waren die

Räumlichkeiten leer geblieben und niemals hatten sie irgendeine Aktivität darin wahrgenommen, die auf einen bevorstehenden Betrieb der, von außen so elegant wirkenden, Verkaufsräume hinwies. Von innen hatten sie das Geschäft noch nie zu Gesicht bekommen, doch die großen Fenster ließen, obwohl sie mit Paravents weitgehend verstellt waren, doch an einigen Stellen einen Blick ins Innere und wenig Zweifel an dessen Exklusivität zu. Immerhin handelte es sich bei der Grand Rue um die belebteste Flaniermeile vor Ort. Hatten sie den Leerstand zuvor immer nur verwundert zur Kenntnis genommen, kam ihnen das nun mehr als merkwürdig vor. Jetzt nachdem sie festgestellt hatten, dass die Räumlichkeiten darunter in ihrem Lageplan, der die tatsächlich vorhandenen beziehungsweise von ihnen erkennbaren Flächen aufwies, nicht existierten, bekam das alles eine ganz neue Relevanz. Irgendetwas schien hier nicht hinzuhauen. Drei, vier Mal verglichen die Drei ihre Berechnungen, schoben Wände auf dem Papier hin- und her, separierten die Entwürfe und fügten die Skizzen von neuem aneinander. Stimmte vielleicht etwas mit ihrer Wahrnehmung nicht? Machten sie möglicherweise einen Denkfehler? Nein, so oft sie auch schoben, prüften und zweifelten: es passte nicht zusammen!

Unmittelbar machten sie sich auf die Suche nach einem Hinweis, wo es eventuell einen versteckten Zugang geben könnte, den sie eventuell schlicht übersehen hatten. Fast automatisch führte die Suche in eine geräumige Abstellkammer auf der unteren

Etage, von der Anne ohnehin der Meinung gewesen war, dass sie sehr gut in ein Gästezimmer hätte umgewidmet werden können. Warum ein so behaglich wirkender Raum als Aufbewahrungsort für Lebensmittel und irgendwelchen Krimskrams fungierte, erschien ihr sowieso schon merkwürdig, denn kleine Kämmerchen, die zu nichts anderem, als zu einer Rumpel- oder Vorratskammer taugten, gab es ohnedies genügend.

Es war vollkommen klar, dass diese Kammer einer genaueren Untersuchung bedurfte, denn Neugier war der zweite Vorname jedes richtigen Sizilianers, verkündete Alberto. Und auch wenn er tatsächlich überhaupt nicht wie ein solcher aussah, das Temperament und die Verwegenheit, die man gemeinhin einem Sizilianer zuschrieb, konnte man ihm kaum absprechen.

Während Verena wenig zuversichtlich vor der Türe Schmiere stand, suchten Anne und Alberto drinnen die Wand ab, hinter der sie weitere Räume vermuteten. Alles war mit Regalen und einem alten wuchtigen Schrank zu- und vollgestellt. Das galt sogar für die Fensterluken, die aufgrund der Hangbebauung relativ weit oben platziert waren. Das notdürftige Tageslicht, das unter diesen Umständen in das Innere des Zimmers gelangte, reichte gerade so weit Umrisse, keinesfalls aber Details zu erkennen. Ohne die elektrische Beleuchtung, die allerdings ihren Namen kaum verdiente und aus einer verstaubten Mattglas-Deckenleuchte, versehen mit einer maximal 60 Watt Glühbirne bestand, wäre jeglicher Nachforschungsversuch aussichtslos gewesen. Andauernd drang Annes und Albertos lautes Poltern und Schieben an Verenas Ohr und sie befürchtete schon, jeden Augenblick von Madame Hoover oder Monsieur Suter erwischt und zur Rede gestellt zu werden. Sie trippelte nervös von einem Bein aufs andere, während ihr die Panik kalte Schauer über den Rücken und ihren Puls in schwindelnde Höhen trieb.

Plötzlich ließ sie Annes spitzer Aufschrei zur Salzsäule erstarren. Sekunden später riss Alberto die Tür auf, vor der sich Verena postiert und fast zu Tode erschreckt hatte. Seine Stimme überschlug sich beinahe vor Aufregung: „Wir haben den Zugang gefunden!"

Hinter dem riesigen Schrank lag tatsächlich eine Tür versteckt, die zwar keinen Griff zum Öffnen mehr besaß, trotzdem wussten die Drei nun, dass sie sich nicht getäuscht hatten: Es gab dahinter weitere Zimmer, die, aus welchen Gründen auch immer, verborgen bleiben sollten.

„Wir müssen herausfinden, was es damit auf sich hat!" Alberto hatte das Jagdfieber gepackt. Sofort wollte er hinter dem Gebäude, wo an der Hauswand entlang aufgestapeltes Kaminholz und dichtes, undurchdringlich erscheinendes Gestrüpp sowohl einen Einblick und erst recht den Zugang verwehrten, nach versteckten Fenstern oder sonstigen Hinweisen suchen. Nach dieser Richtung hin mussten die verborgenen Räume liegen. Efeu, Knöterich und so unerquicklich, wie abschreckend wirkende Dornenhecken, die an der Hauswand emporwuchsen und gleichzeitig eine etwa eineinhalb Meter breite Grenze zum Nachbargrundstück bildeten, verhinderten normalerweise, dass ein Mensch, sofern er seine sieben Sinne beisammenhatte, auf die Idee verfiel, sich auf dieser Seite des Hauses zu verlustieren. Mit Mühe konnten die beiden Schwestern Alberto davon überzeugen, dass nun vorsichtig und planvoll vorgegangen werden musste, wollten sie nicht den Argwohn ihrer Arbeitgeber hervorrufen. Zumal sie ja noch gar nicht wissen konnten, ob ihre Entdeckung überhaupt etwas zu bedeuten hatte und wenn, in welcher Art von Wespennest sie gerade herumstocherten. „Hinter dieser Tür haust das Ungeheuer von Loch Ness. Es hat Schottland heimlich verlassen, um sich am Genfersee niederzulassen. Als es hörte, dass bei seiner Schwester Helene im Hotel Florentine ein Flügel leer steht, nutzte es die Gelegenheit. Und nun wartet es darauf, den Nächstbesten, der die Tür öffnet, zu verschlingen!" Albertos Augen weiteten sich in gespieltem Entsetzen aber schließlich reifte auch bei ihm die Einsicht, dass weitere Initiativen zunächst aufgeschoben und übergelegt werden mussten.

Am Nachmittag des folgenden Tages saß Verena in der Lingerie am Bügelautomaten, während Anne und Alberto die Wäsche, die sie aus dem Trockner und von den Wäscheleinen im Garten geholt hatten, an Verena weiterreichten. Diese ließ die Bett- und Tischwäsche Stück für Stück durch die Mangel gleiten. Die beiden falteten diese und die frisch gewaschenen und getrockneten Frottiertücher auf dem großen Tisch in der Mitte der Wäschekammer nach der vorgegebenen Norm – wie alles andere war auch die Falttechnik normiert - und setzten sie vorschriftsmäßig ordentlich in die Wäscheschränke.

Das war die optimale Gelegenheit, das weitere Vorgehen zu beratschlagen. Unwidersprochen blieb Verenas Feststellung, dass vor Einbruch der Dunkelheit keine weiteren Aktivitäten angesagt waren.

„Aber wie sollen wir uns bei Dunkelheit hinter diesem Dornengestrüpp zurechtfinden. Das grenzt bei Tageslicht schon an Selbstverstümmelung!" Anne fiel es schwer, sich mit der Idee ihrer Schwester anzufreunden, in tiefer Finsternis das Terrain zu erkunden. Sogar Alberto konnte sich, nach seiner ersten Euphorie am Tag zuvor, kaum vorstellen, in dunkler Nacht zwischen Dornen, Büschen und auf Holzstapeln herumzugeistern.

„Was sollen wir sagen, wenn uns Madame Hoover in flagranti ertappt, während wir da hinten herumklettern? 'Et voilà, wir üben für eine Expedition durch den südostasiatischen Dschungel' oder ‚mein Arzt hat mir prophylaktisch gegen eine eventuell bevorstehende Rheumaerkrankung und zur Belebung des Kreislaufs ein wenig Körperertüchtigung zwischen Dornenhecken empfohlen'!? Was wollt ihr denn erzählen, was wir dahinten treiben?" Annes

Augäpfel rollten resigniert himmelwärts, als erwarte sie eine Eingebung von oben. Albertos Spieltrieb gewann wieder die Oberhand und drängte alle Bedenken und jeden Ansatz von Ernsthaftigkeit erneut beiseite.

„Was für ein Glück, Madame, dass Sie uns gefunden haben. Wir wollten gerade Einkaufen gehen, als die Dunkelheit völlig unerwartet über uns hereinbrach, und da haben wir uns heillos im Dornengestrüpp verlaufen. Ohne Sie hätten wir nie wieder aus dieser Wildnis herausgefunden! Danke, dass Sie uns gerettet haben!" Die Theatralik, die Alberto mit Mimik und Gesten in seine Worte legte, brach letztendlich alle Dämme. Das Gelächter musste bis nach oben gedrungen sein, jedenfalls stand plötzlich Madame Hoover in der Tür und blickte so missvergnügt, wie verständnislos von einem zum anderen.

„Wie schön, dass die Arbeit Ihnen so viel Freude bereitet. Sie scheinen weit unterfordert zu sein. Anne, gehen Sie nach oben und übernehmen Sie die Rezeption. Und Sie beide sollten sich lieber etwas sputen, anstatt hier herumzualbern. Es wartet auch oben noch genügend Arbeit, die sich nicht von alleine erledigt." Sie drehte sich auf dem Absatz Richtung Treppe um, wandte ihren Kopf dann noch einmal mit hoheitsvoll-verächtlichem Augenaufschlag Alberto zu.

„Wer hätte gedacht, dass ich bei Ihnen wider Erwarten doch noch ein Talent entdecken würde. Nur leider findet sich für Ihre komödiantischen Fähigkeiten im Hotelgewerbe so wenig Verwendung." Peng! Weg war sie.

Verena war noch nicht allzu lange hier und kannte Madame nicht so gut wie Alberto und Anne, aber dass diese Zunge Waffenschein-pflichtig sein müsste, das war ihr spätestens in diesem Moment klar geworden. Sie schaute Alberto aufmerksam an, denn sie fürchtete, dass ihn dieser verbale Schlag heftig getroffen hatte. Doch Alberto hob lediglich betont majestätisch den Kopf, senkte die Augenlider mit einem überheblichen, wichtigtuerischen Mienenspiel, ahmte Madame Hoovers Gestik und Stimme nach und meinte mit spitzen Lippen: „Alors, Madames Kuschelpotenzial erscheint mir heute etwas überschäumend."

Alle drei hielten sich augenblicklich Nase und Mund zu, um die Lachexplosionen zu dämpfen. Anne und Verena liefen die Tränen über die Wangen. Verenas Zwerchfell hatte sich bei diesem heftigen Angriff auf ihre Lachmuskulatur so verkrampft, dass sie vor Schmerz ihren Bauch hielt. Anne richtete derweil ihre Nase Richtung Decke, drehte ruckartig ihren Kopf, hob huldvoll die Hand und entschwebte an die Rezeption.

Die drei hauseigenen Proletarier hatten keine Ahnung, ob und was ihre Chefin von der Unterhaltung mitgehört hatte aber es erschien ihnen ratsam, die Nachforschungen mindestens ein – zwei Tage zu verschieben. Das fiel nicht wirklich schwer, denn das

Haus war absolut ausgebucht und die Menge an Arbeit ließ wenig Gelegenheit zum Grübeln und Pläne schmieden.

Als die beiden Schwestern am späten Abend auf einer Bank am Ufer des Genfersees saßen und schweigend zu den flackernden Lichtern von Saint Gingolph auf der gegenüberliegenden französischen Küste blickten, wich die Anspannung und die Niedergeschlagenheit, die sich im Laufe des Tages ausgebreitet hatte, allmählich einer inneren Ruhe und Entspannung.

Wenn sich, wie in diesem Augenblick, der Mond im Wasser spiegelte und der Himmel in wolkenlosem Schwarzblau über den See wölbte, schien das gegenüberliegende Ufer so nah, als könne man sich durch Zurufen mit den Menschen auf der französischen Seite verständigen. Die Umrisse des Sees ließen sich bei Dunkelheit deutlicher nachzeichnen, als bei Tageslicht, denn die Uferbeleuchtung bildete die Konturen des Lac Léman ab, wie eine weihnachtliche Lichterkette. Der französische Name des Sees ließ sich aus dem Lateinischen Wort *lacus* und dem keltischen *lem* herleiten, denn bereits Caesar streifte hier durch die Gegend, das wussten Anne und Verena als eifrige Asterix-Leserinnen natürlich.

Wie ein Halbmond geformt, lag er von Ost nach West hingestreckt zwischen der Schweiz und Frankreich. Wobei das gegenüberliegende Ufer von Montreux aus gesehen, das an der nordöstlichen Spitze des Hörnchens angesiedelt war, wie es die Form dieses Gebäcks vorgibt, tatsächlich relativ nah lag. Dichter beieinander wirkten nur noch die Küsten an der Südwestspitze bei Genf, der in der deutschen Sprache namengebenden Stadt an diesem Gewässer. Nicht weit entfernt, an der südöstlichen Küstenlinie zwischen dem Kanton Vaud, auf Deutsch: Waad, dem Montreux angehörte, und der Landesgrenze zu Frankreich, drückte sich noch ein ganz kleiner Teil des Kantons Valais oder Wallis, an den See heran. Bei klarem Wetter erkannte man sogar die Silhouette des bekannten, geschichtsträchtigen Badeortes Évian-les-bains. Dort hatten sich im Juli 1938 auf Einladung des damaligen amerikanischen Präsidenten Franklin D. Roosevelt die Vertreter von 32 Staaten zur Konferenz von Évian getroffen, um – tragischer Weise erfolglos - über Einwanderungsquoten und mögliche Zufluchtsgebiete für jüdische Flüchtlinge aus dem Deutschen Reich zu beraten. Ein verheerendes und, in der Zwischenzeit bekanntermaßen, folgenschweres Scheitern. Aber wie so oft im Laufe der Geschichte, bleibt auch der Lerneffekt für nachfolgende Generationen eher unterentwickelt.

Sofort versuchte Verena solche Gedanken zu vertreiben. In diesem Augenblick wollte sie nur positive Impulse an sich herankommen lassen, Erholung, Friede, Ruhe und sonst gar nichts. Sie lehnte sich zurück, schloss die Augen und hörte keinen Laut, außer

dem sanften Plätschern des Wassers, das mit ein-
schläfernder Gleichmäßigkeit ans Ufer schwappte.
Für einen kurzen Augenblick erfasste sie ein Wohlge-
fühl, als schwebe sie völlig gedanken- und schwere-
los mitten im Paradies. Eine Woge der Zufriedenheit
prickelte von den Zehenspitzen bis zu den Haarwur-
zeln auf und unter ihrer Haut. Beinahe hätte sie alles
um sich herum vergessen, als sich wie ein Blitzschlag
unvermittelt das Bild von Madame Hoover zwischen
Verena und ihr Wohlbefinden drängte. Da war sie
doch fast im Begriff gewesen, in einer rosaroten
Wolke zu ertrinken! Anne warf ihrer Schwester einen
besorgten Blick von der Seite zu, als diese unvermittelt energisch den Kopf schüttelte.

Ihre Arbeitgeberin hatte sich bisher doch bemerkenswert viel Mühe gegeben, ihnen ihre Tätigkeit
und den Alltag so schwer, wie nur irgend möglich zu
machen. Dabei brauchte es wirklich nicht viel, die
beiden Mädchen und ihren sizilianischen Kollegen
zu motivieren. Sie stürzten sich tatsächlich mit voller
Begeisterung in die Arbeit, auch wenn sie selbstkritisch genug waren zu wissen, dass sie das ein oder
andere noch lernen mussten. An Bereitschaft fehlte es
den Dreien keinesfalls. Weder hatten sie sich bisher
um irgendeine Aufgabe gedrückt, noch konnte man
ihnen unterstellen, schlampig zu arbeiteten. Nachläs-
sigkeit oder Bequemlichkeit war ihnen sicher nicht
vorzuwerfen. Warum also dieses ewige Genörgel,
diese unnötigen verbalen Spitzen und diese permanent zur Schau gestellte Verdrossenheit? An dem

Team lag es nicht! Das hatten die Drei kurz und bündig intern entschieden. Wenn sich Madames Frustration über sich und ihr Leben auf diese Weise Luft machen musste, dann war es eben leider Gottes so. Punkt!

Beide hingen noch eine Weile stumm ihren Gedanken nach, bis Anne das Schweigen beendete.

„Ich bin froh, dass du da bist. Zu zweit ist es doch ein bisschen angenehmer, auch wenn Alberto ein echter Scherzkeks sein kann. Ich habe ihn noch nie schlecht gelaunt erlebt. Mit seiner natürlichen Ausgelassenheit hat er mich schon mehr als einmal aufgefangen, bevor ich so richtig im Weltschmerz versinken konnte."

Es fiel Verena weder schwer, das zu glauben, noch sich diese Situationen auszumalen. Sowohl das frostige „Wohlfühlpotential", das eine Madame Hoover versprühte war mühelos vorstellbar, als auch Albertos unnachahmliche Begabung, jeden aufkommenden Katzenjammer im Keim zu ersticken oder rechtzeitig in die Glut zu pinkeln, wie er es selbst immer wieder formulierte. Eigentlich hatte er doch Recht, wenn er sich selbst und die Welt nicht allzu ernst nahm. Es erleichterte den Alltag und das Leben überhaupt ungemein. Die Nerven seiner Kolleginnen konnte er zwar gelegentlich auch ganz ordentlich strapazieren, vor allem wenn Eile angesagt und er gänzlich tiefenentspannt war, letztlich widerstanden die beiden jungen Damen seiner Unbekümmertheit aber in den seltensten Fällen.

Fast vier Wochen waren seit seiner Ankunft vergangen und es hatte sich noch nichts Wesentliches bewegt. In einer Nacht- und Nebelaktion war er hier angekommen und hatte mit einem Aufenthalt von einigen Tagen gerechnet. Doch nun trat eine Komplikation nach der anderen auf und verlängerte diese lästige Zeitverschwendung. Das stumpfsinnige Eingesperrt-sein setzte ihm gewaltig zu. Eigentlich sollten die Konten bereits bereinigt, die Formalitäten erledigt und sein Flug gebucht sein. Aber auf einmal soll es von Seiten eines völlig unbedeutenden, übereifrigen Bankmitarbeiters argwöhnische Rückfragen bezüglich der Rechtmäßigkeit der Transaktion und der Herkunft der Gelder gegeben haben. Konnte es etwas Lästigeres geben, als mit Dilettanten arbeiten zu müssen?! Offenbar war der Einfluss der Schweizer Kameraden nicht allzu weitreichend, jedenfalls nicht groß genug, um unangenehme Störungen zu unterbinden. Bei ihm zu Hause wäre dieses Problem schnell und diskret aus der Welt geschafft worden aber hier war alles nervenaufreibend kompliziert. Dann gab es auch noch Ärger in dieser Absteige, dessen Patron und Hausdame immerhin der Vereinigung angehörten. Beinahe hätte er Hals über Kopf das Versteck wechseln müssen. Das alles nur, weil eine durchgeknallte Hotelangestellte die Aufmerksamkeit der Polizei und damit möglicherweise auch von Teilen der Öffentlichkeit auf dieses Provinzhotel gezogen hatte. In einem überschaubaren Kaff wie diesem verbreitet sich Klatsch und Tratsch wie ein Lauffeuer.

*Seine Papiere waren von meisterhafter Qualität und
seine Identität mustergültig, dessen war er sicher. Aber
hätte er Öffentlichkeit haben wollen, wäre er im Eden oder
Palace und nicht in dieser Klitsche abgestiegen. Man
musste das Schicksal schließlich nicht mit solchen Neben-
sächlichkeiten herausfordern. Es war immer besser auf
Nummer sicher zu gehen.*

*Da machte nun so ein dämliches, unbedarftes Suppen-
huhn auf weiblichen Dandy und schon droht alles aus dem
Ruder zu laufen. Und er saß hier zur Untätigkeit verdammt. Verfluchter Mist!*

📖

Die folgenden Tage verliefen in den vertrauten
Bahnen: unspektakulär und gewohnt stressig. An einen freien Tag war weder für die beiden Schwestern,
noch für Alberto auch nur zu denken und es schien,
als hätte sich der noch vor kurzem kaum bezähmbare
detektivische Eifer, in Luft aufgelöst. Erst am zweiten
Samstag nach ihrer wunderlichen Entdeckung kehrte
wieder ein wenig Ruhe in die Villa Florentine ein.

„Wann setzen wir unsere Geheimmission fort?",
Alberto hatte seinen undurchdringlichen 007-Blick
auf Anne und Verena gerichtet.

"When shall we three meet again, in thunder,
lightning, or in rain?", entgegnete Verena mit einem
Zitat aus Shakespeare's Macbeth. Alberto hob spöttisch die Augenbrauen und Anne verdrehte die Augen.

„Um halb elf heute Abend? Da ist es bereits dunkel und Madame hat sich hoffentlich schon in Morpheus Arme gebettet." Verena drehte sich mit ausgebreiteten Armen und bühnengerechter Mimik um sich selbst, ihre Schwester machte dagegen ein besorgtes Gesicht. „Verena, hast du etwas geraucht oder hast *du* ihr etwas ins Essen gekippt, Alberto?"

Alberto versicherte hoch und heilig, Verena überhaupt nicht anders zu kennen und lehnte jegliche Verantwortung für die bizarre Ausprägung ihrer Eigenarten kategorisch ab. Dagegen hielt er ihren Vorschlag, in der Nacht die Nachforschungen bezüglich des Vorhandenseins der nicht vorhandenen Räume voranzutreiben, für sinnvoll. Richtig wohl war Anne nicht bei dem Gedanken, bei Nacht und ohne Nebel, mit Taschenlampen bewaffnet zwischen dornigem Gestrüpp auf Holzstapeln herum zu klettern und wie Einbrecher in Fenster hineinzuleuchten. Würde sie jemand dabei beobachten, so Anne, wäre sicher in kürzester Zeit die Polizei vor Ort und was sollten sie der erzählen? „Wir wollten nur nachsehen, ob die Fenster auch von außen dicht sind!? „Fenster putzt man am besten in der Nacht bei zunehmendem Mond" oder: Wir suchen nach einem verborgenen Zimmer!? Die würden uns doch alle Drei geradewegs in eine geschlossene Anstalt einweisen!"

Diesen Gedanken fand Alberto hoch interessant und durchaus überlegenswert. Eine völlig neue Erfahrung. Außerdem sei Kost und Logis frei und das wäre schließlich auch nicht zu verachten.

„Kannst du denn nicht *einmal* ernst bleiben? Das wird super peinlich, wenn uns jemand sieht."

Peinlich würde es wohl werden, wenn sie erwischt würden, das ließ sich kaum leugnen. Aber auch die Neugier ließ sich nun nicht mehr zurückdrehen, das konnten die Drei ebenso wenig ignorieren. So lautete die Frage eigentlich nur noch wann, nicht mehr ob die Kletteraktion stattfinden sollte. Warum dann nicht in dieser Nacht?!

Als sie sich kurz nach 22 Uhr in der Wäschekammer auf ihren „Einsatz" vorbereiteten, konnte Verena die Anspannung beinahe knistern hören. Sogar Alberto fühlte das Adrenalin bis zum Anschlag in seinen Adern kribbeln. Seine sonst mimisch zur Schau gestellte Coolness war einer konzentrierten Ernsthaftigkeit gewichen. Er prüfte nahezu fachmännisch die handlich kleinen Taschenlampen, verteilte strapazierfähige Gartenhandschuhe, die er am Nachmittag im Supermarkt erstanden hatte und kontrollierte die Festigkeit der Schuhe, damit zumindest die kalkulierbaren Risikofaktoren auf ein Minimum begrenzt blieben. Aller Nervosität zum Trotz beobachtete Anne mit einem Hauch von Belustigung die umsichtige Zielstrebigkeit und professionell wirkende Vorbereitung, die Alberto an den Tag legte. Weder Anne noch Verena hätten je an Handschuhe oder gar festes Schuhwerk gedacht!

Diesen Alberto hatten sie bisher noch nicht kennengelernt. Er übernahm kurzerhand das Kommando, als sei es das Natürlichste der Welt.

„Verena, du stehst an der Hausecke Schmiere. Uhu-Geräusch bedeutet Gefahr. Anne, ich mache eine Räuberleiter, damit du auf den Holzstapel klettern kannst und folge dir dann. Sollte etwas Unvorhergesehenes passieren, versteckt Verena sich im Gebüsch hinter dem Haus und wir legen uns ganz flach auf das aufgeschichtete Brennholz, bewegen uns nicht und geben keinen Mucks von uns. Okay?"

„Aye-aye Sir" kam es fast gleichzeitig von den beiden Schwestern. „Bist du sicher, dass du dich zum ersten Mal als Fassadenkletterer betätigst?", wollte Verena wissen aber in diesem Augenblick war er bereits zu konzentriert, um sich von schrägen Bemerkungen ablenken zu lassen.

Vereinbarungsgemäß hatten sich alle Drei schwarz gekleidet, um mit der Dunkelheit zu verschmelzen - Alberto hatte sogar an Mützen gedacht! - und versuchten nun ihre Aufregung, so gut es eben ging, in den Griff zu bekommen. Um sich den Rückweg nicht zu versperren, hatten sie beschlossen, durch das kleine Fenster in Annes Zimmer nach draußen und wieder ins Haus zurück zu klettern, denn hätten sie die Tür zum Garten benutzt und diese wäre von einem der Gäste oder ihren Chefs von innen verschlossen worden, hätten sie, so Annes Befürchtung, für den Rest der Nacht die Bequemlichkeit der Liegestühle im Garten testen können. Einen eigenen Hausschlüssel hatte nämlich keiner von ihnen, da hatte Madame vorgesorgt. Wenn sie mal einen brauchten, mussten sie darum bitten und ihn anschließend wieder zurückgeben. Sicher ist sicher!

Endlich waren alle Drei bereit. Einmal ganz tief durchatmen, kurz die Augen schließen, Atmung und Puls regulieren, es konnte losgehen.

Zunächst lief Alles wie am Schnürchen. Zwar war Albertos Hose schon nach wenigen Minuten von den wild wachsenden, nadelspitzen Dornen völlig ruiniert und sein rechtes Schienbein blutig zerkratzt gewesen, doch kletterte er unbeeindruckt weiter hinter Anne her. Das aufgeschichtete Holz schien hier die letzten hundert Jahre, unberührt von Menschenhand, vor sich hin zu gammeln. Dornengestrüpp, Ablagerungen von Staub, verrotteten Pflanzen und einstigen Vogelnestern sowie Insekten, deren Existenz in der Entomologie wahrscheinlich noch völlig unbekannt war, sorgten für eine gewisse gewachsene Stabilität und somit für die notwendige Trittsicherheit beim Erklettern. Als Anne es schließlich bis an eines der beiden kleinen ovalen, im Dickicht versteckten Fenster geschafft hatte, fuchtelte sie aufgeregt mit der Hand, um Alberto heranzuwinken. Unwillkürlich hielt Verena den Atem an, um zu verhindern, dass er zusammen mit ihrem dröhnenden Herzschlag ein Erdbeben auslöste.

Sobald sich Anne und Alberto auf gleicher Höhe befanden, spähten sie durch die Luke schräg nach unten, hinein in einen Raum, der von einer ziemlich altmodischen Stehlampe erleuchtet war. Ein modernes, wenn auch nicht gerade großes Fernsehgerät, warf unruhige blaue Lichtreflexe an die Wände. Das Fenster musste vom Zimmerniveau aus gesehen relativ hoch liegen, etwa einen Meter siebzig, schätzte Alberto. Die unglaublichste Entdeckung jedoch, mit der die Beiden in diesem Augenblick gar nicht gerechnet hatten, war die eines menschlichen Wesens. Nicht, dass ihnen die Möglichkeit nicht denkbar erschien, insgeheim hatten sie aber wohl alle eher damit gerechnet, dass sich ihr Argwohn als Hirngespinst entpuppen würde, daher waren sie mental nicht wirklich auf diese Situation vorbereitet. Der Schreck fuhr ihnen regelrecht in die Glieder, als sie, wie es Alberto später beschrieb, „materialmente" eine Person erblickten. Augenscheinlich handelte es sich um einen Mann, der hingefläzt in einen großen Ohrensessel, auf den Bildschirm starrte. Sehr viel zu erkennen war von ihm zunächst nicht, lediglich ein dunkler Bürstenschnitt, der über der Rückenlehne des Sessels hervorlugte. Die Figur schien eher sportlich und steckte in einem weißen Bademantel, die Füße in grau-grünen Pantoffeln. Das Gesicht war nur im Profil zu erblicken, doch hatten weder Anne, noch Alberto den Eindruck, den Mann schon einmal gesehen zu haben. Sein Alter war für die beiden schwer zu bestimmen. „Alt eben", meinte Anne später, "also mindestens 40 oder älter!" Auf dem Tisch neben seinem Fauteuil stand ein Teller, auf dem allem Anschein nach noch die Reste seines Abendessens lagen und ein halbvolles Glas Rotwein, nach dem er gerade griff, ohne seine Augen vom Fernsehbild abzuwenden. Für einen ganz kurzen Augenblick, als er seinen Kopf leicht Richtung Fenster drehte, erhaschten die beiden seine markanten Gesichtszüge frontal, dennoch ergab sich daraus keinerlei Wiedererkennen.

Eine Biedermeier Sitzgruppe, eine Kommode, die eher barock wirkte sowie ein teuer aussehender Teppich verliehen dem Raum eine antiquierte Eleganz und ließen ihn einigermaßen gemütlich erscheinen. Diesen Eindruck hatte jedenfalls Anne, die Alberto flüsternd an ihrer Wahrnehmung teilhaben ließ. Alberto versuchte gerade, sich ein wenig zu strecken, um den Blickwinkel auf die Szenerie zu variieren, als ein Holzscheit unter seinem linken Fuß verrutschte und polternd von dem Stapel, den sich die beiden hochgehangelt hatten, hinunter auf den kieselsteinigen Boden schepperte. Wie von einem Stromschlag angetrieben rissen beide die Köpfe vom Fenster zurück, gerade rechtzeitig, um sich dem Sichtfeld des aufmerksam gewordenen, den Blick Richtung Fenster wendenden Zimmerbewohners zu entziehen. Beinahe hätte es bei dieser Blitzaktion einen Frontalzusammenstoß ihrer beiden Köpfe und damit neben den dadurch verursachten Schmerzen auch zusätzlichen Lärm gegeben. Weder Anne noch Alberto oder gar Verena in ihrem Versteck wagten, auch nur ansatzweise Luft zu holen. Wie zuvor vereinbart, legten sich Anne und Alberto völlig flach, während sich Verena augenblicklich ins Gebüsch duckte. Das Fenster über Annes und Albertos Köpfen wurde kurz darauf geöffnet und ein Schatten verdunkelte das schwache Licht, das die Öffnung erhellt hatte. Allerdings war dies nur von Verenas Position aus zu beobachten. Die beiden anderen hatten die Atmung eingestellt und

ihre Gesichter zwischen die, auf dem Holz flach aus-
gestreckten Arme gedrückt. Wenige Sekunden später
war das Fenster wieder geschlossen, Sekunden, die
dem Trio wie eine Ewigkeit vorkamen. Die beiden
Fassadenkletterer warteten bewegungslos noch ein
oder zwei Minuten und stiegen dann, so rasch und
geräuschlos es ihnen möglich war, wieder hinunter
auf die Erde. Geduckt und leise verschwanden sie zuerst im Gebüsch, um nicht Gefahr zu laufen, eventuell durch einen weiteren Kontrollblick vom Fenster
aus, doch noch entdeckt zu werden. Dann zogen sie
sich, fast katzenartig durch die Dunkelheit schleichend, auf die andere Seite des Hauses zurück, um
durch das angelehnte Fenster wieder in Annes Zimmer einzusteigen und die beträchtlich erhöhte Puls-
frequenz zu senken. Verena war ihnen kurz darauf
gefolgt und wagte erst wieder Luft zu holen, als sie
Annes Fenster hinter sich geschlossen hatte.

Alle drei ließen sich von der Sitzposition auf dem
Bett nach hinten kippen. Die Beine auf dem Boden,
Augen an die Decke geheftet, blieben sie wort- und
regungslos liegen, bis sich das Zittern der Glieder
und das Rasen des Pulses bei jedem Einzelnen endlich auf annähernd Normalfrequenz reguliert hatte.

„Das war knapp!" Alberto fand als Erster die Sprache wieder. „Um ein Haar hätte der Typ uns entdeckt! Ich habe diesen Mann noch nie hier gesehen!"
Verena hörte Alberto schaudernd zu.

Sie konnten nicht fassen, dass sich tatsächlich jemand im Haus versteckt hielt, denn etwas anderes,
als ein Versteck konnte das, bei der Sachlage, wohl

kaum bedeuten. Was mochte wohl der Grund dafür sein? Wer war diese Person? Wie lange hielt sich der Mann, vor dessen wachsamen Augen sich die beiden Kletterkünstler um Haaresbreite wegducken konnten, schon hier versteckt und wer wusste davon? Die Fragen schossen wie die Pfeile in die Runde.

„Mensch Alberto, wie siehst du denn aus?!" Verenas Augen waren an Albertos rechtem Hosenbein hängengeblieben, das von den Knien abwärts in Fetzen hing und den Blick auf seine blutig zerkratzten Beine lenkte. Aus ihrem Kulturbeutel nestelte Anne ein kleines Fläschchen und einen Wattebausch hervor, tränkte die Watte mit der Flüssigkeit aus der Flasche und machte sich daran, die blutverkrusteten Wunden abzutupfen. Albertos Impuls vom Bett zu springen, wurde zum einen durch die Enge, zum anderen durch die Übervölkerung des Raumes und sein Aufschrei, dank Verenas rascher Reaktion, unterbunden. Bevor er einen Laut von sich geben konnte, hielt sie ihm den Mund zu und verhinderte mittels ultimativer Mimik jeden weiteren Versuch aufzujaulen.

„Was ist das denn für ein Teufelszeug?", presste er mit gequältem Gesichtsausdruck, bemüht tonlos, zwischen den Zähnen hervor. „Wasserstoffperoxid! Desinfiziert die Wunde und frisst sich schlimmstenfalls keimfrei durch Gewebe, Muskulatur und Knochen. Aber besser man hat kein Bein mehr, als ein entzündetes, findest du nicht auch?" Annes Gesicht zeigte keinerlei Regung bei diesen Worten und Verena stimmte ihr, mit derselben zur Schau gestellten

Ernsthaftigkeit, zu. Alberto rollte die Augen Richtung Fenster, als wäre von dort Hilfe zu erwarten, während die beiden Schwestern mit Mühe ein schadenfrohes Grinsen unterdrückten.

Die Konversation fand knapp über Flüsterlautstärke statt. Alles andere wäre, trotz dicker Wände, mit erheblichem Risiko verbunden gewesen. Das hätte jetzt gerade noch gefehlt, wenn sie mit ihren Stimmvolumen die Aufmerksamkeit von Madame Hoover oder Monsieur Suter auf sich gelenkt hätten.

Nach und nach sank bei jedem der Drei der Adrenalinspiegel wieder auf Normalpegel, wodurch die letzten Reste von Energie ebenfalls dahin schmolzen. Obwohl sie alle Drei hundemüde waren und es einiger Anstrengung bedurfte, die Augen offenzuhalten, ließ sie ein heftiger Drang zu reden oder die Angst davor, mit diffusen Empfindungen alleine zu sein, zunächst noch zögern, dem akuten Schlafbedürfnis nachzugeben.

Mit Blick darauf, dass ihnen nur noch knapp sechs Stunden bis zum Arbeitsantritt blieben, beschlossen sie aber letztendlich, sämtliche weiteren Erörterungen auf einen späteren Zeitpunkt zu vertagen und erst einmal zu Bett zu gehen.

Verena fiel in einen unruhigen Schlaf. Sie streifte bei beklemmender Finsternis durch einen unwegsamen Wald. Gestrüpp und Baumwurzeln brachten sie immer wieder ins Straucheln. Hinter sich hörte sie das schwere Atmen eines Verfolgers, doch konnte sie ihn weder sehen noch schien es ihr möglich, sich vor ihm in Sicherheit zu bringen, denn sie hatte jegliche Orientierung verloren. Sie lief und lief, ohne irgendetwas zu erkennen, war vor Anstrengung und Panik inzwischen schweißgebadet, als unvermittelt eine Hand ihren Arm packte. Mit einem Röcheln, das anstelle eines Aufschreis aus Verenas Kehle drang, riss sie die Augen auf und blickte entgeistert in Annes besorgtes Gesicht.

„Zeit zum Aufstehen. Was ist denn mit dir? Du bist ja klatschnass. Dein Kissen ist so verschwitzt, dass wir beim Auswringen mit Sicherheit den Genfersee zum Überlaufen bringen. Hattest du etwa auch einen Albtraum?"

„Gut kombiniert Dr. Watson." Verena war offenkundig wieder wach und selten so erleichtert darüber, wie in diesem Moment. Auch Anne hatte eine aufwühlende Nacht hinter sich und erzählte ihrer Schwester, wie sie die ganze Nacht hindurch andauernd auf die Leuchtziffern ihres Weckers gestarrt und mit Schäfchenzählen versucht hatte, in den Schlaf zu finden. Als es ihr endlich gelungen war – sie ging davon aus, die Schafe des Hinteren und Vorderen Orients lückenlos abgearbeitet zu haben – sah sie sich umringt von abstrusen Gestalten, die hinter Bäumen, Hausecken und aus dunklen Hauseingängen hervorkrochen. Das Lärmen des Weckers empfand sie schließlich wie eine Erlösung und war tatsächlich froh, endlich aufstehen zu können. Weder ihr selbst noch Verena wollte es gelingen sich an einen Morgen zu erinnern, an dem Anne schon einmal aus eigenem

Antrieb und ohne missmutig ihr Schicksal zu beklagen - ein allmorgendliches Ritual - so früh aufgestanden war.

Alberto, der in der Küche bereits dabei war das Frühstück für sich und seine Kolleginnen oder wie er es formulierte, für die hauseigenen Proletarier, zu richten, sah ungefähr so aus, wie die beiden Schwestern sich fühlten. Viel Zeit zur Pflege ihre Befindlichkeiten und für ihr eigenes Petit-déjeuner hatten die Drei nicht, denn die große Kaffeemaschine musste in Gang gesetzt, Tische mussten eingedeckt und das Frühstück für die Gäste vorbereitet werden.

Die Routine lenkte die Gedanken weg von den nächtlichen Abenteuern auf alltagstaugliche Pfade und ließ wenig Raum für die Müdigkeit, die wie Blei über ihnen lag. Alle Drei fanden ziemlich rasch wieder in ihren Rhythmus und den Gästen gegenüber zur gewohnten Freundlichkeit zurück. Anne und Alberto, die heute Zimmerdienst hatten, kamen flott voran, wie immer. Jeder Handgriff saß und die Arbeit lief Hand in Hand: lüften, Betten ab- und frisch beziehen, Betten machen, Bad reinigen, Handtücher wechseln, abstauben, saugen, wischen. Es blieb nicht viel Muße für Gedankenflüge, und das war gut so. Auch Verena erledigte derweil die anfallenden Arbeiten im Frühstücksraum und in der Küche. Anschließend brachte sie die Anmeldeformulare der am Vortag neu hinzugekommenen Gäste zur Polizeistation, die fünf Minuten zu Fuß bergan lag.

Bevor Viktor Suter das Haus verließ, wählte er eine ihm nur allzu gut bekannte Nummer in Lausanne. Er musste endlich Klarheit haben, wie lange dieser Zustand noch anhalten sollte. Immer wieder hatte er Hausgäste der Organisation beherbergt und sie, wenn nötig, auch versteckt. Für kurze Zeiträume war das überhaupt kein Problem, aber in diesem Fall dauerte es nun bereits annähernd zwei Monate. Einige der Gäste, denen er Unterschlupf gewährt hatte, kannte er bereits von früher, andere nicht. Diesen Carlo Kleinmann hatte er bei dessen Ankunft zum ersten Mal gesehen. Sie waren im Prinzip ,Brüder im Geiste' und verfolgten die gleichen Ziele. Dennoch bestand von der ersten Sekunde an eine herzliche Antipathie zwischen ihm und diesem Herrn Kleinmann. Das allerdings war keine neue Erfahrung für Viktor Suter. An und für sich wären bereits das anmaßende Auftreten und die großspurigen Ansprüche seines ungebetenen Gastes Gründe genug dafür gewesen, ihn möglichst bald loswerden zu wollen.

Das Debakel, das diese grauenhafte Frau Eberhard, diese Hochstaplerin, angerichtet hatte, lenkte jedoch zu allem Übel auch noch die Aufmerksamkeit der Polizei und womöglich auch der Öffentlichkeit auf das Hotel. Mit einem derartigen Zwischenfall konnte natürlich vorher nicht gerechnet werden aber das Risiko hatte sich dadurch schlagartig und erheblich erhöht. Öffentliche Aufmerksamkeit – so banal sie auch begründet sein mochte – musste in jedem Fall vermieden werden.

Eine derartig unheilbringende Personalentscheidung konnte nur von Helene, dieser inkompetenten Giftschlange, getroffen werden!

Endlich, nach einer gefühlten Ewigkeit, wurde der Hörer am anderen Ende der Leitung abgehoben und dieses Nerv-tötende Freizeichen, das ihn schon beinahe paralysiert hatte, schließlich unterbrochen. Das Gespräch war kurz und ließ darauf hoffen, dass die Tage in der gegenwärtigen Konstellation gezählt waren.

📖

Die beiden Beamten im Büro kannte Verena nun schon seit sie in Montreux arbeitete, zumindest vom Sehen. Sie und die Gendarmen grüßten sich immer freundlich gegenseitig und wechselten meist ein paar höfliche Worte, während sie die Meldezettel abgab. Heute jedoch versuchte Verena ganz unauffällig ein wenig über ihre Arbeitgeber zu erfahren. Wenn jemand über die Gemeinde und ihre Menschen Bescheid wissen musste, dessen war sie sich sicher, dann doch wohl die Polizei vor Ort.

„Kennen Sie denn das Hotel, in dem ich arbeite, und meine beiden Arbeitgeber gut?", fragte sie deshalb so beiläufig, wie nur irgend möglich und ärgerte sich sogleich über die ungeschickte Formulierung ihrer Erkundigung.

Das Hotel und Monsieur Suter kannten die beiden Beamten recht gut, Madame Hoover, die auch schon eine gefühlte Ewigkeit in Montreux lebte, kannten sie lediglich oberflächlich, doch könne man ihren Liebreiz als eher unterentwickelt bezeichnen, meinte der ältere der beiden Polizeibeamten. Das war eine sehr höfliche Umschreibung, ging es Verena durch den Kopf! Das Grinsen der Gesetzeshüter machte deutlich, dass sie das beide ebenso empfanden.

Als Verena dann allerdings, offenbar zu auffällig unauffällig, weiter fragte, ob ihre Chefs denn nie verheiratet waren oder es noch weitere Teilhaber gäbe, registrierte sie einen sekundenschnellen Blickkontakt zwischen den Männern und eine fast unmerkliche Veränderung ihrer Körperhaltung. Beide richteten unvermittelt ihre Oberkörper auf. Der ältere der Beiden hob seinen Kopf, neigte ihn leicht zur Seite und wandte die Augen interessiert in Richtung der jungen Deutschen. „Gibt es irgendwelche Probleme?"

Auch der jüngere der Beamten bedachte sie nun mit einem forschenden Blick. Augenblicklich wechselte die Gesprächsatmosphäre von einem unverbindlichen Geplänkel zu investigativer Nachfrage. Verena wusste die veränderte Haltung und die Reaktion der beiden nicht genau einzuordnen. Richtete sich der Argwohn, der in dieser Rückfrage lag gegen sie als Fremde, die sich in Dinge einmischte, die sie nichts angingen? Sollten die Blicke bedeuten: „Frag' deine Chefs doch selber, wenn es dich so interessiert!"? Oder gab es seitens der Behörde bereits Verdachtsmomente, die durch ihre möglichen Beobachtungen erhärtet werden sollten?

Vorsichtshalber bemühte sie sich gänzlich ungezwungen zu klingen: „Man interessiert sich eben für die Menschen und die Verhältnisse auf die man trifft. Über die Stadt, ihre Geschichte und die Umgebung kann ich alles nachlesen. Aber über das schöne Hotel, in dem ich lebe und arbeite, weiß ich eigentlich nichts. Und wie sie ja schon sagten, meine Chefin ist eher von zurückhaltender Liebenswürdigkeit. Wenn ich Fragen stelle, glaubt sie, ich hätte nicht genug Arbeit. Deshalb muss ich mich jetzt auch sputen, sonst gibt's Ärger." Sie lächelte den beiden verschwörerisch zu, drehte auf dem Absatz um und verließ fluchtartig das Office.

„Blöder hätte ich es wohl nicht anfangen können!" Verena fluchte in sich hinein, schalt sich selbst für ihren plumpen unüberlegten Vorstoß und regte sich den Rest des Tages über ihre überbordende Einfältigkeit auf.

Kurz nach 22 Uhr trafen sich Anne, die gnädiger Weise einen Hausschlüssel von Madame erhalten hatte, Alberto und Verena auf der Terrasse des Casinos, um in Ruhe reden zu können ohne ständig den unterkühlten Hauch von Madame Hoover im Nacken zu spüren. Kaum hatten sie es sich an ihrem Tisch gemütlich gemacht, berichtete Verena über ihren missglückten Versuch, die Polizisten auszuhorchen und über deren unergründliche Reaktion darauf. Dass sie sich so doof angestellt und sich zuvor überhaupt keine vernünftige Vorgehensweise ausgedacht hatte, ärgerte sie noch immer maßlos.

„Vielleicht ist es gar nicht so ungeschickt, wenn die Polizei weiß, dass wir uns Gedanken über die Vorgänge im Hotel machen. Sollten sie ein berufliches Interesse daran haben, werden sie es uns irgendwie spüren lassen und wenn sie uns lediglich für aufsässige ausländische Arbeitskräfte halten, werden sie uns gegenüber künftig wahrscheinlich eher distanziert und frostig sein. Mit allergrößter Wahrscheinlichkeit wird gar nichts passieren. Jedenfalls können wir es mal als eine Art Versuchsballon sehen."

Alberto schlug darüber hinaus vor, dass sie bei Maurice, einem der Kellner des benachbarten Cabarets und Musikclubs Hazyland, ein bisschen nachforschen sollten, denn der lebte und arbeitete schon fast 30 Jahre in der Stadt. „In seinem Beruf erfährt man mehr, als man wirklich wissen möchte, daher kann er eine Eins-A-Quelle für uns sein".

Falls sie auf diese Weise tatsächlich mehr in Erfahrung bringen sollten, müssten sie auf dieser Grundlage unbedingt einen Plan für die weitere Vorgehensweise ausarbeiten, ergänzte Alberto seinen Vorschlag.

„Am Ende ist unser Phantom nichts weiter als ein Verwandter des Chefs oder der Chefin, der einfach ein paar Tage unbehelligt ausspannen möchte. Und wir spielen Sherlock Holmes!"

Anne konnte natürlich Recht haben, möglicherweise machten sie sich ziemlich lächerlich mit ihren wirren Verschwörungstheorien und Nachforschungen aber das Gefühl, dass hinter all diesen Ungereimtheiten doch etwas mehr steckte, überlagerte ihre Zweifel. Einig waren sie sich außerdem, dass sie keinesfalls unvorsichtig werden durften. Zum einen, um einer möglichen Blamage zu entgehen, zum anderen aber, weil sie die Situation selbst nicht durchschauen konnten. Schließlich wussten sie nicht, was und wem sie eventuell in die Quere kommen konnten. Ein wenig kamen sie sich vor, wie in „Emil und die Detektive" von Erich Kästner!

Sie ließen an diesem Abend ihren Spekulationen freien Lauf und amüsierten sich unaufhörlich über ihre eigenen zum Teil abstrusen Ideen, die ihnen mit Blick auf ihren mysteriösen Hausgast in den Sinn kamen. Die Einfälle entfalteten sich immer mehr zu einem vergnüglichen Schabernack. Je später es wurde, umso schillernder blühte die Fantasie, über die alle drei ganz offensichtlich in Hülle und Fülle verfügten.

Die Aufgaben der folgenden Tage hielten die drei Hausgeister durch eine Reihe von An- und Abreisen so sehr auf Trapp, dass jede weitere Hypothese schon im Vorfeld, eine veritable Alkoholvergiftung Verenas dagegen nur knapp verhindert werden konnte.

Eine liebenswürdige ältere Dame aus Luzern, die mit ihrem nicht weniger sympathischen Ehemann einige Tage im Florentine verbrachte, erzählte Verena beim Frühstück, dass ihr Mann schrecklich gerne einmal das „Hazyland", den Musikclub in der Nachbarschaft des Hotels, besuchen würde. Sie selbst verfiele jedoch schon bei dem Gedanken an die laute Musik und die schlechte Luft, die in solchen Lokalen wohl üblich sei, in entsetzliche Panik. Alleine mochte ihr Ehemann allerdings nicht dort herumsitzen. Während die beiden Luzerner Verena beim Erzählen erwartungsvoll ansahen, stand diese offenbar mit beiden Füßen fest auf der Leitung. Schließlich fragte

Frau Rütli ganz unumwunden, ob es wohl sehr anmaßend sei, sie, Verena, darum zu bitten, ihren Mann
in das Lokal zu begleiten. Ein wenig ungewöhnlich
zwar aber durchaus nicht anmaßend erschien Verena
das Ansinnen und so hatte sie nun für den folgenden
Abend eine Verabredung.

Weder Herr Rütli noch Verena empfanden es unangenehm, dass Maurice, der Oberkellner, mit dem
Alberto und Anne sich schon ganz gut angefreundet
hatten, sie beide für Großvater und Enkelin hielt.
Deshalb unternahmen sie erst gar keinen Versuch,
den Irrtum zu berichtigen. Es wäre außerdem zu
weitschweifig gewesen die Umstände, die sie an diesem Abend gemeinsam hierhergeführt hatten, zu er-
läutern. Verenas Befürchtung, die Unterhaltung
könnte sich, bedingt durch den Altersunterschied
und entsprechend verschiedenartiger Interessen, etwas zäh gestalten, bestätigten sich überhaupt nicht.
Erfreulicherweise war ihnen der Gesprächsstoff während des gesamten Abends ganz und gar nicht ausgegangen, im Gegenteil, es kam auf beiden Seiten
keine Sekunde Langeweile auf. Herr Rütli hatte von
seiner Heimatstadt Luzern geschwärmt, hatte über
seine Familie und sein Leben erzählt. Verena malte
unverblümt ihre Zukunftspläne und -träume aus,
und davon gab es reichlich. So war mit einem Mal die
Flasche Wein, die Herr Rütli bestellt hatte, leer. Von
diesem ungleichen Paar, das diese konsumiert hatte,
konnte man das hingegen keineswegs behaupten. Im
Nachhinein wollten sie die Möglichkeit, dass es sich

eventuell um zwei Flaschen Wein gehandelt haben könnte, nicht völlig ausschließen. Dieser, im wörtlichen Sinne, nahezu umwerfende Umstand kam den Beiden aber erst zum leicht vernebelten Bewusstsein, als sie sich auf den Rückweg zum Hotel machen wollten. Im selben Augenblick in dem Verena den Versuch unternahm, sich von ihrem Stuhl zu erheben, keimte in ihr der Verdacht, dass der Boden unter ihren Füßen seine Trittfestigkeit zu verlieren drohte. Herr Rütli bestätigte ihre diesbezüglich geäußerte Vermutung. „Es scheint, als hätten wir es hier mit einem leichten Beben zu tun." Daher verständigten sich die beiden sicherheitshalber auf eine Rückzugstaktik, die darin bestand, sich - so gut es eben ging - synchron aufzurichten, einander dabei wechselseitig Schulter an Schulter im Gleichgewicht zu halten, die Tür beharrlich mit den Augen zu fixieren, diese gradlinig anzusteuern und Schritt für Schritt möglichst unauffällig zu erreichen. Tatsächlich erreichten sie auf diese Weise den Ausgang des Lokals. Dass ihnen dies jedoch in unauffälliger Manier gelungen sein könnte, wagten beide im Nachhinein stark zu bezweifeln. Immerhin schafften sie es mittels dieser Halte-, Stütz- und Trippel- Fortbewegungstechnik ins Florentine zurück.

„Was für ein Glück, dass ich das Bild, das wir vermutlich bei dieser Aktion abgaben, selber nicht in unbewölktem Bewusstsein ansehen musste aber auch die blasse Erinnerung daran, lässt mich die Farbe wechseln", berichtete Verena am folgenden Tag ihrer Schwester.

Die kurze Nacht, die ihr nach der Heimkehr aus dem Hazyland geblieben war, bis ihr Arbeitstag wieder startete, begann zunächst damit, dass sie ‚seekrank' wurde. Nicht nur der Boden unter ihren Füßen, auch ihr Bett wackelte und drehte sich unaufhörlich um seine eigene Achse. Da es ihr nicht gelingen wollte, dieses fortlaufende Karussell anzuhalten, ihr aber inzwischen hundeelend zumute war, weckte sie in ihrer Misere ihre Schwester Anne: „Mir ist so schlecht, ich glaube, ich sterbe vor Übelkeit".

"Hoffentlich geht das schnell, damit ich endlich in Ruhe weiterschlafen kann", war alles, was ihr aus der Dunkelheit entgegenkam. Kein Hauch von Mitgefühl oder positiver Zuwendung lag in Annes Ton und Worten, sie wollte einfach nur in Ruhe weiterschlafen und machte keinerlei Anstalten, ihrer unvernünftiger Weise alkoholisierten Schwester das Leben zu retten oder sie wenigstens zu trösten.

Unter diesen Umständen blieb neben einer größeren Portion Selbstmitleid nur noch die Selbsthilfe. Mit eisernem Überlebenswillen wankte Verena in die angrenzende Waschküche. Im Regal über der Waschmaschine entdeckte sie ein angebrochenes Glas Nescafé, goss das zur Hälfte mit Instantpulver gefüllte Gefäß mit heißem Leitungswasser auf und trank es, mit dem Mut der Verzweiflung, in einem Zug leer. Zu ihrer eigenen Verwunderung stellte Verena fest, dass sie trotz ihrer offensichtlichen, gleichgewichtsgestörten Disposition, den Weg ins Badezimmer in rekordverdächtiger Geschwindigkeit zurückzulegen imstande war. Das explosionsartige Aufsteigen ihres

Mageninhaltes hätte jedoch auch keine Sekunde Verzögerung geduldet. Wenigstens gelang es ihr nach dieser Eruption wieder in ihr Bett zurückzufinden und doch noch einzuschlafen.

Ihre Dynamik am darauffolgenden Arbeitstag ließ sich ohne Weiteres mit der einer Weinbergschnecke vergleichen, da musste sie Alberto Recht geben, auch wenn sie der Meinung war, dass er das durchaus hätte etwas feinfühliger formulieren können. Schließlich hatte sich Verena „für die Allgemeinheit, für das Wohl der Gäste und den Fortbestand des Hotels geopfert, … oder so ähnlich". Ein Heiterkeitserfolg war jedenfalls das Maximum, was sie aus dieser Situation und ihren entsprechenden Anmerkungen herausholen konnte. Nicht sehr befriedigend aber es hätte mit Blick darauf, dass Anne und Alberto Verenas Arbeit an diesem Tag zu großen Teilen miterledigen mussten, auch weniger sein können.

Entgegen eigener Befürchtungen überlebte Verena den Tag. Auch die erwarteten Spätfolgen blieben, soweit sie das im Rückblick beurteilen konnte, weitegehend aus. Wahrscheinlich, so mutmaßte sie später, wurde ihre postpubertäre Fortentwicklung durch diese traumatische Erfahrung nicht unwesentlich beeinträchtigt aber die mittelbaren und unmittelbaren Einflüsse auf Entwicklungsprozesse lassen sich von Laien eben nur schwer abschätzen. Profis dagegen würden in bezahlbarem Rahmen wahrscheinlich gar nicht erst so weit vordringen, weil ihre verschlungene Persönlichkeit auch ansonsten genügend Betätigungsfelder zu bieten hätte. In diese Richtung hatte sich jedenfalls ihre Schwester geäußert.

Verenas ‚Trinkkumpan' schien am Morgen danach nicht ganz so deutlich vom Alkoholmissbrauch gezeichnet, doch wirkte auch er leicht lädiert und müde beim Frühstück. Seine Frau hatte ihn für den späten Vormittag – „aus therapeutischen Gründen!" - zu einer kleinen Wanderung in die Berge zwangsrekrutiert. Herr Rütli beklagte zwar die Tatsache, dass seine Gattin seine Wehrlosigkeit schamlos ausnutze, doch verzichtete er, aus Einsicht in die Zwecklosigkeit des Unterfangens, auf wahrnehmbaren Widerstand.

Verena hätte indessen ein Himmelreich für ein paar Stunden Schlaf gegeben, an solchen Luxus war jedoch gar nicht zu denken. Dafür erachtete es „unsere wandelnde Betonfrisur" (Zitat: Verena) für angebracht einige aufbauende Worte an sie zu richten:

„Mein Gott, Fräulein Verena, Sie sehen ja grauenvoll aus! Es könnte nicht schaden, ein wenig mehr Sorgfalt in Bezug auf das eigene Erscheinungsbild zu investieren!", sprach es und rauschte von dannen und mit ihr der letzte Rest von Verenas Zuversicht.

Als wäre das alles noch nicht genug gewesen, stand kurz darauf plötzlich Piak, Verenas in der Schweiz lebende thailändische Freundin in der Hotelhalle. Sie strahlte ihr, voll Vergnügen über deren verdutztes Gesicht entgegen, als Verena aus der Küche an die Rezeption gehastet kam, weil das Türglöckchen geläutet hatte. Eingerechnet des Umstandes, dass dieses Glöckchen in Verenas Kopf gegenwärtig die gleiche Wirkung, wie das komplette Glockengeläut des Kölner Domes auf Ohrhöhe zeitigte, gab ihr das plötzliche Auftauchen ihrer Freundin den Rest.

Piak lebte mit ihrem kleinen Sohn Pat aus erster Ehe und ihrem netten, relativ neuen Schweizer Lebensgefährten Jean Luc in Biel und hatte die (beinahe im wörtlichen Sinne) umwerfende Idee, Verena und Anne zu überraschen. Die Überraschung war ihr tatsächlich gelungen! Kaum hatte sich ihre Freundin Verena von dieser Erschütterung einigermaßen erholt und ihr Gleichgewicht halbwegs wiedergefunden, da versetzte Piak ihr, nach der ersten herzlichen Umarmung und Wiedersehensfreude, den finalen Tiefschlag des Tages: „Du siehst aber gar nicht gut aus."

Neben Madame Hoover war Piak der zuverlässigste Lieferant für Einsichten oder Erleuchtungen, die eigentlich keiner brauchte, geschweige denn wollte. Wesentlicher Unterschied war allerdings, dass Piak nicht zur Boshaftigkeit neigte, sie war eben einfach so, wie sie war! Piaks Bemerkungen gingen üblicherweise mit einer gewissen unfreiwilligen Komik einher. Komik war allerdings kein Begriff, der – freiwillig oder unfreiwillig – mit Madame Hoover in Verbindung zu bringen war.

Endlich entdeckte Verena auch den kleinen Pat und Jean Luc etwas abseitsstehend im Dämmerlicht des Foyers. Nach einer (von Piaks Seite) wortreichen Begrüßung und der darin irgendwie eingeschachtelten Information, dass sie sich für zwei Nächte in einem benachbarten Hotel eingemietet hätten, regte sich auch in Verenas lethargisch schaumgebremstem Gemütszustand, allmählich eine Spur von Wiedersehensfreude. Gerne hätte sie sich um die Drei intensiv gekümmert, doch musste sie zuerst ihre Arbeit zu Ende bringen. Deshalb bat sie ihre Freunde, im Garten für eine halbe Stunde Platz zu nehmen, bis Anne und sie ein wenig Zeit für sie hätten.

Stolz auf sich und ihr wohlerzogenes Pflichtbewusstsein, machte sie sich wieder ans Werk und war auf ein geneigtes Lob gefasst, als Madame Hoover plötzlich hinter ihr stand.

„Verena, ich erwarte Sie in zwei Minuten in meinem Büro!"

Der Ton hätte sicher etwas verbindlicher sein können, auch ein „bitte" hätte nicht wirklich gestört aber schließlich wollte Verena nicht kleinlich sein und begab sich, mit einem selbstzufriedenen Lächeln im Gesicht, umgehend in die Höhle des Löwen beziehungsweise der Löwin. Diese thronte bereits hinter ihrem monströsen dunkelbraunen Schreibtisch, dessen Füße tatsächlich den Pranken eines Raubtieres glichen. Sie schien in wichtige Dokumente vertieft zu sein, denn beim Eintreten ihrer Angestellten hob sie weder den Blick, noch bot sie ihr Platz an. Unbeirrt in freudiger Erwartung, stand Verena vor dem Ungetüm von einem Katheder und zweifelte beinahe schon daran, dass ihre Chefin sie überhaupt bemerkt hatte, als deren Stimme aus den Tiefen ihrer Konvolute gefährlich leise an ihr Ohr drang.

„Nun Mademoiselle Verena, was glauben Sie wohl, was haben Sie heute falsch gemacht?"

Im ersten Moment verharrte Verena ein wenig verwirrt und sprachlos, doch schon im zweiten fiel ihr ein Sketch von Otto Walkes ein. Nein, das ist wohl nicht ganz korrekt. Diese Parodie kam ihr leider nicht nur in den Sinn, verheerender Weise zitierte sie einen Satz daraus schneller, als sie nachdenken konnte:

„Was habe ich heute falsch gemacht? Was sagt der Vater, was die Mutter, was der Kinder siebenköpfige Schar?!"

So langsam, wie sich Madames Blick in Richtung ihrer ,Untergebenen' hob, so langsam dämmerte dieser, dass ein solcher spontaner humoristische Beitrag nicht wirklich dazu taugte, die Situation zu entschärfen. Sie konnte in der bemüht gezügelten Veränderung von Madames Mimik und Körperhaltung geradezu in Zeitlupe beobachten, wie das Flämmchen an der Lunte auf einen beunruhigend gefährlichen Sprengsatz zu züngelte. Just in dem Augenblick, in dem Verena die Detonation erwartete, schrillte das Telefon in einer derart penetranten Lautstärke, dass ihr vor Schreck beinahe das jugendliche Herz versagt hätte. Die Gesichtszüge und Stimme ihres Gegenübers wechselten in Sekundenbruchteilen von entsicherter Handgranate, zu jener, Verena inzwischen wohlbekannten, gnädigen Herablassung, mit der Madame eine Zimmerbuchung entgegenzunehmen geruhte.

Mit dem Auflegen des Telefonhörers schien die flackernde Lunte erloschen, doch ließ sie ihre Angestellte mit wenig gnädig klingender Schroffheit schließlich wissen, dass Freunde und Bekannte des Personals, nicht auf dem Anwesen des Hotels geduldet würden.

„Ich gehe davon aus, dass ihre Bekannten den Garten umgehend verlassen und Sie sich künftig an diese Hausregeln halten werden."

„Ich wollte meine Arbeit nicht unterbrechen und bat…".

Mit einem: „Weiter gibt es nichts zu besprechen!", unterbrach die Dame des Hauses Verenas Rechtfertigungsversuch. Mittels einer scheuchenden Geste machte sie gleichzeitig deutlich, dass die Angestellte das Zimmer zu verlassen hatte.

Um sich nicht, wie Rumpelstilzchen, vor Raserei auf der Stelle in Atome zu zerlegen, atmete Verena vor der Tür mehrmals tief ein und aus. Hätte sie irgendeinen Gegenstand in der Hand gehabt, er wäre mit Sicherheit im selben Moment mit voller Wucht an die Wand gekracht. Alberto, der gerade die Treppe herunter auf sie zugekommen war, blickte nur kurz in ihre Richtung, legte furchtsam die Stirn in Falten und machte sich mit den Worten „ich bin unschuldig" aus dem Staub.

Geradewegs steuerte Verena den einzigen besetzten Tisch im Garten an, um Piak, Jean Luc und Pat zu bitten, in etwa einer Stunde im Hotel, in dem sie sich eingemietet hatten, auf sie zu warten. Es war ihr schließlich nichts anderes übriggeblieben, denn Madame Hoover wäre imstande gewesen die Drei höchst selbst vor die Tür beziehungsweise vor das Gartentor zu setzen. Verena hätte das allerdings als den Gipfel der Peinlichkeit empfunden. So hatte sie sich hinter ihren beruflichen Pflichten versteckt, um sich gesichtswahrend aus der Affäre zu ziehen.

Alberto und Anne schüttelten nur entgeistert die Köpfe, als Verena ihnen erzählte, was vorgefallen war. Es wollte keinem der Drei ein vernünftiger Grund einfallen, der gegen ein friedliches Verweilen der kleinen Familie im Garten gesprochen hätte. Im Gegenteil! Das malerisch harmonische Bild, das sie in dem herrlichen Garten geboten hatte, hätte fantastisch als Werbeaufnahme für das Hotel dienen können.

Obwohl sie eigentlich schon fast damit rechneten, dass ihrer Chefin noch irgendeine Idee kommen würde, sie daran zu hindern, an diesem Tag pünktlich Feierabend zu machen, um ihre Verabredung einzuhalten, gelang es Anne und Verena wider Erwarten sogar gemeinsam den späten Nachmittag mit ihrem Überraschungsbesuch zu verbringen und endlich einmal wieder auf ganz andere Gedanken zu kommen.

Sie schlenderten gemeinsam am See entlang Richtung Vevey. Der kleine Pat schien sich rundherum wohlzufühlen, jagte zuweilen watschelnden Enten und reizbaren Schwänen hinterher und freute sich über die Aufmerksamkeit und Zuwendung von gleich vier Erwachsenen, die mit ihm spielten, tobten und herumalberten. Pat kicherte und warf die Hände vor Freude in die Luft, eine Fröhlichkeit die so ansteckend wirkte, dass auch die Erwachsenen nicht anders konnten, als seiner unbefangenen guten Laune völlig zu erliegen.

Alle Themen, die mit ihren Arbeitgebern, dem Hotel und vor allem den verstörenden Verdachtsmomenten zu tun hatten, umkreisten sie geschickt und in großem Bogen. Zum einen wären die Einzelheiten für Piak und Jean Luc, falls sie diese überhaupt interessiert hätten, ohnehin kaum nachvollziehbar gewesen. Zum anderen kamen sich die Schwestern mit ihrer Geschichte auch ein bisschen lächerlich vor. Außerdem hatte Piak – wie immer - so viel zu erzählen, dass außer ihr ohnehin kaum jemand zu Wort gekommen wäre. Piaks unermüdlicher Redefluss hatte Verena auch in der Vergangenheit immer wieder fasziniert. Sie brauchte offenbar überhaupt keine Zeit zum Luftholen oder Nachdenken. Dieser permanente Wortschwall war ihr in der Vergangenheit schon diverse Male beträchtlich auf die Nerven gegangen. Heute jedoch wirkte diese Überschwänglichkeit auf Verena sogar äußerst entspannend und wie es schien, empfand es Anne ganz ähnlich. Während sie sich sonst selten eine spitze Bemerkung über Piaks verbales Trommelfeuer verkneifen konnte, beließ Anne es heute bei einem „armer Jean Luc!" Der grinste nur und schloss in gespielter Verzweiflung für einen Moment die Augen. Da Mama Piak ja in erster Linie mit Erzählen und Gestikulieren beschäftigt war, kümmerte Jean Luc sich an ihrer Stelle fürsorglich um den kleinen Pat, der unermüdlich hin und her wuselte und dabei quietschte vor Vergnügen.

Zum Abendessen in einem kleinen Restaurant in der Nähe des Bahnhofs, gesellte sich auch Alberto zu der kleinen Runde. Es war kaum zu glauben aber Piak schien in ihm ihren Meister gefunden zu haben, denn er schaffte es tatsächlich, sie gelegentlich sprachlos zu machen und immer wieder, wenigstens für einige Minuten, die Konversation zu dominieren. Das Abendessen verlief entsprechend lebhaft, zwischendurch sogar recht ausgelassen, obwohl spürbar eine unterschwellige Rivalität zwischen Piak und Alberto in der Luft lag.

📖

Zur gleichen Zeit im Hauptquartier in Lausanne:
Es sind die persönlichen Wichtigtuereien, die immer wieder den elementaren Kampf um eine gute Sache in Gefahr bringen. Ungeduld, Eitelkeit, Kleinmut, Selbstüberschätzungen, das Gefühl, die eigene Leistung werde nicht gebührend anerkannt oder einfach pure Einfältigkeit. Das sind, neben vielen anderen, im Wesentlichen die unterschätzten Hindernisse bei der Umsetzung und Realisierung jedes noch so großen übergeordneten Zukunftsprojektes. Sie können grandiose Vorhaben ins Wanken geraten lassen oder zumindest verzögern. Diese jämmerlichen Kleingeister scheinen nicht zu begreifen, worum es geht! Statt ihre kläglichen Existenzen dem großen Ziel unterzuordnen, führen sie sich auf, wie in einem Kindergarten.

Nicht mehr und nicht weniger als die künftige Weltordnung stand auf dem Spiel und da fällt diesen elenden Ignoranten nichts Besseres ein, als sich bei ihm über Marginalien zu beklagen. Zuweilen konnte es extrem anstrengend sein, alle Fäden in der Hand zu behalten und immer wieder die eigene Autorität und Führung unter Beweis zu stellen. Er war es, der hier die Richtung bestimmte und die kleinen Lichter hatten sich gefälligst zu fügen. Wo kämen sie schließlich hin, wenn hier jeder einfach agierte, wie es ihm gerade passte. Nachgeordnete Kameraden hatten bedingungslos Folge zu leisten. So funktionierte die Organisation! Das war das Prinzip! Sie mussten nicht alles verstehen, sie sollten Befehle ausführen. Für alles andere war schließlich er da.

Der Nationalen Front in Lausanne war er Mitte der 30er Jahre, nach seiner Rückkehr aus Deutschland, beigetreten. Dort hatte er ein Auslandsjahr absolviert und war 1932 – welch' ein Glücksmoment in seiner Biografie! - in einem Hotel in Bad Godesberg, Adolf Hitler begegnet. Eine Begegnung, die sein Leben grundlegend verändert hatte. Wusste er zuvor nicht, was Überzeugungen sind, von da an hatte er welche, die ihn bis in seinen Tod begleiten würden, denn sie waren seither untrennbar verschmolzen mit seinem Streben, seinem Denken, seiner Persönlichkeit, mit allem, was ihn ausmachte.

Die Organisation selbst hatte sich bereits vor Jahrzehnten etabliert und mit diversen Gruppierungen Gleichgesinnter, über Kontinente hinweg, in verschiedenen Ländern vernetzt. Die Bandbreite der Aktivitäten hatte sich unterdessen weiter ausgedehnt. Während anfangs die Verbreitung der Ideologie im Mittelpunkt gestanden hatte, ging es bald im gleichen Kontext auch verstärkt um Beschaffung und Sicherung von Vermögenswerten. Schließlich musste die Finanzierung elementarer Aufgaben und Operationen gewährleistet sein. Ebenso wurden eine Reihe von Parallelen zwischen den Zielen der NS Ideologie und der Volksfront zur Befreiung Palästinas (PFLP) deutlich, die in einer genauso nützlichen, wie fruchtbaren Interessengemeinschaft mündeten. Immer wieder unternahm er Reisen in den Nahen Osten und nach Berlin, wo er seine guten Kontakte pflegte und nutzte.

Ilich Ramírez Sánchez, der sich als „Carlos der Schakal" in der Welt einen Namen gemacht hatte und Mohammed Amin al-Husseini, einer der bedeutendsten arabischen Nationalisten und engagierten Unterstützer des Nationalsozialismus, wurden für ihn im Lauf der Jahre zu engen Vertrauten. Leider starb sein Freund Amin al-Husseini vor wenigen Jahren und hinterließ eine große Lücke im Kampf um eine neue Weltordnung. Auch Paul Dickopf, mit dem er sich seit Jahrzehnten eng verbunden fühlte war seit 1973 tot. Er hatte es geschafft, auch nach dem Krieg eine wichtige Rolle in Deutschland zu spielen und sich beim Aufbau des Bundesnachrichtendienstes, als dessen Präsident er sechs Jahre lang fungiert hatte, maßgeblich einzubringen. Stolz war er schon, dass seine Mitwirkung daran nicht ganz unerheblich war. Schon in den 40er Jahren, während er ihm in Lausanne Unterschlupf gewährt hatte, hatten sie gemeinsam an Pauls Legende gebastelt und waren offensichtlich recht erfolgreich damit gewesen. Und jetzt gab es auch seinen Freund und Gesinnungsgenossen Paul nicht mehr.

Deutsche und Schweizer Nachrichtendienste pflegten dennoch nach wie vor den Kontakt zu ihm. Sie schätzten ganz offensichtlich die wertvollen internationalen Netzwerke, über die er verfügte. Obwohl den Behörden seine Aktivitäten keinesfalls verborgen geblieben waren - er galt als Anlaufstelle für Gleichgesinnte, bot Unterschlupf und Unterstützung, vor allem nach dem Zusammenbruch des Dritten Reiches in Deutschland – ließ man ihn unbehelligt. Dass nach wie vor viele hochrangige NS Funktionäre zu seinen Freunden zählten, brachte ihm keinerlei Schwierigkeiten, sie schienen seine Nützlichkeit für internationale Geheimdienste eher zu verstärken. Man ließ ihn gewähren.

Es war ein Drahtseilakt, den er in der Schweiz vollführte, dessen war er sich durchaus bewusst. Dass sein Telefon überwacht wurde, wusste er. Dennoch war es absolut unverkennbar, dass er für die Schweizer Behörden, wie auch für die internationalen Geheimdienste, als Kontaktperson zu wertvoll war, als dass man gewagt hätte, ihn anzuklagen oder von der Bildfläche verschwinden zu lassen. Außerdem war auch in der Schweiz die Abneigung gegen den Kommunismus um ein Vielfaches größer, als die Furcht vor rechtsradikalen Tendenzen. Wie auch immer! Solange er von Nutzen war, solange war er sicher! Und er hatte fest vor, sicher zu bleiben!

📖

Den folgenden Tag mussten Verenas Freunde weitgehend alleine gestalten. Abgesehen von zwei Abendstunden war es weder Anne noch ihr gelungen, freie Zeit herauszuschinden. Aber schließlich hatten die Drei ihren Besuch nicht vorher angekündigt, da mussten sie eigentlich schon damit rechnen, dass sie nicht rund um die Uhr umsorgt und unterhalten werden konnten. Hatten sie wohl auch! Und so genossen sie ihren ersten Aufenthalt am Genfersee, der betörend in der strahlenden Sonne glänzte und von dem aus sie anschließend weiter nach Frankreich bis an die Côte d'Azur reisen würden. Anne hatte einen Ausflug zum Château de Chillon, einer beeindruckenden Wasserburg in Veytaux, empfohlen. Diese, im 11. Jahrhundert erstmals erwähnte Burg, thronte etwa fünf Kilometer südöstlich von Montreux, majestätisch auf einer Felseninsel, direkt über dem See. Vor allem für den kleinen Pat war das zweifellos ein Highlight dieses Urlaubs.

Die beiden Schwestern hatten die Abwechslung, die ihnen durch den Besuch geboten worden war, einerseits recht vergnüglich empfunden. Endlich hatten sich ihre Gedanken mal wieder in anderen Sphären bewegt. Andererseits hatte es sich für die beiden nicht ganz einfach einrichten lassen, ad hoc genügend Freizeit herauszuschlagen, ohne die fortwährende Missstimmung ihrer Arbeitgeber noch weiter anzuheizen. Wieder einmal entpuppte sich dabei Alberto, der sich darin gefiel, den Eindruck eines oberflächlichen Clowns zu vermitteln, als Fels in der Brandung und ausgesprochen hilfsbereiter Freund und Kollege. So wenig er bereit schien, sich selbst, andere Menschen und alltägliche Dinge ernst zu nehmen, so wenig er sich um Arbeit riss, und so sehr er gelegentlich das Zeitlupentempo als Norm definierte; wenn es darauf ankam, konnte man sich hundertprozentig auf ihn verlassen. Unglaublich, welche Berge er beinahe in Schallgeschwindigkeit abzuarbeiten in der Lage war, wenn er wollte. Die Wäsche hatte er in einem atemberaubenden Tempo gemangelt, gefaltet und aufgeräumt, den Frühstücksraum und die Küche auf Vordermann gebracht. Anschließend hatte er sich mit teilnahmslosem Gesichtsausdruck am Rezeptionspult niedergelassen, als wüsste er vor Langerweile nichts mit sich anzufangen. Wo offensichtlich nichts mehr zu tun war, konnte eigentlich selbst Madame keine Einwände gegen das Freizeitersuchen ihrer Domestiken vorbringen. Die Rechnung schien wenigstens dieses eine Mal aufzugehen.

Doch wie sie sehr bald in Erfahrung bringen konnten, scheiterte diese Logik nicht selten an dem Wörtchen „eigentlich", denn das Selbstverständnis der Drei und Madame Hoovers Vorgehen, sollte sich schon bald wieder als absolut inkompatibel erweisen.

Bei den beinahe täglichen Meldegängen zur Polizeistation hatten die Drei unabhängig voneinander den Eindruck, dass die Beamten ihnen mit einer bemüht neutralen Höflichkeit, vor allem aber mit dezent versteckter Aufmerksamkeit begegneten. Die kurzen Gespräche blieben unverbindlich auf das Wetter oder die sommerlichen Touristenströme beschränkt. Ob sie Opfer ihrer eigenen Paranoia geworden waren? Ausschließen konnten sie diese Möglichkeit nicht aber sie nahmen sich vor, mangels alternativer sinnreicher Eingebung, erst einmal passiv zu bleiben und abzuwarten.

„Wie lange soll das hier noch dauern?"

Viktor Suter, an den die Frage gerichtet war, hob resigniert die Schultern und zog die Stirn in Falten. Sein ungeduldiger Gast saß kerzengerade auf einem Stuhl in seinem gegenwärtigen Domizil, das er lieber heute als morgen wieder verlassen hätte und machte aus seiner Herablassung keinen Hehl. Im Gegenteil. Weder seine Beherbergung, noch die Gesellschaft in der er sich da wiederfand schien seinen Ansprüchen zu genügen und das Missfallen darüber brachte er bei jeder sich bietenden Gelegenheit unbeherrscht zum Ausdruck.

Auch Viktor Suter wäre eine rasche Abwicklung der Transaktion und damit das Verschwinden seines unerträglichen Gastes am liebsten gewesen, doch der Lausanner Verbindungsmann hatte zur Geduld gemahnt.

Der unbegreifliche Zwischenfall mit einem allzu wissbegierigen, „übermotivierten" Bankmitarbeiter konnte die Ausführung letztlich nicht verhindern, verzögern dagegen schon. Aber die Vorsicht gebot, in dieser Lage nichts zu überstürzen. Außerdem konnte es momentan nicht schaden, einfach nur ein paar Tage abzuwarten, bis auch die behördliche Aufmerksamkeit wieder verklungen war, die sich momentan, wegen dieser unsympathischen Margot Eberhard und ihrer Hochstapelei, auf das Hotel richtete. Ausgebildete, erstklassige Hotelangestellte waren für ein paar Franken eben nicht zu haben. Dieser unbestreitbare Sachverhalt war zwischen Helene und ihm schon unzählige Male thematisiert worden. Unablässig regte sie sich über unfähiges Personal auf, das sie selbst engagiert hatte. Unter keinen Umständen war sie jedoch bereit, auch nur annähernd branchenübliche Gehälter zu bezahlen. Gab es denn irgendetwas, über das sich diese Frau nicht echauffieren konnte! In die Führung des Personals wollte er sich nun wirklich nicht einmischen. Für ihn war die Zusammenarbeit mit dieser Giftschlange auch ohnedies eine Tortur, die er keinen Tag länger als nötig fortführen würde. Widerwillig wandte er sich ab von diesen unerfreulichen Reflexionen und seinem mindestens ebenso unerquicklichen Gesprächspartner zu.

„Ich rechne täglich mit dem Kapital. Sie wissen, dass es nicht an mir liegt. Ein paar Tage werden Sie schon noch überstehen. Schließlich haben wir über drei Jahrzehnte darauf warten müssen."

„Schlimm genug! Ich hätte von der Schweizer Ortsgruppe eine bessere Vernetzung und mehr Durchsetzungsvermögen erwartet."

Was glaubte dieser unerträgliche Schwadroneur eigentlich, wo er hier war?

„Wir haben in der Schweiz vielleicht eine ansehnliche Zahl von Kameraden und Sympathisanten, sind auf unterschiedlichen Hierarchiestufen aller maßgeblichen Regierungs-, Justiz-, Militär-, Verwaltungsbehörden und Banken vertreten. Aber bis wir die Führungsrolle übernehmen können, werden noch ein paar Jahre vergehen! Wir haben in diesem Staat nicht das Privileg, von einer wohlgesonnenen, absolut und unabhängig herrschenden Regierung hofiert und umschmeichelt zu werden, wie ihr in Südamerika. Der Kampf, den wir täglich führen ist zäh, mühevoll und gänzlich im Verborgenen, weil wir ansonsten nämlich im Knast landen würden, Herr Oberst!"

Die Anrede tönte eher wie ein Peitschenhieb und der Satz war kaum beendet, als die Tür geräuschvoll hinter Viktor ins Schloss fiel.

Mit dem Programmstart des diesjährigen Jazzfestivals in Montreux, verbrachten Alberto, Anne und Verena jede ihrer spärlichen freien Minuten auf der Terrasse des Casinos und lauschten bei Eiskaffee oder Eisschokolade den größeren und kleineren Jazzkapellen aus aller Welt. Zwischen eben dieser Terrasse und dem benachbarten Freibad war eine Orchesterbühne aufgebaut, auf der tagsüber die weniger oder hierzulande gar nicht bekannten Jazzbands aus unterschiedlichen Nationen und Kontinenten, Konzerte gaben, für die keine Eintrittskarten erstanden werden mussten. Sie waren alle Drei fasziniert von der Qualität der Musiker und der Musik, die dem Publikum dort täglich geboten wurde. Verena hörte mit besonderer Begeisterung den japanischen Bigbands zu. Deren Repertoire hörte sich so außergewöhnlich und ganz und gar überwältigend an. Bei diesen Rhythmen und Arrangements hätte sie sich am liebsten den ganzen Tag auf der Casinoterrasse aufgehalten. Es war ärgerlich, dass sie nicht mehr Zeit dort zubringen konnte, denn einen solchen komprimierten und erstklassigen Musikgenuss gab es nirgends sonst. Sowohl von der Terrasse des Casinos, als auch vom Schwimmbad oder vom See und der Seepromenade aus, kam Jeder in diesen einzigartigen Hörgenuss. Eine Fülle, eine Mischung, eine Intensität und eine Qualität, es war einfach umwerfend. Und das Ganze praktisch zum Nulltarif.

An einem der wenigen freien Nachmittage leistete Annes Freund, Jacques, den sie bald nach ihrer Ankunft in Montreux kennengelernt hatte, den Mädchen Gesellschaft. Jacques studierte in Genf Medizin und verbrachte die Wochenenden in seinem Elternhaus in Montreux und, seit sie sich kannten, wenn möglich, mit Anne. Er war in dieser Stadt geboren und aufgewachsen. Jacques lud die beiden zu ihrer Lieblingsspeise, einem riesengroßen Eisbecher ein. Dabei erzählte er ihnen die Geschichte des Festivals, das im Jahr 1967 auf Initiative des Pianisten, Géo Voumard, und des Radio-Journalisten, Lance Tschannen, gegründet worden war. Der stellvertretende Direktor des Fremdenverkehrsvereins von Montreux, Claude Nobs, baute es immer weiter aus und so konnte es zu einem der mittlerweile bekanntesten Musikfestivals in Europa heranwachsen. Auf der Straße lief man immer wieder international bekannten Musikern über den Weg, deren Gesichter sonst nur auf Plakaten oder Schallplattenhüllen zu sehen und deren Musik aus dem Radio oder von Schallplatten und Musikkassetten bekannt waren. Tickets mussten nur für die namhaften Künstler, die im neuen Casino-Konzertsaal auftreten durften, gekauft werden. Das alte Casino war während des Festivals 1971 einem Feuer zum Opfer gefallen, das ein Jahr später von der Rockgruppe ‚Deep Purple', die während des Brandes für Tonaufnahmen vor Ort war, mit dem Song „Smoke on the Water" beschrieben und verewigt worden war. Die „Deep-Purple-Geschichte" hatte Verena zwar schon bestimmt zehn Mal gehört, doch wollte sie Jacques' spürbare Euphorie, mit der er in epischer Breite und gewichtigen Gesten seine Kenntnisse weitergab, nicht unterbrechen. Geduldig und voll Vergnügen über seine sichtliche Begeisterung, in die er sich regelrecht hineinredete und die sie voll und ganz teilte, lauschte sie seiner Schilderung und der Musik.

Die Anzahl berühmter und – nach Verenas Überzeugung - genialer Musiker vor Ort, war einfach fantastisch, doch galt das auch für die Ticketpreise, die man bezahlen musste, wollte man die Auftritte im Konzertsaal des Casinos live miterleben. Mit Blick auf ihr kärgliches Gehalt erschienen den drei Hotelangestellten die Preise geradezu astronomisch. Und doch konnte Verena nicht widerstehen, als Al Jarreau, noch dazu an ihrem nächsten freien Sonntag, auf dem Konzertprogramm stand.

Mit Anne und Alberto hatte sie sich bereits abgestimmt, um an dem betreffenden Abend ins Konzert gehen zu können. Vorsichtshalber ließ sie sich ihren freien Tag von ihrer Chefin von neuem bestätigen. Sie wollte in jedem Fall verhindern, dass eventuell doch noch irgendetwas schiefging und kaufte schließlich für ein kleines Vermögen ein Billett für den Auftritt ihres Jazz Idols. Ihre Vorfreude glich der Aufgeregtheit eines kleinen Kindes kurz vor Weihnachten. Bereits zwei Stunden vor Beginn der Veranstaltung befand sie sich innerlich in höchster Anspannung und äußerlich geschminkt und gestylt in ausgehfertigem

Zustand. Gerade, als sie sich von Anne und Alberto verabschiedet hatte, stand Madame mit erstaunter Miene in der Lingerie: „Sie wollen doch nicht etwa ausgehen, wo heute Abend so viel zu tun ist? Die Rezeption ist völlig verwaist und die Vorbereitungen für morgen sind bei weitem noch nicht abgeschlossen!"

Sowohl Anne, als auch Alberto versicherten nachdrücklich, dass sie fast fertig seien mit der Arbeit, dass Verenas Hilfe überhaupt nicht erforderlich und außerdem doch alles mit Madame Hoover abgesprochen sei. Nein, da hätten die Drei etwas völlig missverstanden aber wie dem auch sei, gehen könne Verena jetzt auf gar keinen Fall, so lautete Madames kategorisch abschließender Bescheid. Alberto müsse sie ohnehin zum Bahnhof schicken, um dort Gäste abzuholen und auf eine Diskussion würde sie sich keinesfalls einlassen, es sei denn, Verena würde keinen Wert mehr auf eine Weiterbeschäftigung legen. In diesem Falle stünde es ihr selbstverständlich frei, noch heute Abend ihren Koffer zu packen und abzureisen. Drehung – Abgang!

Darüber, dass sie damals nicht auf der Stelle vor Wut explodiert war oder sich nicht, wie Rumpelstilzchen, auf der Stelle in Atome zerlegt hatte, wundert sich Verena auch heute noch jedes Mal, wenn sie auch nur an diese unschöne Episode zurückdenkt. Möglicherweise lag es auch an ihrer zeitversetzten Wahrnehmung oder daran, dass sie gar nicht gleich glauben wollte, was sie da eben erlebt hatte. Jedenfalls war Verena bis zu diesem Zeitpunkt nicht bewusst

gewesen, wie viele Verwünschungen und Schimpf-
worte ihr Wortschatz beinhaltete, wobei auch Anne
und Alberto eine beachtliche Bandbreite beizusteu-
ern wussten. Verena weinte, fluchte, schimpfte und
drangsalierte in ihrer Entrüstung die Frottiertücher,
die fein säuberlich gefaltet auf einem Tisch lagen. Es
half zwar nichts, doch konnte sie sich auf diese Weise
wenigstens halbwegs abreagieren. Albertos Gedanken nahmen dagegen ziemlich rasch wieder eine
praktische Wendung.

„Wenn wir schon nichts daran ändern können",
meinte er unvermittelt, „dann gib' mir deine Ein-
trittskarte und ich versuche sie auf dem Weg zum
Bahnhof möglichst teuer zu verkaufen."

Eine knappe Stunde später kehrte Alberto wieder
zurück (Al Jarreau musizierte bereits seit 10 Minuten)
und legte strahlend das Geld auf den Tisch. Tatsächlich war es ihm gelungen mehr als den doppelten
Preis, den Verena für das Ticket bezahlt hatte, herauszuschlagen! Verena bejammerte zwar noch immer die unwiederbringlich verpasste Gelegenheit
aber wenigstens war das Geld nicht futsch, sondern
hatte sich sogar verdoppelt. Natürlich war das kein
Ersatz für das entgangene Erlebnis aber wenigstens
ein kleiner Trost!

Die Krönung dieses verhunzten Tages erlebte das
Trio allerdings, als ihnen kurz nach Albertos Rückkehr, Madame ‚Xanthippe', wie sie ihre Chefin von
nun an heimlich nannten, mitteilte, es sei nun nichts
mehr zu tun und sie könnten alle Drei Feierabend

machen. Anne ergriff rasch Verenas Arm, um sie daran zu hindern, ihrem evidenten Impuls nachzugeben, augenblicklich aus der Haut zu fahren und ihrer Arbeitgeberin ins Gesicht zu springen. Madames' Neigung zu abrupten theatralischen Abgängen verdankten die Drei, dass der Chefin Verenas Reaktion entgangen war und ihre Genugtuung darüber nicht zu einem Triumphzug gesteigert werden konnte. Ganz sicher wusste sie aber wohl, wie aufgebracht ihre Angestellte sein musste. Wozu sonst hätte die Aktion dienen sollen, wenn nicht, um sie oder alle Drei bis zum Siedepunkt zu treiben. Sie landete insofern zielsicher einen echten Volltreffer. Aber Anne hatte durchaus Recht: allzu deutlich mussten sie ihr das nicht zeigen.

Um sich wieder in eine bessere Laune zu versetzen, beschloss das Trio, an die frische Luft zu gehen. Kaum waren sie draußen begannen sie, als hätte ihnen Asterix' gallischer Druide einen Zaubertrank verabreicht, auf der Seepromenade um die Wette zu laufen. Jedenfalls liefen Anne und Verena um die Wette, Alberto spurtete dagegen die Bäume hoch. Tatsächlich! Er nahm Anlauf, rannte die Baumstämme zwei beachtliche Schritte hoch, schaffte einen eleganten Schwung, drehte sich quasi in der Luft um die eigene Achse und sprang zurück auf die Erde. Diese akrobatischen Einlagen verblüffte und amüsierte die beiden Schwestern so sehr, dass aller Zorn und die Frustration nach und nach in Vergessenheit gerieten. Die Mädchen feuerten ihren Kollegen lautstark an und applaudierten begeistert. Alberto, ganz in seiner Rolle als Entertainer, verbeugte sich übertrieben temperamentvoll und bedankte sich mit einer Gesangs- und Tanzzugabe für den frenetischen Applaus. Ein Anflug von Übermut erfasste alle Drei für eine Weile, sie lachten und jubelten lärmend. Aber bald landeten sie thematisch erneut bei dem Ungemach und den Ungereimtheiten innerhalb ihres Hotels.

Die Merkwürdigkeiten im Haus hatten sie in der letzten Zeit recht erfolgreich verdrängt, was zum einen natürlich am alltäglichen Arbeitsstress lag, zum anderen aber auch daran, dass sie schlicht keine Idee hatten, ob und, wenn überhaupt, wie sie weiter vorangehen sollten. Als eine Art Trotzreaktion strichen sie schließlich die Frage nach dem „ob" aus ihren Überlegungen. Anne kündigte kurz entschlossen an, dass sie sich gleich am darauffolgenden Tag mit Maurice, dem Kellner des benachbarten Musikclubs, verabreden würde, um zu hören, ob er etwas zu ihrer aller Erleuchtung beitragen konnte. Außerdem wollte sie am Wochenende mit ihrem Freund Jacques sprechen. Er war hier aufgewachsen, kannte die Stadt und die Leute. Vielleicht war das Florentine ja auch schon irgendwann aus irgendwelchen Gründen Gesprächsstoff bei den Einheimischen gewesen. Informationen jeglicher Art, sogar ziemlich belanglos erscheinende Anekdoten, konnten ihr bruchstückhaftes Bild wenigstens partiell ergänzen. Spätestens am nächsten Wochenende würde sie ihren Freund Jacques dazu befragen. In jedem Fall beschlossen die Drei, Augen und Ohren weiterhin offen zu halten, denn auf irgendeine Weise musste ihr Phantom ja schließlich kommunizieren und nicht zuletzt auch verköstigt werden. Wie konnte es sein, dass sie bisher nichts Diesbezügliches beobachtet hatten? Auch wenn immer recht viel zu tun war, sollten sie doch inzwischen einigermaßen sensibilisiert sein. Als Detektive hatten sie sich, wie es schien, bisher nicht gerade hervorgetan. Das mussten sie sich selbstkritisch eingestehen.

Einen leckeren Freundschafts-Eisbecher später, den sich die Drei im Grand Hotel gegönnt und geteilt hatten, beendeten sie den Tag, um am nächsten Morgen wieder leistungsfähig zu sein. Die Eisbecher im Grand Hotel waren im Übrigen legendär, riesengroß und vor allem unwiderstehlich. Überhaupt hatte sich Eiscreme bei allen dreien als Frustkiller und Lebenselixier etabliert und bewährt.

„Ich bin ganz sicher, es kann in meinem Leben nicht viele Kümmernisse geben, über die ein solcher Eisbecher nicht wenigstens ein bisschen hinwegtrösten kann!" Albertos verklärter Blick und sein zutiefst zufriedener Gesichtsausdruck bei dieser Feststellung wirkten so überzeugend, dass weder bei Anne noch bei Verena in diesem Augenblick auch nur der geringste Zweifel an der Zuverlässigkeit dieser Aussage aufkommen konnte. Erfreulicher- und notwendigerweise erwiesen sich, während ihres Aufenthaltes in der Stadt, die Eisvorräte des Grand Hotels als unerschöpflich!

In der folgenden Woche - Verena war nachmittags zum Rezeptionsdienst eingeteilt - trat eine junge Frau durch die Pforte ins Foyer ein. Gerade als Verena im Begriff war, ihr mit Bedauern in der Stimme mitzuteilen, dass die Zimmer allesamt ausgebucht waren, da winkte sie bereits lächelnd ab. Sie suche kein Zimmer, schob die Dame gleich zur Aufklärung des Missverständnisses nach, sie sei lediglich auf der Durchreise, stamme aus Mailand und hätte vor einigen Jahren eine Saison lang hier gejobbt. Als sie mit ihrem Mann auf ihrer Ferienreise durch die Region fuhr, erfasste sie die Erinnerung und ein wenig auch die Neugier.

„Außerdem wollte ich meinem Mann – er ist noch auf der Suche nach einem Parkplatz - zeigen, wo ich früher einmal gearbeitet habe. Ständig erzähle ich ihm von Montreux, dem schönen See, der herrlichen Landschaft." Der verklärte Blick und ein verträumtes Lächeln ließen ihre filigranen Gesichtszüge regelrecht aufleuchten. „Da musste ich nicht lange überlegen, als wir durch die Region fuhren. Ich war mir nicht sicher, ob das Hotel überhaupt noch existiert und ob sich hier wohl viel verändert hat."

Sie drehte sich einmal rund um ihre eigene Achse und stellte in einer Mischung aus Erstaunen und Belustigung fest, dass sie auf den ersten Blick keinerlei Veränderung ausmachen konnte. „Sogar der kleine

Sprung in der Fliese rechts neben dem Empfangsbüro existiert noch!"

Erfreulicherweise war dies einer von Madames' Coiffeur- und Schönheits- Nachmittage. Zweimal die Woche ging sie nachmittags aus und kehrte einige Stunden später haargestylt, das heißt koloriert, toupiert, gefestigt, orkangesichert, mit frisch lackierten Fingernägeln und gezupften Augenbrauen, eben rundum aufbereitet, wieder zurück. Verena nutzte daher die Gunst des Augenblicks, bat die junge Frau und ihren Mann, der das Auto inzwischen geparkt hatte, zu einem Kaffee herein. Gleich darauf rief sie Anne und Alberto dazu und stellte den unerwarteten Gästen die „Haus- und Hof-Belegschaft" vor. Diesen Kaffee musste sich die ehemalige Hotelangestellte wahrlich hart erarbeiten, denn der Wissensdurst ihrer Nachfolger kannte keine Grenzen. Die Fragen hämmerten geradezu im Sekundentakt auf sie ein.

Was sie erfuhren war so erstaunlich wie verwirrend. Ihre Chefin war nicht etwa gebürtige Schweizerin oder Britin, wie etwa ihr Wohnsitz oder der Familienname nahelegten, sondern ursprünglich Deutsche und zu der Zeit, als Paola (so der Name der unerwarteten Besucherin) hier Dienst getan hatte, existierte auch ein Monsieur Hoover. Dieser immerhin war Engländer und, wie Paola sich zu erinnern glaubte, der dritte Ehemann von Madame Hoover, die bereits zweimal verwitwet gewesen sein soll. Neben Monsieur Suter galt er als der Patron des Hotels und obendrein Geschäftsführer eines kleinen Unternehmens. Über das Unternehmen wusste Paola leider gar nichts, denn sie hatte damals nur am Rande mitbekommen, dass noch eine Firma existieren musste. Diese Information war wohl auch nicht für sie gedacht gewesen und nachzufragen hätte sie nicht gewagt. Zum Hotelpersonal gehörten während ihres Arbeitsaufenthaltes noch zwei aus Portugal stammende Mitarbeiterinnen, doch hätten sie sich seit langer Zeit schon aus den Augen verloren. Auch in ihrer Erinnerung hielten sich der Liebreiz der Chefin und die Verbindlichkeit der beiden Chefs in sehr überschaubaren Grenzen. Doch hatte zu ihrer Zeit oder aus der zeitlichen Distanz betrachtet, das bösartige Element gefehlt, das, zumindest Madame Hoover, dem aktuellen Personal gegenüber an den Tag legte. Die beiden Herren hätten sich eigentlich aus dem Alltagsgeschäft völlig herausgehalten und waren tagsüber ohnehin nicht im Haus. Außerdem befanden sie sich oft auf Reisen, sodass die Organisation des Hotelbetriebes, wie heute auch, ausschließlich in Madames Händen gelegen hatte.

„Was war mit dem Ladengeschäft, das momentan leer steht?", wollte Anne wissen.

„Das war damals vermietet. Die Mode, die da angeboten wurde war so exklusiv und sündhaft teuer, dass ich für mein Monatsgehalt wahrscheinlich noch nicht einmal ein paar Strümpfe bekommen hätte. Trotzdem lief das Geschäft ausgezeichnet, denn die Reichen und Schönen dieser Region trugen taschenweise die Klamotten aus dem Laden und verstauten sie in ihren Bentleys oder Rolls Royce. Daher wun-

dere ich mich auch, dass jetzt alles leer steht, schließlich gilt die Grand Rue doch als beste Einkaufsstraße
der Stadt!"

Im Laufe der Unterhaltung stellte sich außerdem
heraus, dass die Rumpelkammer, in der Anne, Alberto und Verena die versteckte Tür zu den geheimnisvollen Räumen des mysteriösen Bewohners gefunden hatten, zum einzigen Zwei-Zimmer-Apparte-
ment des Hotels gehört hatte, das gerne von Familien
mit Kindern gebucht worden war. Es gab damals, wie
sich Paola erinnerte, aber auch relativ häufig allein
reisende Herren unter den Gästen. Sogar katholische
Geistliche hatten offenbar eine Vorliebe für das Hotel
Florentine und nicht selten kümmerten sich die beiden Hausherren persönlich um deren Wohlergehen.
Paola drängte sich damals sogar das ein oder andere
Mal der Eindruck auf, dass einige dieser Herren nicht
zum ersten Mal hier logierten, denn sie meinte damals eine gewisse Vertrautheit zwischen den Chefs
und diesen Gästen festgestellt zu haben.

Wahrscheinlich wunderte sich Paola nicht zu
knapp über das eigenartige Verhör, zumal die Drei
nicht wagten, ihre Beobachtungen und Mutmaßungen preiszugeben. Wahrscheinlich befürchteten sie -
vermutlich nicht ganz zu Unrecht - sich lächerlich zu
machen. Außerdem kannten sie Paola nun gerade
mal eine Kaffeepause lang. Viel mehr Zeit konnte
diese für ihren Besuch auch nicht erübrigen, denn sie
wollte mit ihrem Mann weiter nach Basel, wo
Freunde der Beiden lebten. Auf ihre Ex-Arbeitgeber

wollte sie nicht warten. Ihr Mann war lediglich neugierig auf die Region und das schöne Gebäude gewesen, von dem sie immer wieder geschwärmt hatte. Auf ein Wiedersehen mit den Chefs zu verzichten, fiel ihr offensichtlich nicht sonderlich schwer. Im Gegenteil, Anne hatte sogar den Eindruck gewonnen, dass auch ihr deren Abwesenheit sehr gelegen kam. Die beiden Chefs von ihr zu grüßen, hielt Paola ebenfalls für absolut entbehrlich. Alberto machte mit dem Paar noch einen Blitz-Rundgang durch das Haus und schon waren sie wieder unterwegs und die drei „Sklaven" (Alberto zeigte sich überaus kreativ in der Wortfindung zur Beschreibung ihres Status') an ihrer Arbeit.

Die wilden Spekulationen, die das Team den Rest des Tages gedanklich beschäftigt hatten, versuchten sie nach Feierabend bei einem Spaziergang am See ein wenig zu strukturieren. Was konnte wohl mit Monsieur Hoover geschehen sein? War er vielleicht inzwischen verstorben oder hatte er das Weite gesucht?

„Ich hätte ihm beides nicht verdenken können!" Verenas Bemerkung war nun wirklich weder liebenswürdig noch zielführend aber emotional ungemein entlastend. Wenn er weggegangen war, wohin und warum war er gegangen? Konnte es sein, dass er der geheimnisvolle Bewohner war? Und wenn dem so wäre, warum versteckte er sich dann? Was war das für eine mysteriöse Dreiecksgeschichte zwischen den Hoovers und Monsieur Suter. Welche Verbindungen gab es und was hatten ihre Chefs zu verbergen? Die

Fragen vermehrten sich, wie die Kaninchen, Antworten fanden sie dagegen keine. Nicht einmal die Spur eines Konzeptes wollte ihnen einfallen, das ihnen ermöglicht hätte, einer Klärung wenigstens ein kleines Stückchen näher zu rücken.

Annes Verabredung mit Maurice und dessen Lebensgefährten Jean brachte eine Reihe interessanter Einzelheiten, auf die sich zu diesem Zeitpunkt allerdings noch Keiner einen passenden Reim machen konnte. Vom Hörensagen wusste Jean, dass Monsieur Hoover vor einigen Jahren auf einer Südamerika-Reise durch einen Verkehrsunfall ums Leben gekommen sein soll. Die Umstände seien hier in der Stadt allerdings Anlass für blühende Spekulationen und reichlich Gesprächsstoff gewesen, denn kurz zuvor waren Gerüchte über mögliche Verbindungen zu nationalsozialistisch ausgerichteten Gruppierungen und in diesem Zusammenhang stehende Geldtransfers Richtung Südamerika und in den Nahen Osten aufgekommen. Inwiefern solche Gerüchte einen wahren Kern hatten oder der Fantasie von Menschen entsprungen waren, die sich mit solchen Hypothesen wichtigmachen wollten, wusste wohl niemand vor Ort so richtig – außer vielleicht die Polizei. Man munkelte damals, dass die Bundespolizei und der Schweizer Staatsschutz sich bereits mit diesem Fall befasst hätten, doch auch hier handelte es sich schlicht um unbestätigte Mutmaßungen, deren Substanz eher fragwürdig erschien. Es gab noch nicht einmal eine Idee, woher genau dieser Argwohn kam, er wurde auch nie offen, sondern nur hinter vorgehaltener Hand geäußert.

„An eurer Stelle würde ich mich nicht allzu intensiv mit diesem Thema befassen, denn sollte an diesen Geschichten etwas dran sein, dann wäre es sicher nicht gesund, zwischen die Fronten zu geraten", warnte Maurice, der in seinem Beruf sicher schon mehr erfahren und in tiefere Abgründe geblickt hatte, als ihm lieb sein konnte. Und ganz bestimmt war er immer gut beraten gewesen, sich diskret aus allem herauszuhalten und tunlichst zu vergessen, was ihm die Gäste nach reichlichem Alkoholkonsum anvertraut hatten.

Dass - warum auch immer - Monsieur Hoover unvermittelt von der Bildfläche verschwunden war, machte für Alberto, Anne und Verena die Sache zumindest suspekt. Oder hatten sie sich schon völlig in eine Verschwörungs- und Verdächtigungswelt verabschiedet? Möglicherweise, so mutmaßte Verena, hatten sie auch einfach schon zu viele Thriller gelesen und gesehen, um noch unvoreingenommen und vernünftig nachdenken zu können.

Albertos detektivischer Eifer dauerte dagegen ungebrochen an. Er stellte sozusagen auf James-Bond-Modus um, übte bereits unerbittlich den verwegen furchtlosen Blick und die überlegen draufgängerische Gestik. Die Mimik an sich bewegte sich schon hart an der Grenze zur Groteske. In Verbindung mit den vermeintlich tollkühnen Bewegungen wirkte, nach Ansicht der Mädchen, die Lachnummer perfekt.

Als Bond-Girls wollten Anne und Verena sich nicht wirklich sehen. Zweifellos wären sie, laut Alberto, ohnehin am lasziven Augenaufschlag gescheitert.

„Miss Marple passt optisch sowieso viel besser zu euch!" „Eine solch abstruse Behauptung" fanden die beiden Schwestern doch recht unverschämt von Alberto, denn schließlich entsprachen sie weder alters- noch erscheinungsmäßig der Meisterdetektivin. In Punkto Scharfsinn und Kombinationsgabe sahen sie sich jedoch durchaus in der Tradition von Agatha Christis Heldin. Diese Assoziation wiederum hätte Alberto, wie er unvorsichtigerweise hörbar sinnierte, so spontan gar nicht mit den Beiden in Verbindung gebracht, eine Bemerkung, die ihn um ein Haar seine körperliche Unversehrtheit gekostet hätte, wäre sein Fluchtinstinkt nicht noch um einiges ausgeprägter gewesen, als sein Mut.

Bei aller Neckerei spürten sie alle Drei doch eine erhebliche wachsame Unruhe, sogar einen Anflug von Besorgnis aufkeimen. Hatten sie sich anfangs noch wie „Emil und die Detektive" gefühlt, beseelt von der eigenen Findigkeit und Abenteuerlust, machte sich bei ihnen inzwischen der Eindruck breit, als wüchse ihnen die Komplexität der Geschichte über den Kopf. Sie sahen sich in heiklen Sphären, die sie nicht durchschauten und deshalb zunehmend beunruhigten. Bisher hatten sie lediglich einen Mann aufgespürt, der sich - aus welchen Gründen auch immer - in ihrem Hotel, an ihrem Wohn- und Arbeitsplatz, versteckt hielt. Daneben operierten sie hypothetisch mit einer Reihe von Gerüchten und Mutmaßungen, die es allerdings in sich hatten. Die Frage, warum sie nicht einfach ihre Arbeit wie bisher weiterführen und die Ungereimtheiten auf sich beruhen lassen sollten, drängte sich unweigerlich immer weiter in den Vordergrund. Es wäre die weniger nervenaufreibende, sicherere und bequemere Alternative für alle gewesen. Aber Nichts ist rätselhafter und unberechenbarer, als drei junge, naive, neugierige Hobbydetektive auf Kriegspfad. Die mit einer gehörigen Portion Leichtsinn einhergehende Abenteuerlust überwiegt fatalerweise die Ängstlichkeit, selbst gegen einen Kontrahenten, der weder erkennbar noch einschätzbar ist. Aber im Rückblick weiß man natürlich immer alles besser.

Bemüht nebensächlich – vielleicht wieder einmal *zu* bemüht – stellte Verena in den folgenden Tagen abwechselnd Madame Hoover und Monsieur Suter Fragen: nach ihren jeweiligen Familien, seit wann sie das Hotel betrieben, wie lange sie sich schon kannten und woher sie ursprünglich kämen, und Vieles mehr. Antworten erhielt sie keine. Während Madame, wie üblich, davon ausging, dass das Arbeitspensum nicht ausreichte, wenn Zeit für unnötiges Geschwätz bliebe, reagierte Monsieur Suter eigentlich überhaupt nicht. Das heißt, er bat Verena darum, ihm einen Kaffee, die Tageszeitung oder sonst irgendetwas zu bringen, gerade so, als hätte er ihre Fragen überhaupt nicht gehört. Immerhin existierte das Wort „bitte" in seinem Wortschatz! Zur Aufklärung oder wenigsten zu einem minimalen Erkenntniszuwachs trugen Verenas Bemühungen nicht bei. Dafür konnten die Drei feststellen, dass sich der interne Diskussionsbedarf ihrer beiden Vorgesetzten in diesen Tagen enorm steigerte. Jeden Tag zogen sie sich, nach Monsieur Suters abendlicher Heimkehr, in seinen oder Madames Wohnbereich zurück, um heftig zu diskutieren. Leider gelang es Anne, Alberto und Verena lediglich anhand der Stimmlagen und der Intensität der Diskussion eine Atmosphäre, nicht jedoch Inhalte herauszufiltern. Die Gemütsverfassung schien auf beiden Seiten kontinuierlich gereizt zu sein, so viel war auch ohne tiefenpsychologische Grundkenntnisse mühelos zu ergründen.

Annes Freund Jacques hatte am Wochenende, außer den Gerüchten, über die sie bereits von Maurice und Jean erfahren hatten, leider nicht viel Erhellendes beizutragen. Einen neuen Aspekt konnten sie ihrem Puzzle aus Hypothesen und Anhaltspunkten allerdings doch hinzufügen. Das Gebäude, das ihr Hotel beherbergte, soll erst in der ersten Hälfte der 1960er Jahre durch Erbschaft in den Besitz von Monsieur Suter übergegangen und anschließend in ein Gästehaus umgewandelt worden sein. Zuvor soll es als Privatwohnsitz eines kinderlos verstorbenen Onkels gedient haben. Von seinem Vater, der eine allgemeinmedizinische Praxis unweit des Hotels führte, wusste Jacques, dass Monsieur Suter nicht aus Montreux stammte. Angeblich soll er in Basel aufgewachsen sein aber genau wusste das augenscheinlich niemand. Dass sich um die Villa und ihre Bewohner seither immer wieder Geschichten rankten, konnte auch Jacques' Vater bestätigen. Doch galt bei den Bewohnern der Stadt immer der Grundsatz: leben und leben lassen.

Wenig später traf eine Nichte von Monsieur Suter, die sich samt Tochter auf einer Europa-Rundreise befand, in Montreux ein und wohnte für einige Tage im Florentine. Der Besuch versetzte die deutsch-italienische Crew beträchtlich ins Staunen. Die Nichte stammte aus Argentinien! Theresa und ihre 12-jährige Tochter Gabriela sprachen Deutsch ohne wahrnehmbaren Akzent.

„Es ist unsere Muttersprache", erzählte Theresa, als Anne sie darauf ansprach. „Innerhalb der Familie sprechen wir nur Deutsch."

Ganz sicher waren Mutter und Tochter auch in Montreux nicht zum ersten Mal, denn sie kannten sich so gut aus, als wären sie hier zuhause. Beide waren ausgesprochen sympathisch, und vor allem Gabriela hätte sich offenbar gerne mit Anne, Alberto und Verena ein wenig angefreundet, doch Monsieur Suter und Madame Hoover taten alles, um den Kontakt auf ein (möglichst beaufsichtigtes) Minimum zu begrenzen. Gabriela hätte sich sehr gerne die Zeit damit ver-

trieben, gelegentlich bei der Arbeit im Hotel behilflich zu sein oder einfach mit den Dreien zu plaudern
aber das wurde ihr untersagt, ebenso das gemeinsame Essen mit „dem Personal". Es schien, als sollten
die Drei zum einen keine Gelegenheit bekommen ein
naives, argloses Kind auszufragen, zum anderen
konnte man nicht früh genug damit anfangen, dem
Nachwuchs die bereits von George Orwell beschriebenen schicksalhaften Unterschiede zwischen „Gleichen" und „Gleicheren" nahzubringen!

Das Mittagessen nahmen Theresa und ihre Tochter grundsätzlich im Restaurant der ‚Coopération Su-
permarché', nicht weit vom Hotel an der Grand Rue,
ein. Im Prinzip wäre das nicht ungewöhnlich gewesen, denn das Hotel verfügte nicht über ein eigenes
Restaurant. Allerdings kochten die Angestellten ihr
Essen in der Küche des Hauses gewöhnlich selbst.
Manchmal schloss sich Madame Hoover an, meist
speiste diese jedoch in einem ihrer Stammlokale in
der Stadt. Für zwei Personen mehr zu kochen, wäre
keinesfalls Fall ein Mehraufwand gewesen.

Nachdenklich wurden Anne, Alberto und Verena,
als eines Nachmittags alle Drei unvermittelt unter
heftigen Magenkrämpfen zu leiden begannen und
wenig später das Essen alle drei Kollegen wieder verließ und zwar auf demselben Wege, auf dem sie es zu
sich genommen hatten. Später, als es ihnen schließlich wieder besser ging, versuchten sie die Ereignisse
des Tages zu rekonstruieren.

Der Tisch war bereits gedeckt gewesen, als Madame alle Drei in die Lingerie schickte, um die Wäsche aus der Waschmaschine herauszuholen und aufzuhängen, damit sie, so die Begründung von Madame, am Nachmittag gemangelt werden konnte. Diese Anweisung erschien ihnen zwar etwas verwunderlich, weil sie keinen Grund für diese Eile erkennen konnten. Doch hatten sie in der Zwischenzeit gelernt, dass Logik oder Vernunft in diesem Hause kein Maßstab und Anweisungen nicht diskutierbar waren. Daher erledigten sie ihren Auftrag ohne ihn offen zu hinterfragen. Bei ihrer Rückkehr in die Küche und zu ihrem Essen, war die Chefin nicht mehr zu sehen. Die durchschlagende Wirkung, die am Nachmittag fast zeitgleich bei allen dreien einsetzte, nährte zunächst zaghaft, dann immer deutlicher den Verdacht, dass das kein Zufall sein konnte. Es hatte nicht sonderlich gut geschmeckt, daher war eine Menge übriggeblieben. Zugegeben, Verenas Kochkünsten waren äußerst enge Grenzen gesetzt. In ihrem Fall diente das Kochen eher der Sättigung, als dem Genuss. Daher wäre sie nie auf die Idee gekommen, ihre Art und Weise der Nahrungszubereitung als einen Beitrag zur kulinarischen Bereicherung des Abendlandes zu betrachten. Aber so miserabel konnte selbst Verena nicht kochen. Eine derartige Reaktion hervorzurufen, war ihr bislang noch nicht gelungen. Während sich Verena noch den Kopf darüber zerbrach, was da wohl schief gegangen sein mochte, stellten Anne und Alberto bereits ganz andere Überlegungen an.

„Vielleicht sollte das eine erste Warnung sein", mutmaßte Alberto, der sich auf sein angeborenes sizilianisches Gespür für versteckte Drohungen berief. Ob es nun ein solches herkunftsbedingtes Gespür gab oder nicht, Anne und Verena waren nachgewiesenermaßen keine Sizilianerinnen, gleichwohl in diesem Augenblick unter den gegebenen Umständen ebenfalls ziemlich prompt außerordentlich empfänglich für eine solche Verschwörungstheorie. Wahrscheinlich, so fassten sie abschließend ihre Mutmaßungen zusammen, waren sie zu neugierig gewesen und hatten zu viele Fragen gestellt!

Als erste und - aus Sicht der Betroffenen - naheliegende Konsequenz aus diesem Vorfall beschlossen Anne, Verena und Alberto, von nun an ihre Nahrung, von der Zubereitung bis zum Verzehr, keine Sekunde mehr unbeaufsichtigt zu lassen und künftig in allem, was an Fragen und Äußerungen über ihre Lippen kommen sollte, etwas zurückhaltender zu sein. Auch was die Nachforschungen und Aktionen anbetraf, konnte erhöhte Vorsicht kaum von Schaden sein. Natürlich versuchten sie sich sowohl selbst, als auch gegenseitig zu beruhigen, indem sie sich nach dem ersten Erschrecken bemühten, möglichst unbeeindruckt und amüsiert zu klingen: „Madame widmet uns ihre ungeteilte Aufmerksamkeit, immerhin ein Aufstieg in der Wertigkeit!"

Alle Drei lachten über Annes Bemerkung, obwohl ihnen eigentlich eher zum Heulen zumute war. Zwar ging gedanklich keiner von ihnen so weit tatsächlich zu glauben, dass ihre Gesundheit oder gar ihr Leben bedroht sein könnte. Dass ein geheimnisvolles undefinierbares Damoklesschwert über ihnen schwebte, diese wachsende Befürchtung ließ sich allerdings nicht mehr so leicht verdrängen.

📖

War es ihre jugendliche Naivität, die mangelnde Erfahrung, ihr Unvermögen Situationen und Menschen einzuschätzen oder schlicht Dummheit? Mit der Angst wuchsen die Neugier und eine Art von Besessenheit, wie zumindest Verena glaubte, sie nie zuvor erlebt zu haben. Jetzt wollten sie erst recht wissen, was da um sie herum passierte. Wieso konnten drei harmlose, völlig im Dunkeln tappende junge Leute allein durch Nachfragen so gefährlich werden, dass man – wer immer das neben ihren Chefs auch sein mochte – so nervös werden konnte und eine unmissverständliche Warnung für notwendig hielt. Die Nerven ihrer nebulösen Widersacher schienen so überreizt, dass diese sogar ihren eventuellen stundenweisen Arbeitsausfall in Kauf zu nehmen bereit waren. Einerseits kamen sich die Drei irgendwie heroisch, gleichzeitig wiederum absolut hilflos vor. Sie taten so, als seien sie einer großen Sache auf der Spur und hatten in Wirklichkeit keinen blassen Schimmer. Heroen und Witzfiguren in einem! Sie wagten nicht darüber nachzudenken, welcher der beiden Charakterisierungen sie näherkamen.

Der Himmel öffnete für die nächsten beiden Tage all seine Schleusen, gerade so, als sei er gewillt alle Niedertracht der Welt augenblicklich in einer Sintflut hinweg zu spülen und die Luft gründlich zu reinigen. Es war jedoch weniger die Niedertracht, als vielmehr die Unbekümmertheit und die Heiterkeit der selbsternannten Hausproletarier, die der Regen in die Tiefen des Genfersees schwemmte. Was blieb, war rebellischer Trotz, beharrliche Entschlossenheit und tollkühner Mut, Eigenschaften die im Grunde einer gewissen jugendlichen Selbstüberschätzung und Unerfahrenheit geschuldet waren.

Bevor die Sintflut über den Genfersee hereingebrochen war, hatte die Atmosphäre unvermittelt den Atem angehalten. Wie eine schwere, unsichtbare Brokatdecke stülpte sie sich über den kleinsten Ansatz von Geschäftigkeit und leistete jeder noch so sparsamen Bewegung Widerstand, eine beklemmende Wand aus stechender Schwüle und bleierner Schwere. Anstelle dynamisch routinierter Betriebsamkeit in den Arbeitsabläufen, war schwerfällige Anstrengung getreten. Der Schweiß rann aus allen Poren, schon bevor auch nur der geringste Handgriff erledigt war. Und als hätte sich der Luftdruck bis ins Gemüt hinabgesenkt, verfielen sowohl Anne und Verena als auch Alberto in ungewohnt grüblerisches Schweigen.

Vielleicht hätten sie die Ungereimtheiten an ihrem Arbeitsplatz auf sich beruhen lassen und sich stattdessen mehr mit sich selbst beschäftigt, wäre es nicht gerade das gewesen, was jeder von ihnen – im Nachhinein betrachtet - unbewusst und aus unterschiedlichen Gründen zu vermeiden suchte.

Alberto war seit Längerem mental damit beschäftigt, einen inneren Kampf gegen seinen in jeder Hinsicht übermächtigen Vater auszufechten, vor dem er im Grunde nach Montreux geflüchtet war. Weniger der Wunsch, hier etwas Nützliches zu lernen oder die Geheimnisse der internen Abläufe im Hotelgewerbe zu erforschen, hatten ihn dazu bewogen, dem überraschenden Vorschlag seines Vaters zu folgen. Insgeheim trieb ihn vermutlich eher die Hoffnung, sich in der räumlichen Entfernung von diesem zu emanzipieren und seinen eigenen Weg zu finden. Möglichst fern von zu Hause! Und dennoch fühlte er sich hin und wieder fast krank vor Heimweh. Er vermisste die einzigartigen alten, mehr oder minder maroden Gebäuden, die engen schattigen Gässchen, die sich im Nichts verlieren konnten, die eindrucksvollen antiken Stätten und Ruinen seiner Heimat. Sogar das heillose Verkehrschaos fehlte ihm. In seinen Träumen schweifte sein Blick oft entlang der steil ins Türkisblau des Meeres abfallenden Felsenküsten, darüber die Weite eines unvergleichlich hellblau strahlenden Himmels. Vor allem aber vermisste er die Warmherzigkeit, das Lachen und die unnachahmliche Kochkunst seiner Mama. Niemand war wie sie in der Lage, die Köstlichkeiten des Meeres so zuzubereiten, dass jeder einzelne Bissen eine unvergessliche Geschmacksexplosion entfachte. Seine kleine, bei Weitem nicht heile aber vertraute Welt fehlte ihm, auch wenn er zu einem derartigen Eingeständnis nur in sehr schwachen Momenten imstande war.

Ein dominanter Vater war ganz gewiss nicht das Problem der beiden Schwestern. Vor ihrem Erzeuger mussten sie ganz sicher nicht flüchten. Die Kunst der Rückwärtsbewegung hatte dieser bereits perfektioniert, was anscheinend auch ein Vorteil sein konnte. Aber darüber machten sich die Schwestern momentan keine Gedanken.

Anne, die seit einiger Zeit mit Jacques zusammen war, befand sich hingegen in einem Zustand zwischen permanentem Zweifel und leiser Hoffnung. Zum einen wusste sie nicht, wie ernst Jacques die Beziehung mit ihr tatsächlich nahm, zum anderen schwankte sie auch in ihren eigenen Gefühlen. Sie war selbst nicht sicher, wie sie zu ihm und dieser Wochenendverbindung stand. Jacques war nett, intelligent, zuweilen originell. Sie mochte ihn und sie genoss die Zeit, die sie mit ihm verbrachte, weil er sie auf andere Gedanken brachte. Aber genügte das? Kannte sie ihn überhaupt richtig und wäre auf ihn im Bedarfsfall Verlass? Diese Fragen schwelten im Hintergrund und jede Gelegenheit sie dahin zurückzudrängen und, wenn möglich, dort zu belassen, war gegenwärtig willkommen.

Und Verena? Ihre gegenwärtige Gemütsverfassung sah nicht wirklich optimistischer aus. Sie hatte eine komplizierte Beziehung gerade hinter sich gelassen und suchte nach ihrem Platz im Leben. Es gelang ihr wesentlich besser das zu definieren, was sie nicht wollte, als herauszufinden, welche Erwartungen und Hoffnungen für ihr künftiges Leben sie tatsächlich hegte. Beharrlich kämpfte Verena mit dem Gefühl, nie wirklich irgendwo dazuzugehören. Freundinnen und Freunde hatte sie nach eigener Einschätzung genug, aber die Interessen schienen immer weiter auseinanderzudriften. Schon die völlig konfusen familiären Verhältnisse machten sie gewissermaßen zum Außenseiter, was auf einer Seite einen trotzigen Stolz heraufbeschwor, auf der anderen Seite jedoch das Bedürfnis stärkte, wie alle anderen zu sein. In aller Regel machte Verena auf ihre Umwelt einen recht stabilen und selbstsicheren Eindruck, doch wusste sie selbst natürlich sehr wohl, dass sie im Grunde nur bluffte. Und so schwebte und lebte sie in der ständigen Furcht, jemand könnte ihre mühsam gepflegte Fassade enttarnen.

Alle Drei waren sie also auf der eifrigen Suche nach Ablenkung von sich selbst und ihren geheimen, mehr oder minder elementaren Problemen. Und daher trachteten sie geradezu nach externen Komplikationen.

An diesem Abend gelang es Verena relativ früh Feierabend zu machen. „Raus aus der Bude!" war momentan der Gedanke, der alles zu überlagern schien. Daran konnte auch das scheußliche Wetter nichts ändern. Über eine Stunde lang durchkämmte sie bei strömendem Regen ziellos die Stadt. Von der Grand Rue aus joggte sie die Rue de la Gare aufwärts bis zur Avenue des Alpes, bis diese in die Avenue Nestlé überging und wieder hinunter auf die Rue du Théâtre, wo der Puls endlich wieder ein wenig runterfahren konnte. Dieser Straße folgte sie, ließ das Casino hinter sich und fand sich schließlich auf der Uferpromenade wieder. Einen kurzen Moment lang erwog Verena die Option unter der Galerie du Marché vor dem Regen Schutz zu suchen, sah aber ziemlich rasch ein, dass diese Idee für ihre Gesundheit nur kontraproduktiv sein konnte, denn sie war bereits bis auf die Haut und die Strümpfe durchnässt. Die langen Haare klebten wie abgekochte Spagetti am Kopf. Allmählich verursachten die Böen, die den Regen begleiteten, trotz der relativ milden Temperatur ein unangenehmes Frösteln. Die Chancen, sich an diesem Abend eine saftige Erkältung eingefangen zu haben, erschienen ihr ziemlich hoch. So schön und einzigartig die Markthalle auch war, der wirbelnde Luftzug unter der nach allen Seiten offenen Konstruktion, hätte die Wahrscheinlichkeit eines grippalen Infektes in die Nähe absoluter Gewissheit gerückt. Also fasste sie den Entschluss, dem Uferweg im Spurt geradenwegs zurück zum Hotel zu folgen. Ihre Hoffnung, Madame Hoover nicht in die Arme zu laufen, erfüllte sich. In diesem Fall liefen Hoffnung und Befürchtung in ein und dieselbe Richtung. Man musste ja auch mal Glück haben! Es war Alberto, der

Verena an der Rezeption mit der ihm eigenen unnachahmlichen Fürsorglichkeit in Empfang nahm.

„Ich dachte immer, man geht spazieren, um etwas für seine Gesundheit zu tun. Jetzt weiß ich, man kann es auch in suizidaler Absicht tun."

Noch während Alberto Verena als hoffnungslosen Fall und als völlig übergeschnappt beschimpfte, befand er sich bereits im Laufschritt auf dem Weg in die Wäschekammer und kam ihr mit einem großen Duschtuch entgegen. Er wickelte es so fest um sie herum, dass seine Kollegin bei ihrem gleichzeitigen Versuch sich die Schuhe abzustreifen, beinahe aus dem Gleichgewicht geraten wäre. Dies gelang Alberto allerdings zu verhindern. „Nur um zu verhindern, dass du hier schlammige Pfützen bildest", erläuterte er seine Abtrocken-Aktion, damit Verena gar nicht erst auf die Idee käme, es hätte etwas mit Anteilnahme oder gar Fürsorge zu tun. Schüttelfrost und Gänsehaut begannen bei Verena nun um die Vorherrschaft zu konkurrieren. Sie zitterte so heftig, als wäre sie im Bikini auf einer Stippvisite in der Antarktis unterwegs. Kopfschüttelnd erteilte ihr besorgter Kollege Verena die kategorische Anweisung, augenblicklich eine heiße Dusche zu nehmen, sich warm einzupacken und ins Bett zu legen. Er kündigte an, in der Zwischenzeit einen heißen, möglichst übelschmeckenden, gesundheitsfördernden Tee zuzubereiten. Das Gebräu würde Verena – sollte sie bis zur Fertigstellung, trotz ihrer Unvernunft noch am Leben sein – entweder wieder auf die Beine bringen oder ihr den Rest geben. Nur der Mangel an Kraft und Energie hinderte Verena daran, vor Dankbarkeit auf die Knie zu fallen. So ließ sie die Standpauke unkommentiert über sich ergehen und folgte widerstandslos Albertos Anweisungen. Um sicher zu gehen, informierte dieser anschließend auch Anne, die, wie Verena matt und wirkungslos artikulierte, ihre Wehrlosigkeit in gleichem Maße ausnutzte. Auch Anne machte ihr heftige Vorwürfe, die sie allerdings nur noch gedämpft erreichten, denn kaum hatte Verena die Horizontale erreicht, dämmerte sie erschöpft in einen komatösen Schlaf.

Was auch immer Verena vor der prognostizierten Lungenentzündung bewahrt hatte, ob heiße Dusche, grauenhaft schmeckender Ingwertee mit Unmengen Honig oder die herbe Zuwendung ihrer Schwester und ihres italienischen Kollegen, sie blieb – abgesehen von einem leichten Schnupfen – von Grippe oder sonstigen physischen Einschränkungen verschont. Was ihren psychischen Zustand anging, war sie sich jedoch nicht so sicher.

Am späten Vormittag – es war wieder ein ‚Hoover Wellnesstag' – verursachte Gabriela um ein Haar einen Herzstillstand. Sie hatte sich von hinten herangeschlichen und hielt Verena unvermittelt die Augen zu, während diese gerade dabei war, die Reinigung des oberen Stockwerks zu beenden, sich nach vorne beugte, um die Taste zum Ausschalten des Staubsaugers zu drücken. Das Erschrecken wirkte derart ansteckend, dass Gabriela selber gehörig zusammen-zuckte und beinahe über den Staubbeutelkasten ge-stolpert wäre. „Mon dieu!" Gabriela war von der Wirkung ihres Scherzes genauso überrascht, wie Ve-rena von dem unvermittelten Überfall. Verena brauchte einen Moment, um sich von dem Schrecken zu erholen.

„Nur der gerade mal wieder bestätigten Tatsache, dass ich mit einem stabilen Herz-Kreislauf-System gesegnet bin, verdanke ich, dass meine Pumpe eben nicht kurz und bündig ihren Betrieb eingestellt hat."

Offenbar war sie in den letzten Wochen doch höl-lisch schreckhaft geworden. Ihre impulsive Reaktion war ihr mehr als peinlich, doch fassten sich beide re-lativ rasch wieder. Gabriela entschuldigte sich, Ve-rena wiegelte ab und zu zweit transportierten sie sämtliche Gerätschaften ins Untergeschoss.

„Kann ich dir bei deiner Arbeit nicht ein bisschen helfen?" Gabrielas Frage kam in fast flehendem Ton.

„Hilfe könnte ich schon ganz gut gebrauchen aber du weißt, dass die Chefs so etwas nicht gerne sehen."

Das Mädchen schlug vor, sich sofort zu verkrü-meln, sollte ihr Großonkel oder Madame Hoover in Sicht- oder Hörweite kommen. Diesen Vorschlag ver-buchte Verena aus rein egoistischen Motiven als Kompromiss, denn Anne hatte ihren freien Tag und war mit Jacques unterwegs. Alberto war zum Melde-gang und Einkaufen abkommandiert und sie war mit ihrer Arbeit ein wenig ins Hintertreffen geraten, weil sich ein Gast heute früh an einem zerbrochenen Glas verletzt hatte. Es hatte einige Zeit in Anspruch genommen, den Gast zu beruhigen, die Wunde zu reinigen, zu desinfizieren und zu verbinden. Anschließend waren noch die Glasscherben wegzuräumen und der großflächig vergossene Orangensaft aufzuwischen, der auf dem Fußboden wie Honig klebte. Das alles war im Grunde kein größeres Problem aber es brachte eben ihren Zeitplan gehörig durcheinander. Unter einem freundlich gesinnten Arbeitgeber, wäre sie wohl wenigstens auf Verständnis für diese unvorhergesehene Verzögerung, wahrscheinlicher sogar auf Beifall für das professionelle Verarzten des Gastes gestoßen. Aber inzwischen wusste sie ja, unter welchen Arbeitsbedingungen Anne, Alberto und sie hier tätig waren und dass positive Verstärkung in diesem Haus nicht zur Personalführungs-Philosophie gehörte.

Gabriela war ein ausgesprochen nettes Mädchen, sie war hilfsbereit, praktisch veranlagt und ihr war totlangweilig. Verena dagegen freute sich über jede Unterstützung, denn in der Lingerie stapelte sich die frisch gewaschene und getrocknete Frotteewäsche, die gefaltet und in den Wäscheschrank geräumt werden musste. Nachdem sie Gabriela die Falttechnik gezeigt hatte, lief die Arbeit Hand in Hand, wie am Schnürchen.

„Warum mag dich eigentlich mein Großonkel und Madame Hoover nicht?" Diese Frage kam völlig unvorbereitet.

„Ist das so?", fragte Verena daher etwas scheinheilig und unbeholfen zurück.

„Sie sagen, du, deine Schwester und Alberto, ihr würdet nur Unruhe stiften und vorwitzige Fragen stellen."

„Ganz im Gegensatz zu dir?!" Verena lächelte Gabriela an und setzte hinzu: „Ich fürchte, da kann ich dir nicht weiterhelfen. Man muss die Erwachsenen nicht immer verstehen."

Gabriela legte ihren Kopf leicht zur Seite und kniff dabei die Augen zu einem schmalen Schlitz zusammen. „Jetzt redest du genauso superklug wie meine Mama!"

Kaum war der Satz vollendet schnappte Verena Gabriela unter den Armen und kitzelte sie mit gespielter Empörung. „Wie sprichst du mit einer Autoritätsperson, die bereit ist alles mit dir zu teilen, sogar ihre Arbeit?! Kennst du die Strafe nicht, die darauf steht?"

Gabriela quietschte vor Vergnügen. Sie versuchte nach Kräften zu kontern und flehte lachend um Gnade, die Verena ausgelassen kichernd, keinesfalls zu gewähren bereit war und ihr ‚Opfer' an der Flucht um den Tisch herum zu hindern versuchte. Blitzartig hielt Verena mitten in der Bewegung inne, legte den Zeigefinger an ihre Lippen und richtete das Ohr Richtung Tür. „Hat eben die Türglocke gebimmelt?"

Wie von einem Stromstoß angetrieben standen sie beide mit einem Satz an der Tür zum Flur, öffneten diese einen spaltbreit und lauschten. Durch Mimik und Gestik verständigten sich die beiden, dass Verena nachsehen würde und sich Gabriela derweil einfach nur ruhig verhalten solle.

Mit einem vor Erleichterung volltönenden und überschwänglichen „Bonjour!" grüßte Verena einen Herrn und eine Dame, beide schätzungsweise plus minus fünfzig, die erwartungsvoll an der Rezeption standen und höflich zurück grüßten. Sie suchten ein Doppelzimmer für einige Nächte und freuten sich sichtlich, dass ihnen die Hotelangestellte weiterhelfen konnte.

„Möchten Sie sich das Zimmer zuerst einmal ansehen?"

Das wiederum hielten die Reisenden nicht für erforderlich, füllten stattdessen ohne weitere Umstände die Anmeldung aus. Herr und Frau Lehmann – so war dem Formular zu entnehmen - holten ihr Gepäck und ließen sich von Verena auf ihr Zimmer begleiten.

Zurück im Wäscheraum blickte ihr Gabriela fragend entgegen. „Neue Hotelgäste", war die lapidare Antwort auf ihre nicht artikulierte aber in ihren Augen lauernde Frage. Sie nickte nachdenklich.

Die Ausgelassenheit war dahin, auf beiden Seiten. Für einen kurzen Augenblick war Verena versucht, das Mädchen ein wenig über ihren Großonkel und die Chefin auszufragen. Im nächsten Moment schämte sie sich dafür. Letztendlich siegte die Erkenntnis, damit einen Vertrauensbruch zu riskieren.

Gabriela war ein argloses Kind, vertraute ihr und hatte überhaupt nicht das Geringste mit den Unstimmigkeiten hier im Hause zu tun. Die Beiden arbeiteten einträchtig noch eine Weile weiter, während Gabriela von ihren Freundinnen zuhause erzählte, von einem Jungen, der ganz schrecklich süß sei und der sie schon öfter heimlich beobachtet hatte, während sie mit ihren Freundinnen in der Pause auf dem Schulhof herumgestanden und geplaudert hatte. Sogar ihren Freundinnen sei schon aufgefallen, dass er immer nur sie anstarrte aber nie würde er einen Versuch machen, sie anzusprechen.

„Dann musst du vielleicht mal auf ihn zugehen." Bei Verenas Vorschlag riss Gabriela erschrocken die Augen auf.

"Bist du verrückt! Ich kann doch nicht einfach so zu ihm hingehen und hallo sagen!"

„Warum nicht?! Er ist vielleicht einfach zu schüchtern. Dann hilf ihm doch auf die Sprünge."

In Sekundenbruchteilen glühten ihre kindlichrundlichen bronzefarbenen Wangen in feurigem Rot und ihr unsicheres Kichern löste in Verena fast einen Anflug von Mitgefühl aus, denn ihre eigene Pubertät hatte sie als eine extrem bizarre Phase in Erinnerung. Bei dieser Gelegenheit erfuhr sie außerdem, dass ihre fleißige Helferin später einmal Lehrerin werden wollte. Bei der Auswahl der Fachgebiete schwankte sie noch zwischen Französisch, Englisch, Sport, Biologie oder vielleicht auch etwas ganz anderes. Außerdem verriet ihr das Mädchen, dass Pferde und Reiten ihr absolutes Lieblingshobby und Rot ihre Lieblingsfarbe waren. Nachdem die Frotteewäsche gefaltet im Wäscheschrank saß, bedankte sich Verena für die Hilfe. „Ich fürchte, Madame Hoover wird in Kürze zurück sein."

Gabriela drückte Verena völlig unvermittelt kurz und fest an sich, gab ihr links und rechts einen Kuss auf die Wange und weg war sie. Keine Minute zu früh!

Alberto kehrte fast zeitgleich mit der Chefin zurück und holte sich umgehend einen Rüffel, als er den schweren Korb und eine randvoll mit Einkäufen gefüllte Tasche im Foyer neben der Treppe abstellte.

„Was soll das? Sind wir hier auf einem Basar? Seit wann werden die Einkäufe im Foyer zur Schau gestellt?"

Eigentlich hatte er lediglich ein paar der eingekauften Dinge in die Küche bringen wollen, um anschließend den Rest der Vorräte nach unten in die Vorratskammer zu räumen aber er bemühte sich schon gar nicht mehr um eine Erklärung. Er hielt abrupt in seiner Bewegung Richtung Küche inne, dreht ohne ein Wort auf dem Absatz um, schnappte die Einkäufe und verschwand die Treppe hinunter. Verena folgte ihm und hörte Madame im Hintergrund zornig ihr Schicksal beklagen, das ihr die Gegenwart solcher Bauerntrampel und Dilettanten aufnötigte.

Während sie gemeinsam den Einkauf im Vorratsraum in die Regale einsortierten, ahmte Alberto beinahe originalgetreu und absolut treffend die Gestik und Mimik ihrer Chefin nach.

„Wenn du so weiter machst, bist du bald nicht mehr vom Original zu unterscheiden."

Wenn Blicke töten könnten, hätte Verena in dem Augenblick, als sie diese Bemerkung beendet hatte, leblos zusammensacken müssen.

„Welten liegen zwischen Madame Xanthippe und meiner unbedeutenden Wenigkeit", ließ Alberto sie mit stahlhart klingender Stimme wissen. Die Stimme, die im selben Augenblick ihren Namen rief, klang allerdings nicht nur stahlhart, sondern auch laut, schrill und despotisch. Mit schicksalsergebener Miene, verfolgt von einem mitleidigen Blick machte Verena sich auf den Weg zur Rezeption, von wo der Ruf erklungen war.

„Sie hielten es wohl nicht für notwendig, mich über den Neuzugang zu informieren?!", fauchte ihre Chefin Verena übergangslos entgegen. Selbstverständlich hatte sie, wie immer, die Gäste in den Zimmerbelegungsplan eingetragen und an der Rezeption auf das Meldebuch eine Notiz entsprechenden Inhalts geheftet. Das gab sie ebenso unmittelbar zu Protokoll und rundete ihre Erläuterung mit der Frage ab, was daran zu beanstanden oder ungewöhnlich sein könnte. Dies war bisher die übliche Verfahrensweise! Verenas Entgegnung ignorierte Madame gänzlich, dafür wollte sie von ihr wissen, woher die Gäste kämen und was sie hier in Montreux wollten.

„Wenn ich mich richtig erinnere, kommen die beiden aus Lörrach aber das müsste alles in der Anmeldung stehen. Was sie hier in Montreux wollen, weiß ich nicht. Ich habe sie nicht danach gefragt. Hätten sie es mir erzählen wollen, hätten sie das zweifellos getan."

„Sonst wollen Sie ja auch immer alles ganz genau wissen. Durch Zurückhaltung sind Sie mir bisher jedenfalls nicht aufgefallen! Wir wollen hier ja nicht Hinz und Kunz beherbergen."

Was war denn nun wieder los? Wie Hinz und Kunz aussehen, wusste Verena nicht mit Sicherheit zu sagen aber so wie dieses Ehepaar hatte sie sich die nicht vorgestellt, gab die Angestellte leicht säuerlich zurück. Sie konnte sich die offensichtliche Anspannung ihrer Chefin nicht erklären. Als diese dann auch noch darauf bestand, in Zukunft gefragt zu werden, bevor Gäste im Haus untergebracht würden, platzte ihr endgültig der Kragen: „Wie hätte das gehen sollen? Sie waren ja gar nicht da. Hätte ich sagen sollen: ‚spätestens in zwei Stunden ist die Chefin zurück. Sie wird Ihnen dann sagen, ob wir Ihnen ein Zimmer zur Verfügung stellen oder nicht. Machen Sie es sich doch inzwischen vor der Tür in Ihrem Fahrzeug bequem'!?"

Nie zuvor war für denjenigen, der gerade Rezeptionsdienst hatte, die Kompetenz, bei Anfrage freie Zimmer zu vergeben, in Zweifel gezogen worden. Schließlich waren sie alle keine Analphabeten. Ob und welche Zimmer frei waren, war, so Verena, sogar für einen *Epsilon Halbtrottel* aus dem Belegungsplan zu entziffern. Was war das Problem bei diesen Gästen?

„Was fällt Ihnen ein…" Weiter kam ihre Chefin nicht, denn als hätten sie geahnt, dass in eben diesem

Augenblick über sie gesprochen wurde, flanierte das Lörracher Paar munter plaudernd die Treppe herunter und erwiderte unbefangen Verenas höflichen und Madames zuckersüß vergifteten Gruß, den sie sogar mit einem affektierten Lächeln garnierte. „Ich hoffe, Sie fühlen sich wohl in unserem Haus."

Verena fiel beinahe die Kinnlade herunter. Ungläubig starrte sie Madame Hoover an, während diese sich völlig ungerührt in Smalltalk erging, Restauranttipps fürs Abendessen zum Besten gab und die beiden ganz nebenbei nach allen Regeln der Kunst ausfragte.

„Sollte ich jemals im Leben einen Kurs in Verhörtechnik belegen wollen, bei Madame wäre ich an der richtigen Adresse", schoss es für eine Millisekunde durch Verenas Gedanken.

Nach wenigen Minuten angeregter Unterhaltung – Verena schien inzwischen unsichtbar geworden zu sein – wusste ihre Chefin (und Verena zwangsläufig auch), dass die neuen Hotelgäste aus Anlass ihres zwanzigsten Hochzeitstages eine Tour Richtung Süden, mehr oder weniger ins Blaue hinein, unternommen hatten, wobei die Beiden sich die Freiheit nahmen, sich sowohl geographisch als auch zeitlich ein wenig treiben zu lassen. So drückten sie es jedenfalls aus. Sie wollten spontan entscheiden, wohin genau sie fahren und wie lange sie jeweils bleiben würden. Dafür hatten sie vier Wochen Urlaubszeit veranschlagt, von denen leider vier Tage bereits um seien. Bei diesen Worten wechselten die beiden einen schüchtern verliebten Blick, gerade so, als wären sie aktuell erst in den Flitterwochen. Herr Lehmann arbeitete als Prokurist in einem mittelständischen Unternehmen. Seine Frau war als Physiotherapeutin tätig. Zwei Söhne, neunzehn Jahre alt – Zwillinge – nannten sie ihr Eigen, die erfreulicherweise gerade das Abitur bestanden hatten und zu einer Europatour auf eigene Faust aufgebrochen waren. Fehlten noch Blutgruppen und Kontostand! Verena konnte es nicht fassen!

Je gesprächiger das Paar wurde, desto entspannter wirkte ihre Chefin, und als die beiden endlich zu einer Erkundung des Ortes aufbrachen, schüttelte Madame Hoover verächtlich den Kopf und mit einem „eigentümliche Leute!", verschwand sie in ihren Gemächern und ließ ihre verblüffte Angestellte stehen, als wäre diese Luft. Verena war sich sicher: ihre Chefin hatte sie tatsächlich völlig vergessen und ihre Beunruhigung schien sich ebenfalls verflüchtigt zu haben. Auch wenn sie nicht entschlüsseln konnte, was die Chefin zuerst so alarmiert und dann wieder beruhigt hatte, kam Verena nicht umhin sich einzugestehen, dass sie ihrer Chefin die Entspannung im Moment überhaupt nicht gönnte. Es wäre ihr in ihrer gegenwärtigen Stimmung eine Genugtuung gewesen, hätte sich dieses redselige Ehepaar tatsächlich als das herausgestellt, was Madame so geheimnisvoll befürchtet hatte, was immer das auch sein mochte. Verena war im Augenblick stinkwütend, unversöhnlich und gehässig. Sie wollte einfach nur noch gemein sein, eine recht neue Erfahrung, auf die sie nicht stolz war. Zornig stapfte sie in die Küche, traktierte ein Baguette, bis es ihr endlich gelungen war, es in zwei Hälften zu schneiden. Eine Hälfte bestrich und belegte sie dick mit allem, was sie im Kühlschrank finden konnte und knabberte ein wenig davon ab. Kaum war der erste Bissen hinuntergeschluckt, stand Alberto in der Tür und warf einen hungrigen Blick auf den Imbiss. Wenn es ums Essen ging, hatte ihr Kollege einen siebenten Sinn. Mit dem Kopf machte sie eine Geste, die ihm signalisierte, dass er hereinkommen und eventuell sogar etwas abbekommen konnte. Sofort machte er einen Schritt vorwärts, schloss die Tür hinter sich und strahlte über das ganze Gesicht. „Was für ein unglaublicher Zufall! Dich muss wohl zur gleichen Zeit wie mich ein Appetitanfall erwischt haben", säuselte Signore Nimmersatt ohne das Sandwich für eine Sekunde aus den Augen zu lassen.

„Nö, ich befürchte, ich gehöre eher zu der Spezies der Frustfresser."

Aber Alberto war eigentlich völlig egal, was zu dieser leckeren Kreation geführt haben mochte. Hauptsache er bekam etwas davon ab. Verena musste selbst zugeben, dass ihr da tatsächlich nicht nur ein riesengroßes, sondern auch ein ganz ordentliches Arrangement gelungen war. Sie hatte fachgerecht ein ganzes Baguette der Länge nach aufgeschnitten, eine Seite mit Butter bestrichen, mit gefühlt zwanzig Scheiben Gruyère-Käse belegt, großzügig mit Gurken-, Tomaten- und Eierscheiben garniert und die obere Hälfte des Baguettes, als krönenden

Abschluss, obendrauf drapiert. Davon hätten locker vier normalhungrige Erwachsene satt werden können, warum also nicht zwei bärenhungrige Domestiken. Sie legte also das Brot auf ein Holzbrett, zerteilte es in zwei Hälften und gab Alberto den noch nicht angebissenen Anteil. Zur Sicherheit versuchte Verena ihm und auch sich selbst noch einen Teller unterzuschieben aber da lag bereits ein Matsch aus Tomate und Ei auf dem Fußboden, was ihr ein entnervtes Aufstöhnen entlockte. Alberto dagegen schien das überhaupt nichts auszumachen. Er sammelte mit den Fingern die Pampe auf und legte alles mit der Bemerkung „heute scheint die Erdanziehungskraft besonders stark zu sein", zurück auf sein Brot. Verena beobachtete das Procedere mit ungläubigem Blick und offenstehendem Mund. Die Sorge um den Inhalt desselben ließ sie jedoch rasch wieder in der Kaubewegung fortfahren. Die von ihr geäußerte Mutmaßung, dass sich nun alle möglichen Keime und Dreck vom Boden auf seinem Essen tummelten, hielt Alberto für interessant aber nicht bedenklich, denn a) sei er noch sehr jung und sein Magen benötige dringend noch etwas Abwehrtraining, b) könnten genau in der hinuntergefallenen Tomate *die* für ihn lebensnotwenigen Vitamine und Mineralstoffe sitzen, deren Verlust er keinesfalls riskieren wolle und c) hätte heute schließlich *Verena* die Küche geputzt und daher würde er blind von einem absolut sterilen Zustand der Küche samt Boden ausgehen.

„Alberto, du spinnst!"

„Ja, das hört man oft über Genies. Alles andere würde dich wahrscheinlich auch mächtig verunsichern."

„Womit habe ich das verdient?" Mit einem tiefen Seufzer machte Verena einen Schritt Richtung Tür. Nachdem sie sich vergewissert hatte, dass keine heimlichen Zuhörer hinter der Küchentür oder im Flur auszumachen waren, berichtete Verena Alberto über die vorangegangenen Vorkommnisse und schloss völlig echauffiert mit der Botschaft, dass sie glatt an die Decke gehen könnte.

„Könntest du natürlich", erwiderte Mister Neunmalklug, „musst du aber nicht. Verschwendete Energie! Die kannst du auch sinnvoll einsetzen."

„Offenbar ist ‚Klugscheißer' dein zweiter Vorname. Jedenfalls wirken deine wohlgesetzten Worte nicht gerade beruhigend auf mich, im Gegenteil". Für ihn war Verenas Reaktion völlig unverständlich. „Was ist denn nun schon wieder? Wenn du nicht aufpasst, bekommst du Magengeschwüre."

„Und du wirst dir gleich keine Gedanken mehr um Magengeschwüre oder deine Rente machen müssen!", fauchte seine Kollegin gereizt zurück.

Das war unfreundlich, schließlich war ja nicht Alberto der Grund für ihre schlechte Laune. Natürlich wusste Verena, dass es nicht seine Schuld war. Aber er war so grauenhaft abgeklärt, und sie wollte einfach Dampf ablassen. Und nun auch noch sein verstörter, bekümmerter Blick! Verdammter Mist! „Tut mir leid, Alberto! Du hast jetzt einfach meinen ganzen Frust abbekommen!"

„Stets zu Diensten."

Grrr…, tief durchatmen, sie wollte sich nicht schon wieder aufregen. Er hatte ja Recht, sie durften sich nicht ständig provozieren lassen. Aber das machte ihre Situation nicht erträglicher. Wer möchte schon die eigene griesgrämige Unvernunft vor Augen geführt bekommen?!

„Komm', wir decken fürs Frühstück ein und anschließend lade ich dich als Wiedergutmachung zu einer Kugel Eis ein. Aber eine muss reichen." Und sofort trat er – ganz Alberto - in Verhandlungen um eine zweite Kugel ein.

Der Abend entwickelte sich dann trotz allem noch ganz behaglich. Da die beiden nicht gleichzeitig ihren Arbeitsplatz verlassen konnten – Alberto hatte Rezeptionsdienst – besorgte Verena für sich und Alberto jeweils einen Becher Eis – *vier* Kugeln, um für die nächsten Tage noch etwas Spielraum zu haben. Sie machten es sich auf der Terrasse gemütlich, weil sich dort sonst niemand aufhielt, und weil sie von da aus sowohl die Türglocke als auch das Läuten des Telefons hören konnten. Vor ihnen in der Dunkelheit lag der Garten, dessen Aromen, eine Komposition aus Rosen, Lavendel und allerlei anderen ätherischen Pflanzendüften, zur Terrasse herüber wehten und sich wie Balsam aufs Gemüt legten.

Vereinzelt kamen Gäste und kurz vor 21 Uhr auch Monsieur Suter zurück, ein Kamillentee, Wein und Mineralwasser wurden noch bestellt. Ansonsten war es an allen Fronten völlig ruhig geblieben. Sie hörten zu, wie das Wasser des Sees leise an die Ufermauer plätscherte, als wolle es sich so sachte und lautlos wie möglich immer höher Richtung Promenade hinaufschieben, ohne dabei jemanden zu behelligen. Das Licht des Mondes und der Uferbeleuchtung spiegelte sich glitzernd wie flüchtige Diamantensplitter in den zarten Schaumkrönchen auf der Oberfläche des Sees, der sie unermüdlich in seine dunklen Tiefen hinab zog, um gleich darauf fortwährend neue, noch schönere hervorzubringen. Schimmernder, anmutiger, eindrucksvoller, heller, die Natur schien sich immer wieder selbst übertreffen zu wollen. Beide, Verena und Alberto, lungerten entspannt, jeder in eigene Gedanken versunken, auf ihren Stühlen herum, die Beine auf dem Tisch abgelegt und die Hände hinter dem Nacken verschränkt.

Zur gleichen Zeit im Appartement von Helene Hoover

„Bist du sicher, dass die Lörracher sauber sind?" Nervosität gehörte zwar nicht zu seinen hervorstechenden Eigenschaften aber die gegenwärtigen Umstände ließen ein wenig Vorsicht ratsam erscheinen. Es durfte jetzt einfach nichts mehr schief gehen.

„Absolut sicher! Die beiden sind von einer fast possierlichen, atemberaubend kleinbürgerlichen Einfalt. Wenn dieses bizarre Paar zusammenlegt, erreichen sie den Intelligenzquotienten eines Pantoffeltierchens. Unfassbar!"

Das schwache Licht der Deckenleuchte zeichnete ihr Profil nach, während sie beim Sprechen das Kinn nach vorne reckte, und betonte dabei die Bitterkeit, die sich in den letzten Jahren in ihre Gesichtszüge modelliert hatte. Mit zunehmendem Widerwillen beobachtete Viktor Suter, wie sich ihre Lippen beim Sprechen kaum erkennbar öffneten und wieder schlossen und dabei die Laute wie kleine Detonationen hervorpeitschten; wie sich die Augen zu Schlitzen verengten und sich ihr Kopf in der Verlängerung ihrer Wirbelsäule in einer geraden Linie parallel zur Rückenlehne des Stuhles auf dem sie saß Richtung Decke reckte. Nichts war übrig geblieben von der einst so attraktiv erscheinenden Frau, ihren spöttisch leuchtenden Augen und den ebenmäßigen Zügen. Fast neidisch war er damals auf seinen Freund gewesen. Stattdessen blickte er nun in eine gehässige, grotesk wirkende Maske! Das Leben ist - rückblickend - manchmal gnädiger, als man es in einer ungerecht empfundenen Gegenwart für möglich hält. Dennoch betrachtete er es als eine Zumutung, mit dieser Frau unter einem Dach leben zu müssen! Sobald diese Mission beendet war, würde er sich aus dem aktiven Geschäft zurückziehen und dafür sorgen…

Das Schrillen des Telefons riss ihn abrupt aus seinen Grübeleien. Bevor seine Gesprächspartnerin reagieren konnte, griff er nach dem Hörer. Nach wenigen kurzen Sätzen beendete er das Telefongespräch, während dessen er Helene Hoover keine Sekunde aus den Augen gelassen hatte. „Das Geld ist angekommen."

Mehr war nicht nötig, um einen gehörigen Adrenalinstoß durch ihre Adern schießen zu lassen. Erkennbar war diese Anspannung lediglich den Bruchteil einer Sekunde lang, durch ein kurzes Zucken ihrer Augenlider. Fast war er versucht, sie für ihre Selbstbeherrschung zu bewundern, doch hielt dieser Anflug einer annäherungsweise positiven Empfindung nicht länger als ihre Zuckung an.

Der schwierigste Teil der Mission lag nun also hinter ihnen. Ihr Verbindungsmann in Lausanne hatte es tatsächlich geschafft, die Gelder frei zu bekommen und auf ein sicheres Konto zu transferieren! Es ging doch nach wie vor nichts über die richtigen Beziehungen in die Welt der Schweizer Banken und Politik. Die alten Seilschaften funktionierten trotz aller Erschwernisse noch immer. Zwar konnte er sich mit der gegenwärtigen Ausrichtung der Bewegung ganz und gar nicht anfreunden, doch wichtig genug, um darüber einen Richtungsstreit zu riskieren, war es ihm keinesfalls. Er wollte weg aus diesem Mief, weg von dieser grauenhaften Person, mit der er schon so viele Jahre gezwungen war zusammenzuarbeiten und sogar unter einem Dach zu leben. Dieses Hotel war bislang eine gute

Tarnung aber er würde ihm keine Träne nachweinen. Alles, dieses ganze Getue, diese Enge, seine mühsam aufrecht erhaltene Fassade, erschien ihm zunehmend unerträglich und die höllischste aller Drachensaaten saß ihm gegenüber. Nicht mehr lange, dann war er frei! Er würde seinen Anteil nehmen und sich endgültig in Argentinien niederlassen!

Es mischten inzwischen zu viele Akteure mit. Während er noch immer an die Sache glaubte, waren in den letzten Jahren Allianzen entstanden, die dieser, nach seinem Dafürhalten, alles andere als zuträglich waren. Für ihn musste noch lang kein Freund sein, wer sich den gleichen Feind auserkoren hatte. Offenbar glaubte man in Lausanne genau daran. Das war geradezu lächerlich! Was hatte er mit diesem anarchistischen Pack zu tun? Wieso sollte er Subjekte unterstützen, die er im Grunde verachtete, die sich im Terror suhlten und keine echten Ideale besaßen?! Er dagegen war seinen Überzeugungen stets treu geblieben. Nie hatte er auch nur den Hauch eines Zweifels. Sein ganzes Leben hatte er in den Dienst der Sache gestellt. Die Kameraden und er würden das Geld, das seit Jahrzehnten auf Schweizer Bankkonten schlummerte, einsetzen, um vorhandene Strukturen zu stärken und neue zu errichten, und zwar weltweit. In den Jahren nach 1945 hatte er mit Unterstützung von Schweizer, Italienischen, Österreichischen und Vatikanischen Verbindungen eine Reihe von Gesinnungsgenossen über die Schweiz nach Südamerika geschleust. Für ihn war das eine Selbstverständlichkeit.

Solange Bischof Alois Hudal und Pfarrer Krunoslav Draganović im Vatikan die Fäden in der Hand gehalten hatten, waren derartige Transitreisen im Großen und Ganzen unproblematisch verlaufen. Und das sowohl finanziell, als auch in Bezug auf die notwendigen Dokumente! Die Verbindungsstellen innerhalb des Vatikans, wie auch die des Italienischen Roten Kreuzes waren diesbezüglich hervorragend organisiert. Die Ausstellung von Visa, gelegentlich auch völlig neuer Papiere, war stets prompt erfolgt, wenn nötig blanko und in jeder gewünschten Anzahl. Inzwischen lief es nicht mehr ganz so geschmeidig. Es war ein mühseliges Geschäft geworden, mit immer neuen, undurchsichtigen Akteuren.

Irgendwann jedoch würde ihre Stunde wieder schlagen, davon war er überzeugt. Und dann würde man aus den Fehlern der Vergangenheit gelernt haben. Die Seilschaften waren noch immer intakt, darauf war hundertprozentig Verlass.

So nah waren sie bereits ihrem Ziel gewesen, doch am Ende erwies sich Hitler doch als zu schwach. Vor allen Dingen hatten seine Beratungsresistenz und sein Realitätsverlust in den Abgrund geführt. Doch die Zeit des weltumspannenden Faschismus würde kommen und dann waren sie vorbereitet! Sogar die Amerikaner und deren Geheimdienste hatten das wertvolle Potential, die vorbildliche Organisation und die unbestreitbare Kompetenz der Kameraden gewürdigt und zu schätzen gewusst. Auch sie wollten nicht auf deren Erfahrung und Kenntnisse verzichten, warben bereits kurz nach Kriegsende eine ansehnliche Anzahl der Kameraden aus der Geheimgesellschaft an und bemühten sich um gute Kontakte. Im Gegenzug blieben ihre Aktivitäten und Operationen weitgehend unbehelligt. Verheißungsvoll war für die Kameradschaft natürlich auch, dass es so vielen der Gesinnungsgenossen gelungen war, sich in einer Reihe von Schlüsselpositionen der, 1949 neu gegründeten Bundesrepublik Deutschland, zu behaupten. Sie besetzten oder unterwanderten quasi alle wichtigen Schaltstellen der neuen Staatsmacht und waren so in der Lage, bei der Flucht der in Bedrängnis geratenen Gefährten, behilflich zu sein. Sowohl in der Schweiz, als auch in Österreich und Italien kümmerte sich ein funktionierendes Netzwerk, mit tatkräftiger Unterstützung aus dem Vatikan und der Rückendeckung amerikanischer Geheimdienstkreise, um die Ausreise bedrängter Gesinnungsgenossen, vor allem nach Südamerika. Dort hatten diese in der Zwischenzeit schon ganze Kolonien aufbauen können, denn auch in Südamerika wusste man auf politischer, wissenschaftlicher, administrativer, wie auch organisatorischer Ebene, die Zusammenarbeit mit den faschistischen Einwanderern zu schätzen.

Ja, Viktor Suter, der kleine Hotelier, war stolz darauf, Teil dieses Geflechtes zu sein, das über weite Teile dieser Welt geknüpft war.

Widerwillig kehrte er aus seinen Gedanken in die Gegenwart und zu seinem Gegenüber zurück. Sie hatte ihn offenbar die ganze Zeit beobachtet. Wie er ihren anmaßenden Blick hasste! Diese Frau hatte keinerlei Überzeugung, da konnte sie ihm nichts vormachen. Was sie interessierte, war Geld und sonst überhaupt nichts.

„Was sollen wir mit diesen lästigen Domestiken anfangen?"

Der scharfe Ton ihrer Frage sägte sich schrill in seine Betrachtungen. „Möchtest du die Zimmer selber putzen?", konterte er bissig mit einer Gegenfrage. Das wollte sie natürlich nicht! Obwohl sie lieber heute als morgen das neugierige, dilettantische Pack losgeworden wäre. „Mach'

146

dich nicht lächerlich. Die jungen Leute sind von einer geradezu abstrusen Naivität. Die haben keinen Schimmer von der Welt. Die sollen Putzen, Waschen und sich um das Hotel kümmern. Mit allem, was darüber hinausgeht, wären die doch heillos überfordert. Also, worüber sollen wir uns die Köpfe zerbrechen? Kümmere du dich lieber um unseren Kurier."

Diese nervtötende Kreatur sah doch Gespenster! Vielleicht würde er bei Gelegenheit seinen Freund, Guiseppe Bertoni, kontaktieren, damit er seinen Sohn wieder nach Hause beorderte. Er hatte ihm einen Freundschaftsdienst erweisen wollen, als er zusagte, diesen eine Saison lang im Hotel zu beschäftigen. Der Junge sei noch recht orientierungslos, solle diszipliniertes Arbeiten und auf eigenen Füßen zu stehen lernen, meinte sein Vater. Solange er nicht möglichst weit von seiner Mutter entfernt war, erschien dies aussichtslos. Ständig nahm sie ihren Sohn in Schutz, wie sollte aus ihm etwas anderes als ein verweichlichtes Muttersöhnchen werden. Nach väterlicher Sorge hörte sich das zwar nicht wirklich an aber was kümmerte ihn das! Soweit er, Viktor Suter, das beurteilen konnte, war Alberto in Punkto Disziplin und Arbeitseifer nicht gerade eine Offenbarung aber auch nicht ganz unbrauchbar. Bevor Helene, diese niederträchtige Heimsuchung, nun völlig verrücktspielte… - mal sehen. Sobald er die Muße dazu hatte, würde er seinen Freund vielleicht mal anrufen, um ihm mitzuteilen, dass er selbst Montreux bald verlassen werde.

Andererseits gefiel ihm die Vorstellung, dass Helene Hoover sich tagtäglich über Alberto und diese unbedarften, ungeschliffenen Demoisellen echauffierte. Sie konnte sich regelrecht in eine Aversion hineinsteigern und das gönnte er ihr durch und durch. Hätte sie ein Herz, wären die Drei sicher imstande, dieses in einen Infarkt zu treiben. Die Hoffnung stirbt schließlich zuletzt, diesen Trost wollte er sich gestatten.

Unvermittelt und ohne einen weiteren Kommentar stand er auf, warf einen verächtlichen Blick auf die, ihn befremdet musternde Helene Hoover und verließ den Raum.

Ein Lächeln glitt über sein Gesicht, als er auf der anderen Seite der Tür, die er gerade hinter sich geschlossen hatte, ein dumpfes Poltern vernahm.

Der Briefbeschwerer hatte beim Aufprall eine unschöne Kerbe in der Tapete hinterlassen. Helene Hoover ärgerte sich über diesen kurzen Augenblick der Schwäche. Wie konnte sie nur so die Fassung verlieren. Dieser impertinente Schaumschläger würde sich noch wundern. Nach wie vor unterschätzte er sie aber das würde ihm bald vergehen.

Man hatte sie stets unterschätzt, auch Harry, ihr Mann, der sich so sicher glaubte. Sie aber hatte immer die Nerven behalten. Nie hatte sie sich durch Emotionen leiten lassen. Das war ihre große Stärke. Sollten diese Patriarchen doch ihre ,Desperado Spielchen' spielen. Sie hatte sich abgesichert. Die Unterlagen, die sie im Nachlass ihres Mannes gefunden hatte, waren gut versteckt. Das war ein Glücksfall für sie. Ihre Absicherung, sozusagen. Ihr Mann hatte mit Viktor Suter unter einer Decke gesteckt. Niemand, nicht einmal Harry, machte damals die geringsten Anstalten sie, auch nur am Rande, in ihre Aktivitäten einzubeziehen. Nur der Zufall verhalf ihr zu Erkenntnissen und Einblicken. Harry hatte ohne ihr Wissen ein Anwesen in Argentinien gekauft und wohl geglaubt, er könne sich

148

klammheimlich und ohne sie aus dem Staub machen. Jetzt war er tot. Viel Zeit, seinen Fehler zu erkennen, war ihm nicht geblieben. Fast ein bisschen schade.

Sie brauchte Viktor gegenüber nicht zu erwähnen, dass sich die Unterlagen nun in ihrem Besitz befanden. Er wusste es auch so und die Tatsache, dass sie noch immer Geschäftsführerin dieses Hotels war, wäre an sich schon Bestätigung genug gewesen. Aber er hatte ihr darüber hinaus „aus alter Freundschaft und Pietät" ihrem verstorbenen Mann gegenüber, einen Anteil an dem nun erfolgten „Finanztransfer" in Aussicht gestellt.

Viktor und sie waren sich schon von Anfang an in so inniger Abneigung gegenübergestanden, dass es außer Furcht keinen Grund der Welt für seine „Loyalität" geben konnte. Er würde ihr auch das Hotel übertragen müssen, was er vermutlich bereits ahnte. Mit Brosamen würde sie sich nicht abspeisen lassen, so viel stand fest!

„Was war das eben für ein Knall?" Alberto hatte sich halb aus seinem Gartenstuhl erhoben und blickte irritiert in Richtung Haus, von wo das Gepolter gekommen war. Beide, Verena und Alberto, lauschten angestrengt, ob noch ein Geräusch folgen würde, aber es blieb still. Sie waren bereits an der Terrassentür, um nach dem Rechten zu sehen, als in Monsieur Suters Zimmer das Licht anging und seine dunkle Silhouette, wie in einem Schattenspiel, hinter dem Fenster auftauchte. Die Rezeption lag noch immer im schwachen Dämmerlicht der Notbeleuchtung, wie es um diese Uhrzeit üblich war. Alles sah genau so aus, wie eine Stunde zuvor, als sie es sich auf der Veranda gemütlich gemacht hatten. Die Eingangstür war noch immer fest verschlossen. Nichts deutete darauf hin, dass hier etwas zu Bruch gegangen sein könnte. Erleichtert beschlossen die beiden, endlich schlafen zu gehen. Der Tag war lang und die Dienstzeit ohnehin längst zu Ende.

Albertos Nacht verlief ziemlich unruhig. Zuerst wollte es ihm nicht gelingen in den Schlaf zu finden. Das an sich war schon recht ungewöhnlich, denn üblicherweise bedeutete für ihn der Wechsel von der vertikalen in eine horizontale Position den augenblicklichen Übergang in den Tiefschlaf.

Seine Gedanken kreisten um einige offene Fragestellungen, um Ungereimtheiten, an die er sich bisher nicht so recht herangewagt hatte: Was war das für eine Verbindung zwischen seinem Vater und Monsieur Suter? Woher kannten sich die Beiden? Und weshalb hatte ihn sein Vater ausgerechnet hierhergeschickt? Niemals zuvor hatte Alberto Monsieur Suter getroffen. Nie war er bei seiner Familie in Catania zu Besuch gewesen, jedenfalls nicht so lange Alberto denken konnte. Wahrscheinlich hatte er seinen Vater sogar danach gefragt, weshalb er diese Verbindung nach Montreux hatte, und bestimmt hatte sein Vater irgendetwas darauf geantwortet. Aber ihn schien die Antwort, wie so häufig, offenbar nicht wirklich interessiert zu haben. Oder sein Vater hatte sich, wie ebenfalls üblich, nicht allzu viel Mühe gemacht, ihm eine erschöpfende Antwort zu geben. Entweder, weil seinem Vater bewusst war, dass er ihm nicht zuhören würde oder weil ihm die Einsichten seines Sohnes ohnehin gleichgültig waren. Jetzt hätte er es allerdings doch gerne gewusst. Einmal zu viel weggehört!

Er, Alberto, war damals einfach nur froh über die Gelegenheit gewesen, von zuhause weg zu kommen, die ewigen Streitereien zwischen seinen Eltern hinter sich zu lassen, die häufig genug ihn selbst zum Thema hatten. Sein Vater beschuldigte dabei seine Mutter immer wieder, den gemeinsamen Sohn zu einem Weichling erzogen zu haben. In der festen Überzeugung einen Taugenichts als Sohn zu haben, überhäufte er sie darum mit heftigen Vorwürfen. Ein richtiger Draufgänger als Sohn - oder wie es Alberto interpretierte - ein großspuriger, hirnloser Wichtigtuer – wäre eher nach dem Geschmack des „Patrone" gewesen. Sie hatten tatsächlich nicht sehr viel gemein, sein Vater und er. Als Kind hätte er alles für ein kleines bisschen Anerkennung, ein winziges Lob seines Vaters gegeben, doch was er auch getan, wie sehr er sich auch angestrengt hatte, er schaffte es nie, dessen Erwartungen zu entsprechen oder wenigstens nahe zu kommen.

Seine Mutter wiederum setzte sich so gut wie nie zur Wehr gegen ihren Ehemann, obwohl er sie nach Strich und Faden betrog und sich zuhause aufspielte wie ein Oberbefehlshaber. Das war so etwas wie Tradition bei den männlichen Mitgliedern der Familie Bertoni. Nur wenn es um ihn, ihren Sohn ging, leistete sie leidenschaftlichen Widerstand, dann konnte sie zur Furie werden. Alberto hasste diese nächtelangen Streitigkeiten seiner Eltern, umso mehr, als er - nur weil er nicht dem Idealbild eines Machos entsprach - Gegenstand dieser Auseinandersetzungen war.

Selbst wenn ihm hier ein Job bei der Müllabfuhr oder in der Kanalreinigung angeboten worden wäre, mit Begeisterung hätte er jeden Vertrag unterschrieben, der ihn weit weg von Catania und seiner Familie gebracht hätte. Und dennoch fühlte er sich elend vor Heimweh.

Ob er seine Mutter über die Verbindung zu Monsieur Suter fragen sollte? Kannte sie ihn überhaupt? Bei seinem Vater konnte er auf keinen Fall sicher sein, dass er sein Interesse vertraulich behandeln würde. Bevor er zu einem befriedigenden Entschluss gelangen konnte, hatte ihn die Müdigkeit allerdings bereits besiegt.

📖

Kaum trat Verena am Morgen aus der Badezimmertür, taumelte ihr ein schlaftrunkener Alberto entgegen. Wie eine Nachteule blickte er durch halbgeschlossene Augenlider, krächzte ein kaum verstehbares Bonjour und verschwand im Bad. Das war eigentlich ihre Rolle! Verena war die Eule mit dem niedrigen Blutdruck, die morgens nicht in die Gänge kam!

Kurz darauf in der Küche trafen Anne und Verena dann allerdings wieder auf den alten Alberto, quicklebendig und wortreich, wie sie ihn kannten.

„Warst du an der Steckdose?", fragte Verena, irritiert von dieser raschen Regeneration. „Ich hatte eben vor dem Bad doch nicht etwa eine Fata Morgana?"

„Kennen wir uns, Mademoiselle?" Die unschuldig dümmliche Miene, mit der ihr Kollege Verena in die Augen blickte, war bemerkenswert. Bewaffnet mit einem Geschirrtuch jagte sie ihn durch die Küche und drohte damit, diese Waffe unbarmherzig einzusetzen, wenn er sie weiterhin auf den Arm nehmen würde, was ihn zur bedingungslosen Kapitulation nötigte.

Ihr Domestiken-Frühstück mussten sie an diesem Morgen ein wenig abkürzen. Anne hatte gerade begonnen von ihrem freien Tag mit Jacques zu berichten, als sich die Gäste, denen Verena in grenzlosem Übermut und in anmaßender Überschreitung ihrer Kompetenzen gestern ein Zimmer vermietet hatte, im Wintergarten zum Petit-Dejeuner niederließen. So

wie es aussah, gehörte dieses Paar nicht der Langschläfer Fraktion an. Ihr selbst, als berüchtigter Mor-
genmuffel, erschien es völlig absurd im Urlaub, um
halb sieben Uhr morgens, ohne zwingenden Anlass
beim Frühstück zu sitzen, anstatt sich wohlig im Bett
von einer Seite auf die andere zu drehen.

„Der frühe Vogel fängt den Wurm", kommentierte Alberto ihre Verwunderung aber Verena
meinte nur, sie hätte in diesem Fall lieber auf den
Wurm verzichtet. Während sie den Service übernahm, verschwanden Anne und Alberto nach oben,
um die Betten zu machen und das Zimmer zu lüften
und zu reinigen.

„Hatten Sie denn eine gute erste Nacht hier im Florentine?", erkundigte sich Verena, nachdem das
Frühstück serviert und der erste Schluck Kaffee ge-
trunken war. Beide äußerten sich höchst zufrieden.
Sie schwärmten vom Blick über den herrlichen See,
den sie sowohl von ihrem Zimmer, als auch hier vom
Frühstücksraum aus genießen konnten. Egal zu welcher Tageszeit und bei jedem Wetter war diese Aussicht unbezahlbar. Darin lag der größte Charme dieses Hotels, in diesem Punkt waren sich Gäste und
Personal absolut einig.

„Arbeiten Sie denn schon lange hier?" Beide sahen
Verena freundlich lächelnd und erwartungsvoll an.
Kurz zusammengefasst erzählte diese von ihrer Idee,
die Zeit zwischen Abitur und Studium zu nutzen, um
Geld zu verdienen und es anschließend auf Reisen
(und hoffentlich nicht restlos) wieder auszugeben.
„Meine Schwester arbeitet hier bereits seit einigen

Monaten und weil gerade ein Personalengpass auf-
trat, als ich zu Besuch hierherkam, habe ich die Gelegenheit kurzerhand genutzt."

Würde Bosheit quietschen, könnte man sie wenigstens rechtzeitig anrücken hören. Verena hörte sie
bedauerlicherweise erst, als im Dezibel Bereich einer
aufheulenden rostigen Kreissäge ein „Mademoiselle
Verena!" die Luft des Raumes in Vibration versetzte.
Sie stand im Türrahmen des Wintergartens und erschreckte nicht nur die Gerufene, sondern auch die
Gäste, die sie ebenfalls weder kommen hörten, noch
sahen. Madame Hoover befehligte ihre Angestellte
umgehend in die Küche, wo sich die Arbeit, wie sie
meinte, nicht von selbst erledige. Noch im Hinausge-
hen hörte Verena, wie sie sich bei den Gästen über ihr
Leid mit dem unkundigen, arbeitsscheuen Personal
beklagte. Die beiden Übernachtungsgäste machten
liebenswürdiger-weise Anstalten, die Belegschaft in
Schutz zu nehmen aber sie konnten ja nicht wissen,
wie aussichtslos dieses Unterfangen war. Inzwischen
hatten sich noch weitere Gäste an den eingedeckten
Tischen im Wintergarten niedergelassen und so
fehlte Verena tatsächlich die Zeit, sich gebührend zu
ärgern. Oder, so fragte sie sich später, war sie vielleicht schon zu abgestumpft? Wie auch immer, Madame entschwand wie sie gekommen war. Plötzlich
und unerwartet!

Anne und Alberto waren gerade im Begriff die
Treppe von oben herunter zu eilen und befanden sich
auf dem Weg in die Küche, als die Chefin, im Habitus

von Napoleon nach der Schlacht von Austerlitz, von der Bühne trat.

„Was war denn nun schon wieder", fragte Anne mit einem flehenden Blick zur Decke, als stünde da die Antwort geschrieben. Alberto fand den Gedanken seiner Kollegin, bezüglich der akustischen Ankündigung von Bosheit, zum Totlachen. „Aber weißt du, eigentlich quietscht ihre Bosheit schon, nur leider häufig im Überschallmodus. Man vernimmt es erst, wenn sie schon über einen hinweggedonnert ist."

Aus dem Augenwinkel sahen die Drei Monsieur Suter das Haus verlassen. Er schien es eilig zu haben. Kaum hatte sich die Tür hinter ihm geschlossen, verließ auch die Chefin das Hotel, wobei sie die Angestellten im Vorbeigehen informierte, dass zwar die Länge ihrer Abwesenheit ungewiss sei, sie sich allerdings bloß nicht unterstehen sollten, ihre Pflichten zu vernachlässigen oder das Schneckentempo zur Betriebsgeschwindigkeit zu erheben! „Aye-aye, sir!" konterte Alberto spontan, was sie mit einem eisigen Blick quittierte, den selbst ein Pinguin zum Frieren gebracht hätte.

„Ich habe den Eindruck, die spioniert ihm hinterher." Zwei Kännchen Kaffee und Milch auf dem Tablett, setzte Verena ihren Weg Richtung Frühstücksraum fort, wo inzwischen fast alle Tische besetzt waren und sich der Geräuschpegel der Anzahl der Gäste angepasst hatte. Alle erweckten den Eindruck, mit ihrem Frühstück und der Planung ihres Tages beschäftigt zu sein. Nur das Lörracher Ehepaar schien sie aufmerksam zu beobachten, ohne selbst in eine Unterhaltung vertieft zu sein. Als das Mädchen sich näherte, um zwei Teller abzuräumen, entschuldigte sich Frau Lehmann für die Scherereien, für die sie sich offenbar verantwortlich fühlte. „Wir wollten Ihnen wirklich keinen Ärger machen oder Sie von der Arbeit abhalten. Aber da wir die einzigen Gäste im Raum waren, dachte ich…"

Verena winkte ab. „Machen Sie sich nur keine Gedanken, eine nette Unterhaltung wirkt motivierend auf die Arbeitsmoral. Das wissen nur leider nicht alle Menschen. Darf ich Ihnen denn noch einen Kaffee oder Tee bringen?"

Mit einem Lächeln versuchte sie den Beiden zu signalisieren, dass eine Unhöflichkeit ihrer Chefin sie nicht in Depression versinken lässt und zwei amüsiert blitzenden Augenpaare zeigten ihr, dass dieses Signal angekommen war.

Den Rest des Vormittages verbrachten Anne, Alberto und Verena routinemäßig mit Putzen, Betten beziehen, Waschen, Vorräte überprüfen und – dieses Mal übernahm es Anne – Anmeldezettel abgeben.

Bei den beiden Beamten, die sie schon kannte, saß nun ein dritter, den Anne zuvor nie gesehen hatte. Kaum hatte sie das Büro betreten, glaubte sie, wie sie ihren beiden Mitstreitern am Abend berichtete, einen verstohlenen kurzen Blickkontakt zwischen den drei Anwesenden wahrzunehmen. Schon wandte sich der ihr unbekannte, einzig nichtuniformierte Herr im

Raum ihr verbindlich lächelnd zu und begann eine Konversation über das Wetter.

„Superspannend, sprühend originell", waren die ersten Begriffe, die Anne bei dieser Gelegenheit auf der Zunge lagen und glücklicherweise unausgesprochen dort liegen blieben. Doch offenbar sprach alleine ihr Blick bereits Bände und bedurfte keinerlei Erläuterung. Mitten im Satz brach er seinen narkotisierenden Monolog ab, zog entschuldigend die Stirn in Falten und stellte sich unvermittelt vor.

„Okay, schlechter Start. Ich rede und rede und habe mich noch gar nicht vorgestellt. Mein Name ist Beat Stocker. Ich bin Kommissar der Bundespolizei und sozusagen temporär aus Bern nach Montreux delegiert. Sie sind, wie ich den Meldeformularen entnehme, im Hotel Florentine beschäftigt."

„So ist es." Anne zögerte noch immer, sie war nicht sicher, in welche Richtung dieses Gespräch tendierte. Die beiden uniformierten Beamten vertieften sich schleunigst in irgendwelche Aktenordner, deren Bearbeitung mit einem Mal unaufschiebbar zu sein schien.

„Gefällt es Ihnen in Montreux?"

„Ja, schon. Ihnen hoffentlich auch."

„Sicher, Bern ist zwar auch eine schöne Stadt aber hier am Genfersee wirkt alles doch ein wenig ruhiger, fast mediterran. In einem Hotel geht es sicherlich internationaler zu, als in einer unbedeutenden Behörde. Bestimmt haben Sie es mit vielen interessanten Gästen zu tun."

Anne nickte und lächelte höflich, ohne den Fragesteller aus den Augen zu lassen. Herr Stocker schien zu überlegen. Es wurde jedoch nicht deutlich, ob er darüber nachdachte, wie er die begonnene Konversation fortführen oder darüber, wie er sie möglichst rasch beenden konnte. Eine gefühlte Ewigkeit lächelten sich die beiden abwartend an, bis Herr Stocker mehr feststellte als fragte, ob sie und ihre Schwester aus Deutschland kämen.

„Entnehmen Sie das auch den Meldezetteln? Da Sie offenbar bereits von mir und meiner Schwester wissen, nehme ich an, dass die Frage eher rhetorisch gemeint war." Sie drehte den Kopf leicht zur Seite und sah dem Kommissar höflich wartend entgegen.

„Ertappt! Sorry, meine Kollegen und ich haben uns bereits über Sie unterhalten. Kann ich offen sprechen?"

„Ich bitte darum."

Ganz wohl schien sich Annes Gesprächspartner nicht in seiner Haut zu fühlen, doch hatte er, ob aus Gründen der Zeitersparnis oder weil er glaubte Anne vertrauen zu können, beschlossen, direkt oder beinahe direkt zur Sache zu kommen. Er sprach von Ungereimtheiten, die sich in Bezug auf ihre Arbeitgeber aufgetan hätten und die es zu klären galt. Natürlich könne sich all das als völlig harmlos und unspektakulär auflösen aber er hätte eben den Auftrag, den Sachverhalt zu ergründen. Man hatte ihm, wie er hinzufügte, berichtet, dass sich die drei Hausangestellten bereits bei den Beamten und anderen Personen vage nach dem Hotel und den beiden Arbeitgebern erkundigt hätten. Daher hätte seine Behörde eine Zusammenarbeit mit den beiden Schwestern zur Klärung gewisser Verdachtsmomente in Erwägung gezogen.

„Worum geht es denn nun eigentlich? Ich weiß bisher weder, um was für eine Art von Verdachtsmomenten es Ihnen geht, noch welchen Beitrag zur Klärung Sie von uns erwarten und schon gar nicht, weshalb ein Ermittler aus der Hauptstadt, noch dazu der Bundespolizei diesen sogenannten Sachverhalt klären soll."

Herr Stocker hob beschwichtigend die Hände, während die beiden uniformierten intensiv in ihre Akten versunkenen Beamten verstohlen, und wie es schien mit angehaltenem Atem, von eben diesen auf- und in Richtung der beiden Diskutanten blickten. Das Grinsen war bei beiden einem deutlich alarmierten Gesichtsausdruck gewichen.

„Ich verstehe ja Ihre Skepsis und Ihre Ungeduld. Allerdings muss auch ich einige Spielregeln beachten. Außerdem darf ich nur so viel preisgeben, wie dies mit Blick auf die Ermittlungen verantwortbar ist. Auch in Ihrem eigenen Interesse."

Es war zum Mäuse melken. Nein das funktionierte so nicht!

„Wie wäre es, wenn Sie überhaupt mal *irgendetwas* preisgäben, denn bisher habe ich nur so viel aus Ihren Worten herausgehört, dass Sie uns bespitzeln lassen und wir zum Dank für Ihre geschätzte Aufmerksamkeit, nun unsere Arbeitgeber bespitzeln sollen. Habe ich das richtig verstanden?"

Er hatte sich das Gespräch zweifellos einfacher vorgestellt. Herr Stocker blies die Backen auf und schien nicht so richtig zu wissen, wie er fortfahren sollte.

„Hören Sie", nahm Anne den Gesprächsfaden wieder auf, „ich muss zurück zur Arbeit, denn ich bin schließlich nicht auf Urlaub hier, woran mich meine Chefin unmissverständlich erinnern wird, wenn ich mich jetzt nicht spute."

Der Druck unter dem Herr Stocker stand musste ziemlich hoch sein, denn seine Körperspannung schien sich mit einem Mal zu intensivieren, während sein Blick sich noch eindringlicher auf sie heftete.

„Es wäre vielleicht sinnvoll, wenn wir uns mit Ihrer Schwester zu einem Gespräch treffen würden. Wann hätten Sie Zeit?"

Anne sah ihn verwundert an. Die unausweichliche Frage, ob es nicht sinnvoll sei, auch ihren Kollegen, Alberto Bertoni, hinzuzuziehen, brachte ihn offenbar in Verlegenheit. Mit einem matten vieldeutigen Kopfschütteln bat er darum, diesen erst einmal nicht ins Vertrauen zu ziehen. Über die Gründe dafür sei er allerdings nicht befugt zu sprechen. Noch nicht, wie er betonte.

„Es war nett, mit Ihnen zu plaudern. Meine Schwester, Herr Bertoni und ich sind eine eingeschworene Gemeinschaft und wir agieren gemeinsam oder gar nicht. Alles andere käme einem Vertrauensbruch gleich."

Sie nickte den Anwesenden zu, verabschiedete sich und schloss die Tür von außen. Weit kam sie nicht. Kaum eine halbe Minute war vergangen, als der Beamte sie eingeholt hatte. „Okay, alle Drei! Also wann?"

„Morgen Abend, 21 Uhr, im Restaurant des Casinos."

Die prompte Antwort, die sie sich natürlich insgeheim bereits zurechtgelegt hatte, weil sie ahnte, dass ihm keine Wahl blieb, brachte ihn für einen Augenblick aus dem Konzept. Dann atmete er hörbar genervt tief durch, nickte und verschwand ohne ein weiteres Wort im Gebäude. Anne spürte die Augen der drei Beamten regelrecht auf ihrem Rücken. Sie konnte es nicht sehen aber sie war sicher, dass ihr die Blicke folgten, bis sie außer Sichtweite war.

Weshalb Alberto zunächst nicht ins Vertrauen gezogen werden sollte, darüber grübelten die Drei den Rest des Tages, nachdem Anne Bericht erstattet hatte. Vor allem Alberto selbst schien diese Episode ziemlich zu verstören. Es wollte ihm nicht einleuchten, weshalb er weniger vertrauenswürdig sein sollte, als die beiden Schwestern.

„Vielleicht hat es ja damit zu tun, dass sich dein Vater und Monsieur Suter kennen. Das ist zumindest das Einzige, das mir spontan einfällt, wenn ich über Unterschiede zwischen deinem und unserem Status nachdenke."

Alberto schien dieser Gedanke auch schon durch den Kopf geschwirrt zu sein, denn er hielt Annes Analyse für ziemlich schlüssig.

„Das hieße allerdings", so meinte er nicht zu Unrecht, „dass die Behörde schon einiges an Informationen über die Verhältnisse im Haus und über uns hat. Und das heißt wiederum, dass wir nicht etwa Hirngespinsten hinterherjagen. Warum sollte sich eine Bundespolizeibehörde sonst so viel Mühe machen?!"

Über dieses spekulative Stadium war Verena, nach Annes Schilderungen dieses merkwürdigen Gesprächsverlaufs, ohnehin hinaus. Inzwischen war sie sogar ziemlich sicher, dass sie in einem einigermaßen stattlichen Wespennest gestochert haben mussten. Und diese Einsicht trug nun nicht gerade zu ihrer Beruhigung bei. Es war eine Sache, kindlich naiv (und das waren sie offenkundig) Abenteurer zu spielen. Eine völlig andere Sache war es, sich plötzlich - nicht mehr, wie bisher rein hypothetisch - in einer realen aber nach wie vor irritierend unüberschaubaren Gefahrenlage wiederzufinden. Selbst die „sizilianische 007-Cover-Besetzung" (einen Titel, den sich Alberto in kriminalistischer Euphorie selbst zugelegt hatte), wirkte mit einem Mal ungewohnt nachdenklich. „Ich glaube, ich muss mal mit meinem Vater telefonieren und fragen, was genau er mit unserem Chef zu tun hat."

„Das wäre vielleicht etwas zu früh. Möglicherweise würden wir damit schlafende Hunde wecken, und das fände ich momentan wenig erstrebenswert."

Damit hatte Anne Recht, denn sollte Albertos Vater tatsächlich mit allem, was hier vor sich ging, etwas zu tun haben oder wenigstens informiert sein, dann würde er ihre Erkundigungen sicher nicht für sich behalten. Sie beschlossen also zunächst einmal das Gespräch mit diesem Herrn Stocker abzuwarten und dann zu entscheiden, ob und wenn überhaupt, was zu unternehmen sei. Solange wollten sie sich möglichst unbeirrt ihrer Arbeit widmen und sich keine unnötigen Gedanken über Dinge machen, die sie ganz offensichtlich nicht durchschauten.

Ihre Arbeit erledigte das Trio natürlich zuverlässig wie immer und kein Außenstehender hätte auch nur die geringste Veränderung an ihnen wahrgenommen. In den Köpfen der Drei herrschte allerdings Hochbetrieb, trotz aller guten Vorsätze, denn erfahrungsgemäß blüht die Fantasie umgekehrt proportional zum Wissensstand.

Am folgenden Morgen hatten sie, wie selten einmal, keine Eile bei ihrem eigenen gemeinsamen Frühstück in der Küche, denn die ersten Gäste trudelten erst gegen halb neun im Frühstückszimmer ein.

Von den beiden Chefs war weit und breit nichts zu sehen aber dennoch führten sie ihre Gespräche bei Kaffee und Croissants im Flüsterton, denn es wäre nicht das erste Mal gewesen, dass Madame wie ein Gespenst plötzlich aus dem Nichts auftauchte. An diesem Morgen jedoch blieb sie unsichtbar. Niemand vermisste sie. Alberto hatte die ganze Nacht gegrübelt und ließ seine Kolleginnen nun an seinen Gedanken teilhaben. Das Misstrauen dieses Kommissar Stocker ihm gegenüber konnte er sich nur so erklären, dass die Polizei eine Verbindung zwischen seinem Vater und den Dingen, die hier im Haus vorgingen kennt oder wenigstens vermutet. Allerdings, so folgerte Alberto, gingen sie wohl nicht davon aus, dass er selbst einbezogen sei, denn sonst hätte sich Monsieur Stocker kaum darauf eingelassen, dass er heute Abend dabei sein oder auch nur informiert werden durfte. Worauf er sich noch keinen Reim machen konnte war allerdings, auf welche Weise sein Vater involviert sein konnte. Darauf, so vermutete Verena, würden sie heute Abend vielleicht eine Antwort bekommen.

Nein, das war an diesem Morgen nicht der Alberto, den die Mädchen kannten. Diese unverschämt kecke Leichtigkeit fehlte, diese unerbittliche Gelassenheit, mit der er sie manchmal zur Weißglut treiben konnte, dieses unerschütterliche Selbstbewusstsein, das keine Selbstzweifel kannte, all das war wie weggeblasen. Was hier am Frühstückstisch saß, war ein Häuflein Elend. Und endlich wagte er, viel zu kleinlaut, die Frage zu stellen, auf der er die ganze Zeit über herumgekaut zu haben schien.

„Vertraut ihr mir denn überhaupt noch?"

„Diese Frage müsstest du dir eigentlich selbst beantworten können und wenn nicht, muss ich mir in einer ruhigen Minute mal überlegen, ob ich sie dir übelnehme!"

Hätten sie denn mit ihm über den Inhalt von Annes Unterhaltung mit dem Berner Polizisten überhaupt gesprochen, wenn sie auch nur den leisesten Zweifel an seiner Vertrauenswürdigkeit hätten? Natürlich nicht! Verena war fast ein wenig verärgert über Albertos Verzagtheit.

„Und jetzt möchte ich sofort die vorlaute, nervige und freche Rotznase zurück, die mich die letzten Wochen immer wieder um ein Haar in den Wahnsinn getrieben hätte!"

„Wenn es mir nur beinahe gelungen ist, wer hat dann den Rest erledigt?" Als hätte sich ein Schalter umgelegt, grinste ihr der alte Alberto entgegen und bekam im nächsten Augenblick mit dem Geschirrtuch eins übergebraten. Anne schüttelte lachend den Kopf. „Siehst du, Verena, was du davon hast, solch einen unüberlegten Wunsch zu äußern?!"

Mit der Wiederauferstehung des alten Alberto kamen die ersten Frühstücksgäste und das Ende ihrer privaten Divertimentos. Alberto machte sich bereit, die Gäste, die Lehmanns waren wieder die Ersten, zu bedienen. Anne und Verena machten sich auf den Weg, deren Zimmer in Ordnung zu bringen.

„Wenig Gepäck für vier Wochen, findest du nicht?" Anne hatte Recht aber Verena vermutete, dass sie nur einen Teil aus dem Auto ausgeladen hatten. Das war eigentlich vernünftig, denn, unabhängig von der Länge des jeweiligen Aufenthaltes, jedes Mal einen halben Umzug zu veranstalten, machte ja auch keinen Spaß. Aber schließlich ging sie das wirklich gar nichts an. Verena fand Beide total sympathisch und die Idee, sich aus Anlass des 20. Hochzeitstages vier Wochen Auszeit zu nehmen, gefiel ihr ausgesprochen gut. Im Bad duftete es nach einem dezenten, frischen Parfüm, dessen Namen sie sich sofort in ihrem mentalen Notizbuch notierte. Das würde sich, sofern es erschwinglich war, ganz sicher bald auch in ihrem Kulturbeutel wiederfinden! Manches Duftwässerchen der weiblichen Gäste nahm ihr den Atem, sie waren oft zu schwer oder zu süßlich. Man nimmt den gewohnten Duft ja häufig selbst nicht mehr wahr.

Irgendetwas irritierte Verena in diesem Zimmer aber sie hätte nicht sagen können, was es war und so bewegten sich die Schwestern nach getaner Arbeit wieder hinunter in den Frühstücksraum, wo Alberto gerade mit einem großen übervollen Tablett zwischen den Tischen balancierte. Wie ein Akrobat in der Arena tänzelte er von Tisch zu Tisch, nahm Bestellungen auf, brachte das Gewünschte zum jeweiligen Gast, beglückte die Wartenden mit ein paar aufheiternden Worten. Es sah bei ihm alles so leicht und spielerisch aus. Zu keiner Zeit vermittelte er den Eindruck, als wäre das, was er tat anstrengend. Nichts schien ihn aus der Ruhe zu bringen und dabei konnte er, wenn er wollte, eine Geschwindigkeit an den Tag legen, die die beiden Schwestern einfach nur vor Neid erblassen ließ. Gleichwohl wirkte er nie hektisch. Nur mit Mühe konnte Verena ihre Augen von diesem faszinierenden Spektakel lösen. Sie bewunderte ihn insgeheim für diese unbeschreibliche Leichtigkeit und wünschte, dass sie ihm immer erhalten bliebe.

Mitten in ihre Betrachtungen hinein vernahm sie aus der Ferne die liebreizende Stimme ihrer Chefin, die im Foyer gerade irgendwelchen Hausgästen mit einem einschüchternden „Bonjour!" die eustachische Röhre durchsägte. Wie auf ein geheimnisvolles Kommando trafen die Haussklavenblicke aufeinander. Mit einem einzigen Augenaufschlag verständigten sich die Schwestern, innerhalb einer Drehbewegung mit Kurs Richtung Treppe, auf den Reinigungsvorstoß der noch anstehenden Zimmer der im Wintergarten frühstückenden Urlauber. Tatsächlich schafften sie die Flucht, bevor Madame auf sie aufmerksam werden konnte, während sich Alberto mit einem steinerweichenden Seufzer in sein Schicksal fügte. Keine Minute später gellten an den armen Kollegen gerichtet Ermahnungen durchs Treppenhaus.

„Nicht einmal vor den Gästen ist ihr das peinlich! Wahrscheinlich hält sie sich auch noch für eine brillante Führungspersönlichkeit." Anne schüttelte missmutig den Kopf.

„Ich fürchte du hast Recht. Sollte ich jemals in eine, wie immer geartete Führungsposition kommen und mich so aufführen, darfst du mich erschießen."

Nach Auffassung von Madame Xanthippe war es sicher unvorstellbar, dass Verena ein derartiges Geschick widerfahren könnte. Nicht etwa, weil sie vermutete, dass Verena sich nie so aufführen oder ihre Schwester ihr niemals etwas antun würde. Nein, schlicht und ergreifend, weil es in ihrer Weltanschauung absolut ausgeschlossen war, dass unbedarfte Menschen, so beurteilte sie unverblümt ihre Angestellten, wie Anne, Alberto oder Verena, jemals in eine Führungsposition gelangen konnten.

„Ich verstehe dein Problem. Wir werden ohnehin die Strukturen ein wenig anpassen müssen." Viktor hatte um das Gespräch gebeten. Er konnte und wollte die Entscheidung nun nicht länger hinauszögern. Der Druck war inzwischen groß und der Zeitpunkt günstig. Wann, wenn nicht jetzt sollte er den Absprung aus der gegenwärtigen Konstellation schaffen und sich andernorts mit seinen Fähigkeiten einbringen?! Das Angebot aus Argentinien hätte passender nicht kommen können, denn der Neustart war nun endlich auch finanziell gesichert. Der Boden in der Schweiz wurde zunehmend heiß und täglich unberechenbarer. Ohnehin hatte ihn das Hotel mit all seinen Verbindlichkeiten nie wirklich interessiert und seine Nichte Theresa war in jedem Fall vertrauenswürdig genug. Sie konnte sich um alles Notwenige kümmern.

In Argentinien würde Keiner an seiner Vergangenheit und seinen Überzeugungen Anstoß nehmen, im Gegenteil. Endlich wäre er nicht mehr erpressbar und Helene konnte sich die Dokumente, die sie über ihn besaß und mit denen sie sich so unantastbar fühlte, in die Haare schmieren! Es bedeutete ihm viel, dass François seine Ansicht teilte. Als sein Kommandant und Organisator der Schweizer Zelle fungierte dieser nicht nur als eine Art Impresario, er kümmerte sich über sein national und international engmaschiges, weit verzweigtes Netzwerk auch um die finanziellen Belange. Ohne seine Billigung bliebe jeder Versuch, den bestehenden Status quo zu durchbrechen, ganz und gar aussichtslos. Deshalb war es gut, François und seine Beziehungen auf seiner Seite zu haben. Endlich konnte er Nägel mit Köpfen machen! Endlich war es ihm möglich,

den Umständen vor Ort und dieser inzwischen unerträg-
lichen Enge zu entkommen!

Die Drei waren sehr gespannt, ob es ihnen am Abend tatsächlich gelingen würde, pünktlich und vor allem vollzählig, Feierabend zu machen, um die Verabredung mit dem Berner Kommissar einhalten zu können. So richtig trauten sie dem Frieden noch nicht, denn ihre Chefin schien einen siebten Sinn dafür zu besitzen, wie sie das Team am effektivsten schikanieren konnte. Und siehe da, sie sollten auch dieses Mal nicht enttäuscht werden. Es war nämlich an genau jenem Abend von essentieller Notwendigkeit, das Silberbesteck und die Silberkännchen zu polieren. Nicht gestern, nicht morgen, nein, an genau diesem Abend musste es sein und zwar ohne jegliche Diskussion! Das fiel ihr genau Viertel vor acht ein, eine Viertelstunde vor Dienstende. Es reichte, so schränkte sie großzügig ein, wenn Alberto und Anne die Aufgabe erledigten. Verena könne gerne ihren Feierabend zur Erholung nutzen, wenn es Madame Hoover auch nicht wirklich nachvollziehbar war, wovon sich diese erholen wolle. Ohne ihre liebreizende Zugabe hätte Verena etwas gefehlt. Die Drei unternahmen schon gar keinen weiteren Versuch, Madame umzustimmen, denn zum einen wäre es ihnen ohnehin nicht gelungen und zum anderen gönnten sie ihrer Chefin die Befriedigung nicht, die sie ihr damit bereitet hätten.

Eine Telefonnummer, um die Verabredung abzusagen oder zu verschieben hatten sie dummerweise nicht. Die Dienststelle der Gendarmerie war natürlich längst geschlossen und wo Herr Stocker ansonsten erreichbar war, wussten sie nicht. Was für eine Gedankenlosigkeit! Anne ärgerte sich über sich selbst. Mit einem solchen Szenario hätte sie eigentlich rechnen müssen. Alberto schlug ihr vor, sie solle sich davonzuschleichen und die Verabredung alleine wahrnehmen aber diesen Vorschlag verwarf sie als völlig inakzeptabel. Alle oder Keiner!

Was blieb war: im Formel-Eins-Tempo zu polieren und zu sehen, wieviel Geduld Herr Stocker beim Warten aufzubringen bereit war.

Zum ersten Mal seit Verena hier Dienst tat, nahm sie den Bestand an Silberutensilien im Haus bewusst wahr. Beim Polieren wuchs in ihr die Befürchtung, dass es das ‚Florentine', in Bezug auf Silber, quantitativ mit dem Waldorf-Astoria in New York aufnehmen konnte.

„Die haben zwar mit Sicherheit mehr Zimmer und Gäste aber garantiert keine umfangreichere Silberausstattung."

Alberto schloss sich dieser quantitativen Beurteilung kategorisch an. „Die Personalausstattung dürfte im Waldorf Astoria allerdings unwesentlich aufwändiger sein."

„Bei der Qualität des Personals", ergänzte Anne, „muss sich das New Yorker Luxushotel allerdings definitiv geschlagen geben, auch wenn sich das bisher noch nicht hinreichend herumgesprochen hat".

Es war unglaublich eindrucksvoll, in welch unergründlichen Tiefen der Geschirrschränke diese Lagerbestände von Kaffee-, Tee- und Milchkännchen, Zucker- und Gebäckdosen, Schälchen, Tellerchen, Tabletts, Löffel, Gabeln, Messer, Gebäck- und Zuckerzangen, in allen Größen und Variationen, untergebracht waren. Während das Geschirr in benutzerfreundlicher Reichweite ganz ordentlich und blank wirkte, kramten die Drei aus den hinteren Reihen nur schwarz angelaufenes, unansehnliches Inventar hervor. Nach kürzester Zeit hatten sich ihre Hände farblich den Poliertüchern angepasst und weil diese gelegentlich auch mit Gesicht und Kleidung in Berührung kamen, sahen alle Drei bald aus, als hätten sie im Kohlenkeller gespielt. Trotz einer ausgefeilten Poliertechnik und exzellentem Teamwork benötigten sie doch rund zwei Stunden, bis das letzte Gäbelchen blinkte. So wie Anne, Alberto und Verena aussahen, konnten sie unmöglich auch nur einen Schritt vor die Tür setzen, ohne befürchten zu müssen, dass man sie für maskierte Räuber hielt. Das hätte dann zwar möglicherweise den Kontakt zur Polizei schneller hergestellt und ihnen den Weg zum Casino erspart aber sie entschieden sich lieber für die unauffälligere Fühlungnahme, wenn sie auch mehr Zeit in Anspruch nehmen würde. Da sich die Drei ein Badezimmer teilten, mussten sie beim Duschen einen Zahn zulegen aber Rekorde aufzustellen, gehörte ja inzwischen zu ihrer täglichen Routine.

Kurz nach 22 Uhr trafen sie am Casino ein. Um einen Hausschlüssel hatten sie sich gar nicht erst bemüht. Die Chefin brauchte nicht zu wissen, dass sie das Haus verließen und schon gar nicht, wann sie zurück sein würden. Außerdem brachte sie der Gedanke, ihre Angestellten könnten sich zu gut verstehen, ohnehin in Rage. Daher hatte sie bisher mit Wonne jeden ihrer Versuche konterkariert, etwas gemeinsam zu unternehmen und tat, was sie konnte, die Drei gegeneinander auszuspielen. Dabei war sie nur eben sehr leicht zu durchschauen.

Wie schon so oft, lehnten sie das Fenster in Annes Zimmer nur an und fixierten es, indem sie ein mehrfach gefaltetes Stück Papier zwischen Fensterrahmen und Fensterflügel klemmten. Damit verhinderten sie, dass der Wind den Fensterflügel aufdrücken konnte. Auf diese Weise war es ihnen möglich, bei ihrer Rückkehr wieder unbemerkt ins Haus zu gelangen, ohne die Chefin um einen Schlüssel bitten zu müssen. Darin hatten die Drei schon einige Übung und die Tatsache, dass das Fenster an ein schmales, kaum einsehbares, selten frequentiertes und bei Nacht völlig dunkles Gässchen grenzte, das die Grand Rue mit der Seepromenade verband, minimierte die Gefahr, beim Einsteigen beobachtet zu werden.

Mit enormer Verspätung erreichten sie schließlich das Casino. Anne betrat als Erste den Gastraum des Lokals. Schließlich war sie die Einzige, der es möglich war, den potentiellen Gesprächspartner in der Menschenmenge zu identifizieren. Sie konnte es allerdings nicht, denn er war nicht da, weder im Innern des Restaurants, noch auf der voll besetzten Terrasse.

„Wir haben seine Geduld wohl doch auf eine zu harte Probe gestellt", bemerkte Verena ein wenig enttäuscht, während sie verdrießlich die Außentreppe zur Seepromenade hinuntertrotteten.

„Habt ihr Lust noch irgendwo ein Eis zu essen oder machen wir uns wieder auf den Heimweg?"

„Ein Eis wäre super!", wurde Albertos Frage aus dem schwarzen Nichts beantwortet und gleichzeitig Verenas Herz zu einem Aussetzer genötigt. Aus dem Dunkel trat ein schlanker, mittelgroßer Mann, im Alter von –schätzungsweise - Mitte bis Ende dreißig. Er trug sein dunkles Haar relativ kurz geschnitten und ordentlich gescheitelt. Im Gegensatz zu Alberto, der ihn um eine halbe Haupteslänge überragte, wäre dieser Herr, rein optisch, problemlos als Sizilianer durchgegangen. Anne, die ihn gleich wiedererkannte, begrüßte ihn mit einem kurzen Nicken, doch bevor sie ihre Begleiter vorstellen konnte, vernahm sie bereits die bebende Stimme ihrer Schwester.

„Meine Güte, ich hoffe, Sie haben eine Erste Hilfe Ausbildung!" Verena war außer sich. „Es hätte nicht viel gefehlt und Sie hätten zeigen können, was Sie gelernt haben! Schleichen Sie sich eigentlich immer so still und leise an arglose Mitmenschen heran?"

Statt einer Antwort konterte er mit einem belustigten Augenblinzeln.

„Die verwandtschaftliche Nähe zu ihrer Schwester ist nicht zu leugnen. Diese zurückhaltende Verbindlichkeit liegt vermutlich in den Genen."

Noch frecher, als diese Spitze, empfand Verena Albertos spontanes, nach ihrem Dafürhalten, völlig unpassendes Gelächter, was sie ihn geradewegs wissen ließ. „Das gibt einen weiteren Strich auf meiner Vendetta-Liste, die schon mehrere Seiten umfasst. Wenn die abgearbeitet wird, bleibt kein Auge trocken, das kann ich dir versichern, verehrter Kollege!"

Herr Stockers Stirn legte sich in Falten und die Augen bewegten sich flink zwischen Verena und Alberto hin und her.

„Man sagt ja von den Deutschen, sie seien humorlos, höflich und äußerst pünktlich. Keine dieser Eigenschaften konnte ich bisher bei Ihnen identifizieren." Herr Stocker war in Fahrt. Aber auch Alberto schien noch recht munter zu sein. „Das kommt durch die sizilianische Unterwanderung. Da haben deutsche Tugenden keine Überlebenschance."

Anne setzte, sichtbar stolz auf Albertos Schlagfertigkeit, dem Geplänkel ein Ende, indem sie – berechtigterweise - darauf hinwies, dass sie selbst, Verena und Alberto a) am nächsten Morgen wieder sehr früh arbeiten müssten und es daher sinnvoll wäre, sich auf den Grund des Zusammentreffens zu konzentrieren und b) die erhebliche Verspätung ihrer Chefin und deren Einfallsreichtum zu verdanken sei.

Die sanfte Brise fächelte vom See herüber auf die Promenade und fühlte sich nach einem langen Arbeitstag herrlich erfrischend und wohltuend an. Die vier Gesprächsteilnehmer beschlossen daher kurzerhand, die Konferenz auf ein kleines Rasenstück zwischen Casino und Schwimmbad zu verlegen, wo sie sich völlig ungestört unterhalten konnten. Das war ja letzten Endes der ursprüngliche Sinn der Verabredung. Am liebsten hätte Verena sich einfach ins Gras gelegt, die Augen geschlossen und geschlafen, denn mit einem Mal fühlte sie sich so unendlich müde, als hätte sie den lieben langen Tag Hinkelsteine geschleppt. Als ginge es den anderen ebenso, trat zunächst eine schläfrige Stille ein, die lediglich vom auf- und abebbenden Stimmengemurmel der Menschen, die sich auf der Terrasse des Casinos vergnügten, unterlegt war. Eine gefühlte Ewigkeit dehnte sich die Zeit, bis Beat Stocker endlich das Gespräch eröffnete.

„Wie Sie vielleicht merken, fällt es mir nicht ganz leicht den Einstieg zu dem Thema zu finden, das uns hier zusammenführt. Es ist schon ein wenig heikel, weil wir Sie einerseits ungern in unsere Ermittlungen hineinziehen möchten. Auf der anderen Seite aber mussten wir zur Kenntnis nehmen, dass Sie im Begriff sind nicht nur sich selbst, sondern auch unsere Recherchen in Gefahr zu bringen. Jetzt also haben wir beschlossen, einzuschreiten, bevor Sie durch Ihre Detektivspielchen unsere akribischen Bemühungen der letzten Monate ganz und gar verhageln."

Die drei Angesprochenen saßen blitzartig kerzengerade auf der Wiese und starrten in die Richtung aus der dieser Paukenschlag gekommen war. Hatten sie vor kurzem lediglich die vage, wenn auch wachsende Vermutung, einer illegalen Geschichte auf der Spur zu sein, traf sie die Gewissheit, damit richtig gelegen zu haben, wie ein mittleres Erdbeben. Sie waren – nach offizieller Einschätzung - sogar gefährdet! Aber der Vorwurf, die polizeilichen Ermittlungen zu stören, erschien ihnen ziemlich lächerlich. „Quatsch! Wie sollte das denn möglich sein?" In fast beleidigtem Unterton kam diese Frage von Anne. Und Verena machte umgehend deutlich, dass sie es sowohl inhaltlich als auch formal genauso sah. Unmittelbar folgte auch Alberto der Reaktion der Schwestern, zuerst beim Erblassen, was in der Dunkelheit eher zu erahnen als zu beobachten war, dann in der Empörung. Schließlich wollten die Behörden *ihre* Unterstützung und nicht umgekehrt! „Na ja, so in etwa", schob Alberto fast unhörbar hinterher.

„Da haben Sie etwas völlig missverstanden! Wir möchten lediglich verhindern, dass Sie uns mit Ihren Räuber-und-Gendarm-Spielchen weiterhin in die Quere kommen."

Dieser Ton erschien Verena nun völlig unangemessen. „Wir sind doch keine kleinen Kinder. Und schon gar nicht können Sie uns vorschreiben, was wir tun und lassen sollen. Im Übrigen wüsste ich nicht, wie wir Ihnen ins Handwerk gepfuscht haben könnten, eher im Gegenteil. Wahrscheinlich haben wir sogar *Ihre* Arbeit gemacht!"

„Wie naiv muss man eigentlich sein, bei Nacht und Nebel an Hausfassaden hinaufzuklettern oder mal eben ganz auffällig unauffällig Leute auszufragen, die man weder richtig kennt noch einschätzen kann. Sind Sie nie auf die Idee gekommen, dass diese Neugier früher oder später auch der falschen Seite zu Ohren kommen könnte?!"

Das war heftig! Die Überraschung, die in ihren Gesichtern einen beinahe dümmlichen Ausdruck fand, wirkte, als hätte jemand den Pause-Knopf gedrückt. Alle Drei verharrten für einen Moment in ihren Kontroversen und Gesten. Drei Augenpaare starrten erschrocken auf den zunehmend schlechtgelaunten Kommissar, dessen Geduldsfaden gerade im Begriff war, seine Elastizität zu verlieren. Endlich fand Alberto seine Sprache wieder und brachte wieder Bewegung in die Dramaturgie. „Woher wissen Sie das Alles?"

Die Drei fühlten sich wie Halbwüchsige, die etwas angestellt hatten und dabei erwischt worden waren. Ihre Versuche, sich noch ein wenig aufzubäumen, wirkten allerdings eher wie ungelenke Rückzugsgefechte. Stück für Stück schrumpften sie unter dem glücklicherweise beinahe stockdunklen Nachthimmel zu lächerlichen Zwergen zusammen. Nichts war mehr übrig von der tollkühnen Agatha-Christie- oder Sherlock-Holmes-Verwegenheit. Die Drei machten einen derart beklagenswerten Eindruck, dass Herr Stocker sie mit einem fast schon mitleidigen Blick bedachte, was ihren Zustand eher verschlimmerte als verbesserte. Toben, Schimpfen, Aufbrausen, all das hätten sie wahrscheinlich besser verkraftet als jämmerliches Mitgefühl.

„Irgendwie schaffen Sie es immer wieder, mir den Gesprächseinstieg zu vermasseln! Eigentlich wollte ich Ihnen nur ganz sachlich den Ernst der Lage nahebringen."

Das kollektive Problem der Drei lag unter anderem im Wort ‚eigentlich' das sie per se schon zurückweichen ließ, denn in der Regel, soviel war ihnen durchaus klar, verkehrte es den Inhalt einer Aussage ins Gegenteil. Dennoch schien der behördliche „Löwenbändiger" eine Entspannung der Situation ins Auge zu fassen. Bedächtig wechselte er seine Sitzposition, indem er die Beine, die er bis dahin angezogen und mit den Armen umschlungen hielt, ausstreckte, sich bequem zurücklehnte, das Gewicht auf seine Unterarme stützte und den Kopf in den Nacken legte. „Die Sache ist etwas kompliziert."

Zuerst sah es so aus, als suchte er seinen Text im Schwarz des Firmaments, dann holte er unvermittelt Schwung, kam wieder in eine aufrechte Sitzposition, um seine Zuhörer ins Auge fassen zu können. Der Blick landete zunächst bei Alberto. „Hatten Sie denn, seit Sie hier in Montreux sind, Kontakt zu Ihrer Familie?"

Völlig verblüfft und verwirrt verneinte Alberto die Frage. Er hatte seit gestern unentwegt darüber nachgedacht, weshalb man ihn vonseiten der Polizei als unzuverlässig einstufte und ihn lieber nicht ins Vertrauen gezogen hätte. Daher verlangte er im Gegenzug Auskunft darüber, ob und wenn, was sein Vater - denn nur um ihn konnte es sich seiner Meinung nach drehen - mit dieser geheimnisumwitterten

Sache zu tun hatte. „Außerdem", so beendete Alberto seinen Monolog, „wüssten wir nun endlich gerne, um was genau es hier eigentlich geht!"

„Ob Ihr Vater involviert ist, wissen wir leider nicht mit absoluter Sicherheit. Die Tatsache, dass zwischen Ihrem Vater und Monsieur Suter aber eine sehr alte Verbindung besteht, zwingt uns diesbezüglich zur Vorsicht. Deshalb ist es nicht zuletzt zu Ihrer aller Sicherheit wichtig, dass Ihr Vater weder etwas von Ihren eigenen Mutmaßungen und Beobachtungen, noch von den Informationen, die ich Ihnen heute Abend geben werde, auch nur den kleinsten Bruchteil erfahren wird. Unsere Nachforschungen betreffen nicht Ihren Vater. Italien liegt nicht in unserem Zuständigkeitsbereich. Ich brauche aber von Ihnen die Zusage, dass Alles, was wir in dieser Sache heute und in Zukunft besprechen werden, diesen Kreis nicht verlässt."

Alle waren sie nur zu gerne bereit eine solche Zusage zu machen, denn sie wollten endlich eingeweiht werden und erfahren, in welches Wespennest sie hineingestochen hatten und wie die Gefahrenzone aussah, in die sie sich so unbesonnen hineinmanövriert hatten.

Was die Drei zunächst erwartete, hörte sich indessen eher wie eine Geschichtsvorlesung an.

In den letzten Wochen und Monaten vor Ende des Zweiten Weltkrieges herrschte in der Schweiz, die als neutraler Staat offiziell keine der Kriegsparteien unterstützte, ein lebhafter, selbstredend inoffizieller Reiseverkehr. Direkt oder über Umwege handelte es sich um Expeditionen aus dem Deutschen Reich, dessen Kriegsglück im Schwinden begriffen war.

Die eidgenössischen Bankhäuser verzeichneten einen geradezu sprunghaften Anstieg von Einlagen, sowohl in Wertdepots als auch in Gold- und Geldvermögen. Ein beachtlicher Teil der Konten waren anonymisiert und im Grunde musste man nur zwei und zwei zusammenzählen, um zu dem Schluss zu gelangen, dass da manch ein strammer Parteifunktionär nicht mehr so recht an den deutschen Endsieg glauben und für alle Fälle vorsorgen wollte. Eine Bank war eine Bank und keine Wohlfahrtsorganisation, und so blieb das Interesse der Geldinstitute am Zustandekommen und der Herkunft der Vermögen gering bis inexistent.

Nach dem Krieg hielt der Reiseverkehr nicht nur an, er dehnte sich sogar weiter aus und nun ging es nicht mehr alleine um Geld, darum natürlich auch. Mit dem Ende des Dritten Reiches setzte eine bemerkenswerte Fluchtbewegung von Nazi-Funktionären und Kriegsverbrechern über Länder wie die Schweiz, Österreich und Italien in Richtung Südamerika ein.

Fluchthelfer fanden sich, anders als bei den Flüchtlingen, die in den Jahren zuvor dem Nationalsozialismus zu entkommen versuchten, mehr als genug.

„Um nicht ungerecht zu werden muss ich hinzufügen, dass sich auch damals glücklicherweise Menschen und Organisationen gefunden hatten, die durch ihr Engagement und ihr Mitgefühl unzähligen Menschen das Leben retteten oder es wenigstens versuchten. Ihre Verdienste verbucht man heute nur zu gerne für die Allgemeinheit." Dennoch stand der Transit nach dem Krieg ganz offenkundig auf einem breiteren und finanzstärkeren Fundament. Zumal mittlerweile der Eiserne Vorhang Europa in Ost und West teilte. Institutionen, wie beispielsweise das Rote Kreuz oder der Vatikan waren eifrig damit beschäftigt, die Wege Richtung Südamerika zu ebnen, Zwischenstationen zu installieren, Tickets zu besorgen, Personalunterlagen aufzuhübschen, falsche Papiere oder Visa zu organisieren und Netzwerke Gleichgesinnter einzurichten.

Nichtsdestoweniger tummelten sich auch in verschiedenen europäischen wie in südamerikanischen Behörden und Ministerien Sympathisanten und Mäzene des Nationalsozialismus, die, wenn nicht aktiv, so zumindest passiv Hilfestellung bei der Flucht von Kriegsverbrechern leisteten.

Der argentinische Präsident Juan Peron war geradezu erpicht darauf, in seinem Staat gut ausgebildeten, organisatorisch und technisch versierten Nationalsozialisten eine neue Existenz zu ermöglichen. Fa-

schistisch ausgerichtete und organisierte Zellen, inklusive überzeugter Anhänger der NS-Ideologie,
existierten bereits während des Dritten Reiches sowohl in der Schweiz, wie auch in anderen Ländern,
darunter Österreich, Italien, sogar Großbritannien
und Frankreich, der Türkei, Spanien und im Nahen
Osten. Ein Teil davon blieb, wie auch in Deutschland
selbst, nach dem Krieg unbehelligt bestehen. Die *Kameraden* bildeten Seilschaften und nutzten ihre weit
verzweigten Verbindungen für ihre Zwecke. Das gelang im Allgemeinen sehr gut, denn viele der ehe-
mals nationalsozialistischen Funktionäre, fanden sich
in den Nachkriegsjahren in einflussreichen Positionen, wenn nicht gar in Schlüsselpositionen, auch und
vor allem in der Bundesrepublik Deutschland wieder, die offenbar nicht auf deren Kompetenzen verzichten konnte oder wollte. Sogar US-Geheimdienste
warben reihenweise ehemalige Parteifunktionäre an.

Diese Netzwerke überdauerten zum Teil Jahrzehnte und waren nicht unwesentlich damit beschäftigt, das gebunkerte Vermögen, nach und nach auf ju-
ristischen und anderen, nicht immer legalen Wegen
in ihren Besitz zu bringen. Behilflich waren dabei, vor
allem seit Beginn der 1970er Jahre, nicht zuletzt Kontakte zu nordafrikanischen und arabischen Parteien,
Syndikaten und Banken, die entsprechend ebenfalls
finanziell profitierten.

In der Schweiz bildeten sich mehrere Stützpunkte
der NS-Geflechte heraus, einer davon lag und liegt in
Lausanne, wo eine Art Impresario residiert, der keinen Hehl aus seiner Überzeugung macht. Montreux,

kaum ein Katzensprung von Lausanne entfernt, befindet sich sozusagen in dessen Windschatten und das Hotel Florentine, beziehungsweise dessen Leitung, zählte zweifelsohne zur Gesinnungsgemeinschaft. Nun ist eine Gesinnung an sich noch nichts strafrechtlich Relevantes. Daher waren Kommissar Stocker und seine Einheit seit Längerem damit beschäftigt, die Verbindungen der Nazi-Seilschaften zu Terrorgruppen, Schleußer-Netzwerken und illegalen Transaktionen zu ermitteln und auszukundschaften. Auch palästinensische Terrorgruppen pflegten rege Verbindungen zu diesen rechtsextremen Bünden.

📖

Verenas rechtes Bein war eingeschlafen und ihr Rücken schmerzte. Der Tag war doch recht lang und verhältnismäßig anstrengend gewesen. Alle Drei fühlten sich schon ziemlich groggy, als sie sich auf den Weg zu ihrer Verabredung gemacht hatten, doch erst allmählich brach sich die Erschöpfung mit brachialer Macht Bahn. Seit einer gefühlten Ewigkeit saßen sie nun schon weitgehend regungslos auf dem Gras und im Laufe des Vortrages, mit dem Herr Stocker sie in die Geheimnisse seiner Ermittlungen einführte, eskalierte bei den Dreien sowohl die körperliche als auch die psychische Anspannung und mündete schließlich in unendlicher Müdigkeit. Die legte sich, schwer wie ein Bleimantel, auf ihre Glieder aber auch über ihr Denkvermögen. Zwar hörten sie den Ausführungen so konzentriert es eben ging zu, doch so richtig wollte die Botschaft darin nicht ankommen. Als Verena zu Anne und Alberto blickte, entdeckte sie den gleichen leeren, verstörten Blick, den sie bei sich selbst vermutete. Es war unübersehbar, dass alle Drei zwar unbequem aber doch sehr solid auf der Leitung saßen. Zu dieser Erkenntnis war wohl auch ihr Gegenüber gelangt, denn er stoppte mitten im Redefluss und betrachtete seine Zuhörer mit einem Blick, der sich irgendwo zwischen Ungeduld und Mitgefühl hin und her bewegte. „Geht es noch?"

Eigentlich nicht, sagten die Gesichtszüge, trotzdem reagierten sie simultan mit einem Nicken, für das sie dem Anschein nach, den ganzen Rest ihrer Emphase aufwenden mussten. Die Skepsis war dem Kommissar deutlich anzumerken, dennoch drängte natürlich die Zeit, denn es hätte wenig Sinn gemacht, das Gespräch auf einen späteren Termin zu verschieben. Er hatte sich nun schon ziemlich weit aus dem Fenster gelehnt und auch Alberto, Anne und Verena brannte das Thema unter den Nägeln. Ungewissheit war schwerer zu ertragen als ein Schuss vor den Bug. Das war jedenfalls die bisher noch völlig unbestätigte Überzeugung der drei Zuhörer.

In Gedanken fügte sich eine weitere gebührenfreie Erfahrung Verenas noch recht jugendlich naiver Erkenntnisliste an: Eine Überzeugung sollte man sich erst zulegen, wenn man sämtliche Details der entsprechenden Sachverhalte kennt. Wie so oft bedeutet aber gebührenfrei alles andere als kostenlos, denn gekostet haben diese Mosaiksteinchen zum Erwachsen-werden eine Menge jugendlicher Unbefangenheit und, weit weniger beklagenswert: Selbstgerechtig-keit.

Letzteres wird manch ein Leidtragender dieser Ei-genschaft wohl nicht an ihr vermisst haben. Trotz-dem war Verena im Rückblick der Meinung, dass sie für die Jugend ganz hilfreich sein kann, denn ohne eine gewisse Überheblichkeit fehlt oft die Courage, die notwendig ist, um Neues zu wagen. Vermutlich bliebe diese Theorie nicht unwidersprochen, insbe-sondere von Eltern, Lehrer oder Vorgesetzten. Des-halb fragen junge Menschen diesen Personenkreis vorsichtshalber gar nicht erst nach dessen Meinung.

„Wollen wir ein paar Schritte gehen!?" Herr Stocker benötigte keinerlei Überzeugungskraft, um das Trio zu motivieren. Ein wenig Bewegung konnte vielleicht ein paar ihrer Lebensgeister wieder einiger-maßen in Gang bringen. Sie rappelten sich hoch und trotteten langsam am Quai entlang Richtung Vevey. Obwohl es eine laue, angenehme Sommernacht war, trafen sie nur ganz vereinzelt auf andere Nacht-schwärmer. Das war gut so, denn sie hatten gegen-wärtig wenig Interesse an Publikum. Jedes Mal, wenn Jemand in Sicht- oder Hörweite kam, ver-stummten sie oder wechselten abrupt das Thema. Bis zum Ende der Geschichte waren die drei Zuhörer nicht nur todmüde, sondern auch absolut fassungs-los. Solange ihr schwelender Verdacht auf weitge-hender Unkenntnis und Fantasie beruhte, umgab ihn ein wohliger Schauer des Abenteuers und einer gewissen Unwahrscheinlichkeit. Die Gewissheiten und Informationen, die ihnen dieser Abend bescherte, tilgte das Wohlige, der Schauer dagegen wuchs an.

Im Hotel Florentine war es ruhig. Die Gäste waren entweder ausgegangen, oder sie hatten sich auf ihre Zimmer zurückgezogen und taten das, was man im Urlaub tun sollte: sie entspannten. Es war so ruhig, dass sich in Helene Hoover eine heftige Unruhe regte. Gereiztheit war Teil ihres Naturells aber wenn es zu still um sie herum wurde, geriet sie fast zwangsläufig in Alarmbereitschaft. Nicht einmal das infantile Gackern dieses impertinenten, nichtsnutzigen Dienstpersonals drang an ihr Ohr. Darüber hätte sie sich ja wenigstens aufregen können aber da war einfach gar nichts und das konnte keinesfalls etwas Gutes bedeuten.

Überall schnüffelten diese Grünschnäbel herum und trugen ihre gute Laune zur Schau, anstatt einfach nur die Arbeit zu erledigen, für die sie schließlich da waren, und sich ansonsten zurückzuhalten. Es war keine gute Idee gewesen, drei junge Leute einzustellen, obendrein zwei Schwestern, die sich auch noch gut zu verstehen schienen. Einfacher war es, wenn man das Personal gegeneinander ausspielen konnte. Das förderte immerhin die internen Rivalitäten und damit die eigene Führungsposition. Man konnte sich das Personal heutzutage ja nicht mehr aussuchen. Die unverschämt hohen Gehaltsforderungen von ausgebildetem Personal versetzte sie jedes Mal aufs Neue in Rage. Die Leute wissen einfach nicht mehr, wohin sie gehören und auf welcher Stufe sie rangieren. Nichts weiter als Befehlsempfänger waren sie allesamt und zu nichts anderem taugten sie. Aber nicht einmal das wollten sie begreifen.

In ihrer Rastlosigkeit warf die Chefin des Hauses ihren drachenbestickten Seidenkimono über, um nach dem Rechten zu sehen. Sie flatterte über den Flur zur Küche, warf einen missmutigen Blick in den Wintergarten, der bereits für das Frühstück des folgenden Tages eingedeckt war und überprüfte das Gästebuch und die Schlüssel an der Rezeption. Geradewegs steuerte sie auf das Treppenhaus zu. War es tatsächlich möglich, dass die Hausangestellten bereits schliefen?

Es drängte sie buchstäblich nach unten, um in der Lingerie nachzusehen und wenn nötig, auch die Zimmer zu inspizieren. Auf halbem Weg vernahm sie von oben das Geräusch einer sich öffnenden Tür und blieb abrupt stehen, um zu lauschen.

„Oh, Madame Hoover, noch so spät auf den Beinen?"

Es blieb einem doch nichts erspart! Vom ersten Obergeschoss näherte sich Frau Lehmann, die entschuldigend in ihre Richtung lächelte. „Da habe ich jetzt aber Glück, dass ich Sie noch hier antreffe. Gerade wollte ich nachsehen, ob ich vielleicht noch etwas zu trinken bekommen könnte. Ich hoffe, ich mache Ihnen keine Umstände."

Dass sie sich das antun musste! Helene Hoover bebte innerlich vor Entrüstung. In Gedanken beklagte sie das Niveau, auf das sie immer wieder gezwungen war, sich hinab zu bewegen. Sah sie vielleicht aus, als gehöre sie zum Dienstpersonal oder hätte nichts Besseres zu tun, als solch ein Fußvolk zu bedienen?! Den Kopf nach oben gereckt, wandte sie sich dieser impertinenten Person zu, atmete tief durch und modellierte ihre Gesichtszüge in Sekundenschnelle zu einem rasiermesserscharfen Lächeln, an dem sich jeder Unvorbereitete oder Unbewaffnete hätte fürchterlich verletzen können. Zum Glück für Frau Lehmann zeichnete das Halbdunkel des Treppenhauses die Konturen gespensterhaft weich, sodass sie unbeschadet aus dem Gesichtskreis dieses Lächelns heraustreten konnte. Mit zuckerummantelter Zyankalistimme fand Madame augenblicklich in ihre ungeliebte Gastgeberrolle zurück. „Wie könnte mir das Umstände machen? Dafür sind wir ja schließlich da. Unsere Hausgäste sollen sich rundherum wohlfühlen."

Und schon war sie auf dem Weg zur Küche, wo sie aus dem dahinter liegenden Vorratskämmerchen, wie gewünscht, eine Flasche Valser Mineralwasser hervorkramte und Frau Lehmann huldvoll überreichte.

„Das ist sehr freundlich von Ihnen. Morgen werde ich hoffentlich früher daran denken und Sie nicht zu nachtschlafender Zeit behelligen müssen."

Helene Hoover wünschte eine gute Nacht und drängte ihren Gast sanft Richtung Treppe zurück, in der Hoffnung endlich ihre Ruhe zu haben. Gleichsam völlig unempfänglich für dieses Ansinnen, setzte diese lästige Touristin zu einem Smalltalk über die Schweiz im Allgemeinen und die Region um den Lac Leman im Besonderen an. Jedem Versuch, sich einer Unterhaltung zu entziehen, begegnete die deutsche Urlauberin mit einer geradezu sabotierenden Arglosigkeit, mit der sie eine Belanglosigkeit an die nächste reihte und die ihr entgegengebrachte Einsilbigkeit gnadenlos ignorierte. Schließlich beendete Madame Hoover den Monolog mit einem manierierten, abschließenden: „Morgen ist ein anderer Tag."

Dabei oszillierte sie zielsicher an Frau Lehmann vorbei und verschwand mit einem nachdrücklichen „gute Nacht" hinter der Tür zu ihrem Wohnbereich.

Zufrieden lächelnd stieg Frau Lehmann mit ihrer Flasche die Treppe hinauf, wo sie ihr Mann, der ihr, am Treppengeländer lehnend, anerkennend entgegen grinste, bereits erwartete.

Die Informationen, die an diesem Abend auf Anne, Verena und Alberto eingeprasselt waren, trugen herzlich wenig zu deren Entspannung bei. Im Gegenteil. Man könnte sogar behaupten, sie liefen ihrem Bedürfnis nach Frieden und Harmonie diametral entgegen.

Die wirtschaftlichen, historischen und politischen Verflechtungen und Dimensionen konnten sie in der kurzen Zeit nicht wirklich in vollem Ausmaß durchblicken und nachvollziehen. Das, was sie allerdings begreifen konnten, reichte ihnen auch so, um sich woanders hin zu wünschen.

„Wieso sind wir nicht in einem kleinen Berghotel in den Alpen oder einem hübschen Strandresort an der Riviera gelandet? Welches vermaledeite Schicksal hat uns in eine solche Situation gebracht?" Albertos Antwort auf diese, von Anne formulierte Frage war nicht befriedigend, traf aber wohl den Kern. „Es war weniger ein mysteriöses Schicksal, als unsere grenzenlose Neugier, gepaart mit einer abgrundtiefen Dummheit!"

Nach allem, was Kommissar Stocker ihnen mitgeteilt hatte, standen sowohl die Villa Florentine, mitsamt lebendem Inhalt, als auch ihre unseligen Aktivitäten seit längerem unter Beobachtung. Die Fassadenkletterei der Drei hatte die zuständige Abteilung der Bundespolizei nicht nur in beträchtliche Verzweiflung, sondern um ein Haar auch in eine Krise gestürzt, denn wenn sie aufgeflogen wären, das heißt, wenn ihre Aktion im Haus bemerkt worden wäre, hätte das sowohl die Ermittlungen erschwert, als auch eine unkalkulierbare Gefahrenkonstellation hervorgerufen.

Begründete Verdachtsmomente, die es allerdings noch zu beweisen galt, deuteten darauf hin, dass die beiden Hotelchefs an Geldwäschegeschäften, Menschenschmuggel, an diversen kriminellen Unternehmungen und an der Unterstützung von Terrorgruppen passiv oder aktiv beteiligt sein könnten. Das war starker Tobak! Diesen Mutmaßungen zufolge wurden mit Vermögen der Kriegs- und Nachkriegszeit, sowie arabischem und nordafrikanischem Kapital nicht nur in Südamerika lebende Kriegsverbrecher, sondern auch palästinensische Terrororganisationen unterstützt. Offenbar hatte sich aus diesen unterschiedlichen Gruppierungen eine unheilige Zweckallianz gebildet, deren Netzwerke und Ziele partiell noch im Dunkel lagen.

Welche Rolle dem Florentine beziehungsweise den beiden Geschäftsführern zukam, die, wie es schien, zu den Sympathisanten einer faschistischen Ideologie zu zählen waren, war bisher noch weitgehend intransparent geblieben. Klar war allerdings, dass das Hotel regelmäßig von Mitgliedern des Netzwerkes offen wie auch heimlich frequentiert wurde und zuweilen auch als vorübergehende Unterkunft diente. Zu vermuten war aber auch, dass eine latente

Gewaltbereitschaft zum Charakter der Organisation gehörte und keinesfalls unterschätzt werden durfte.

„Was heißt das denn für uns?" Anne kam Verena mit dieser Frage zuvor. „Dreimal dürfen Sie raten!"

„Wir wollen nicht raten, wir wollen eine klare Antwort!" Dieses Geplänkel vernebelter Andeutungen ging Verena allmählich auf die Nerven, die ohnehin mit jedem weiteren Satz stärker strapaziert wurden.

„Sie glauben doch nicht allen Ernstes, dass wir uns mit Ihnen in Verbindung gesetzt hätten, wären Sie inzwischen nicht nur für unsere Nachforschungen, sondern auch für sich selbst zu einer Gefahr geworden! Die Entscheidung, Sie ins Vertrauen zu ziehen, ist uns alles andere als leichtgefallen. Aber ihr Leichtsinn und Ihre ungezügelte Neugier ließen uns keine andere Wahl. Es ist nicht etwa so, dass wir Ihrer Unterstützung bedürfen, wir brauchen vielmehr Ruhe, um unsere Arbeit zu tun und keine ständigen Störfeuer dreier Hobbydetektive. Vor allem aber möchten wir nicht in die Verlegenheit geraten, sie aus einer akuten Gefahrensituation befreien zu müssen und uns damit zu enttarnen, oder, noch schlimmer, vermeidbare Kollateralschäden zu beklagen. Und damit meine ich Sie! Ist das deutlich genug?"

„Das heißt im Klartext: wir waren gar nicht so schlecht, Mädels!", stellte Alberto mit einem Anflug von Stolz fest.

In einer Mischung aus Verärgerung und Verzweiflung fasste sich der Kommissar mit beiden Händen an den Kopf und schloss dabei seine Augen, als hoffte er beim Öffnen derselben eine andere Realität vorzufinden. „Das darf einfach nicht wahr sein! Sie wollen es nicht kapieren, oder!? Ich habe keine Ahnung, an welcher Stelle Ihrer Hirnwindungen die Blockade sitzt! Sie scheinen den Ernst der Lage immer noch nicht erfasst zu haben. Ihre Schnüffelei ist gefährlich, verdammt nochmal. Sie begreifen nicht, mit wem Sie es zu tun haben!"

Diese Erkenntnis war bei den Dreien sehr wohl angekommen. Albertos Stolz bezog sich jedoch auf die Tatsache, dass sie offenbar den richtigen Riecher gehabt hatten und ihre Verdachtsmomente nicht aus der Luft gegriffen waren. Sie waren so wenig aus der Luft gegriffen, dass die Drei damit offenbar eine Menge Staub aufwirbeln konnten. Und genau das versuchte Anne ihrem Gesprächspartner zu verdeutlichen. Herr Stocker schüttelte währenddessen nur unwillig den Kopf, ob ihrer, wie er es ausdrückte, „grenzenlosen Einfalt". Doch konnte er damit den Hauch von Selbstzufriedenheit nicht aus Albertos Gesichtsausdruck tilgen.

„Es lässt sich nun mal nicht ändern, wir müssen uns irgendwie arrangieren." Herr Stocker wirkte alles andere als begeistert. Dennoch formulierte er klar und unmissverständlich, was von ihnen erwartet wurde und machte gleichzeitig ultimativ deutlich, dass es sich dabei nicht um Vorschläge, sondern um Anweisungen handelte. Alle Drei nickten betreten und hielten sich mit vorlauten Bemerkungen geflissentlich zurück. Sie hatten zwar eine Weile gebraucht aber eine gewisse Einsichtsfähigkeit konnte man ihnen doch nicht absprechen, vor allem, wenn gleichzeitig der Selbsterhaltungstrieb aktiviert wurde.

📖

Als am frühen Morgen der Wecker die drei verschmähten Hobbydetektive aus dem Schlaf schrillte, fanden sie das alle nicht sehr lustig. Zwar waren sie nach ihrer Rückkehr gleich in ihren Kemenaten verschwunden aber einschlafen konnte wohl, trotz bleischwerer Erschöpfung, Keiner von ihnen so schnell. Verena nahm sich fest vor, an ihrem nächsten freien Tag 24 Stunden am Stück durchzuschlafen, selbst wenn die Erde beben oder der Lac Leman überlaufen sollte. Bis dahin allerdings galt es in die Gänge zu kommen und einen energiegeladenen Eindruck zu erwecken, so als hätte sie die ganze Nacht mit zwei Fingern in der Steckdose verbracht. Dabei fühlte sie sich um 20 Jahre gealtert und ein Blick in den Spiegel konnte sie ganz und gar nicht vom Gegenteil überzeugen.

Dagegen sah Anne, nach Verenas Empfinden, aus, wie der junge Frühling: keine dunklen Augenringe, keine halb geschlossenen Lider, selbst ihre Bewegungen wirkten dynamisch, als käme sie direkt aus dem Urlaub und wüsste nicht wohin mit all ihrem Tatendrang.

Alberto hatte offenbar einen Knopf, mit dem er auf Raketentriebwerk schalten konnte. Ihm schien wahrhaftig Garnichts zuzusetzen.

Während ihres Frühstücks beklagten sie zwar unisono das grausame Schicksal, das sie nötigte, so früh aufzustehen, doch sobald sie an die Arbeit gingen, schien dieses Los nur noch Verena zu beuteln. Und das im wahrsten Sinne des Wortes, denn es sollte ihr an diesem Morgen tatsächlich überhaupt Nichts erspart bleiben. Murphy's law, demzufolge Alles, was schiefgehen kann, dies mit beharrlicher Sicherheit auch tut, stellte seine kategorische Gültigkeit unter Beweis. Nicht genug, dass die Milch auf dem Herd überlief, sie tat es just in dem Augenblick, als „Madame Xanthippe", wie aus dem Nichts plötzlich in der Küche stand. Und weil das offenbar noch nicht reichte, ließ Verena vor Schreck auch noch den Topf fallen, als ihre Chefin, in der Klangmodulation eines startenden Düsenjets, anfing wütend zu kreischen. Aber auch der Topf fiel nicht einfach zu Boden ohne zuvor Verenas Hand zu berühren und dabei gehörig zu verbrennen. Dass Madame es nicht bei einer Rüge beließ, war höchst wahrscheinlich bis nach Vevey, ganz sicher aber auf dem gesamten Anwesen zu hören. Verena hielt ihre gepeinigten Finger unter den kalten Wasserstrahl und biss die Zähne zusammen. Das Zusammenbeißen der Zähne war dringend geboten, um dem Drang zu widerstehen, sich in Mordabsicht auf ihre Chefin zu stürzen. Verena atmete tief durch, zählte auf zehn und entfernte anschließend die eingebrannte Milch von Herd und Boden. Madame machte sich in der Zwischenzeit mit Leidensmiene im Frühstücksraum zu schaffen, wo sie, am einzigen besetzten Tisch, wieder einmal in epischer

Breite ihre Bürde mit dem tölpelhaften Personal beschrieb und ganz nebenbei dessen ritualisierte Abläufe durcheinanderbrachte. Anne und Alberto, denen in der ersten Etage beim Zimmerreinigen das Theater im Erdgeschoss unweigerlich zu Ohren gekommen war, hüteten sich davor, nach unten zu steigen und in die Tirade mit einbezogen zu werden. Was nicht bei drei auf den Schränken war, konnte ihrer hemmungslosen Reinigungswut kaum entkommen, so exzessiv stürzten sich die Beiden ins Putzen. In der Zwischenzeit waren offenkundig auch die passioniertesten Langschläfer unter den Gästen von der Hoover'schen Stimmgewalt aus den Betten gepeitscht worden, denn der Frühstücksraum füllte sich im Handumdrehen, was so früh nur selten vorkam. Das hatte einerseits den Vorteil, dass es für Verena keine Gelegenheit mehr gab, ihre Gewaltfantasien umzusetzen oder die Flügel hängenzulassen und so fand sie intuitiv in ihren gewohnten Rhythmus zurück.

Andererseits entging ihr auf diese Weise eine Begebenheit, von der ihr Anne und Alberto später berichten konnten. Die Beiden hatten nämlich von einem Fenster im Obergeschoss aus beobachtet, wie eine schwarze Limousine vor dem Florentine anhielt und ein großgewachsener Mann mit dunklem Bürstenschnitt eingestiegen war. Beide hielten es für einigermaßen wahrscheinlich, dass es sich dabei um den versteckten Hausgast gehandelt haben könnte, den sie bei der nächtlichen Kletteraktion in dem geheimen Zimmer gesehen hatten. Allerdings ließ sich nicht genau erkennen, ob er aus dem Hotelgebäude gekommen war, denn die Arkaden vor den Schaufenstern des leerstehenden Ladengeschäftes verhinderten den Einblick in dessen Eingangsbereich. So war es nur dem Zufall zu verdanken, dass die beiden just in dem kurzen Augenblick des Einsteigens durch dieses Fenster, das sie gerade zum Lüften öffnen wollten, geblickt hatten.

Eines war Verena allerdings nicht entgangen und auch das war ein eher ungewöhnliches Ereignis: Monsieur Suter, der fast jeden Morgen wortlos und ohne zu frühstücken das Haus verließ, steuerte, nachdem er sein Zimmer wie immer gewissenhaft abgeschlossen hatte, an diesem Tag auf die Küche zu, schenkte sich einen Kaffee ein, schnappte ein Croissant, gab seiner Geschäftspartnerin mit einer kurzen Kopfbewegung ein Zeichen und verschwand mit ihr zusammen in ihrem Appartement. Zu gerne hätte sich Verena an die Tür gestellt und gelauscht aber die Arbeit, wie auch die Befürchtung, ertappt zu werden, hielten sie zurück. Als ihre Augen zurück zu den Frühstücksgästen huschten, trafen sich für den Bruchteil einer Sekunde Herrn Lehmanns und ihre Blicke.

Im nächsten Augenblick wurde ihre Aufmerksamkeit in Richtung Haustür gelenkt, wo sie ihren Chef gerade noch von hinten erkennen konnte, als die Tür hinter ihm ins Schloss fiel. Mit der Tür hatte Verena plötzlich den Eindruck, dass auch bei ihr so etwas, wie ein Groschen fiel. Allerdings kam dieser Groschen in dem Moment nicht an sein Ziel, denn das hektische Winken eines Gastes ließ ihre Gedanken wieder bei ihrer Arbeit ankommen und mit einem verbindlichen Lächeln setzte sie diese fort. Und schon, als hätte sie sich mit einem Mal ihrer Mission des Chaosstiftens wieder erinnert, tauchte auch die Chefin erneut im Frühstückszimmer auf, um die Abläufe möglichst treffsicher zu sabotieren. Verena fügte sich mit einem mühsam unterdrückten Aufstöhnen in ihr Geschick. Ihre Schwester und Alberto schienen nun ebenfalls gewillt den Kampf aufzunehmen. Beide eilten sie zwischen den Tischen hin und her, räumten das benutzte Geschirr ab, versorgten die Gäste mit Kaffee und Tee oder erfüllten ihnen andere, das Frühstück betreffende Wünsche. Mit heroischer Miene bewegte sich Alberto durch den Raum und hätte genauso gut als Hauptdarsteller eines Heldenepos durchgehen können.

„Hannibal trotzt allen Gefahren und überquert die Alpen", raunte Verena Anne zu und grinste verschmitzt. Glücklicherweise hatte eine ältere Dame die Chefin, die merkwürdig abwesend wirkte, in ein Gespräch verwickelt und verschaffte damit dem Personal die Gelegenheit in Ruhe weiterzuarbeiten.

Auch wenn die Arbeit nun weitgehend störungsfrei und routinemäßig von der Hand ging, spürten sie doch eine atmosphärische Veränderung, eine gewisse Anspannung oder was immer da in der Luft lag. Sie konnten es nicht wirklich benennen aber irgendetwas hatte sich verändert. Die Chefin wirkte mit einem Mal geistesabwesend, verwirrt, ja sogar ein wenig unsicher, ein Adjektiv, das bis zu diesem

Moment weder Anne, noch Verena oder Alberto auch nur entfernt mit Madame Hoover in Verbindung gebracht hätten. Beinahe - aber nur beinahe und für einen unseligen flüchtigen Augenblick - wünschten sie sich ihre gewohnte Impertinenz und herrische Überheblichkeit zurück. Damit hatten sie inzwischen gelernt umzugehen. Der gegenwärtige Zustand war ihnen jedoch unheimlich. Madames unerwartete Verwandlung hatte etwas Beklemmendes, ja Unheimliches, sodass die Drei nervöse Blicke tauschten. Die Blicke zeugten von kompletter Ratlosigkeit, es fehlte ihnen jedwede Erklärung für diese befremdliche Situation.

Nachdem die letzten Gäste ihr Frühstück beendet hatten, zog sich die Chefin in ihr Appartement zurück und ermöglichte ihren drei Angestellten endlich, sich über ihre diffusen Eindrücke miteinander auszutauschen.

„Habt ihr verstanden, was mit der Chefin los war?", meldete sich zuerst Verena zu Wort. „So habe ich sie ja noch nie erlebt".

„Dabei war sie anfangs noch ekelig wie eh und je. Erst nachdem der Chef das Haus verlassen hatte, wirkte sie so eigenartig verstört."

Alberto war die Unterhaltung zwischen den Chefs ebenfalls nicht entgangen. Natürlich war es nicht ungewöhnlich, dass die beiden sich unterhielten, nur morgens, bevor Monsieur Suter das Haus verließ, war das bisher noch nie vorgekommen. Jeden Morgen hatte er bisher eilig und grußlos das Haus verlassen, beinahe so, als könne Madames Anblick am frühen Morgen sein Wohlbefinden für den Rest des Tages beeinträchtigen.

Anne räumte gedankenverloren das Geschirr in die Spülmaschine und schien dabei jede Tasse und jeden Teller einer genauen Inspektion zu unterziehen. „Irgendetwas liegt heute in der Luft. Ich wüsste nur gerne, was das ist."

Alberto, den es offenbar drängte, endlich die Gästezimmer fertig zu machen, sah leicht irritiert zu Anne hinüber. „Wenn du in dieser Geschwindigkeit weitermachst, könnten wir die Küche bis Weihnachten fertig haben. Jetzt mach' schon, los, damit wir vorankommen!"

Kurze Zeit darauf konnte Verena einigermaßen verblüfft beobachten, wie Madame Hoover mit Handtasche und einem dünnen Seidenschal über den Schultern ihr Appartement und gleich darauf das Hotel verließ. Sie hatte sich noch nicht einmal die Mühe gemacht, Bescheid zu sagen. Schließlich bedeutete ihre Abwesenheit, dass sie weder für den Telefon- noch für den Rezeptionsdienst zur Verfügung stand, wofür sie eigentlich eingeplant gewesen war. Das war nun eine Premiere! Hätte Verena sie nicht zufällig das Haus verlassen sehen, wären diese Aufgabenbereiche unbeachtet geblieben. Noch nie hatte ihre Chefin kommentarlos das Haus verlassen. Stets war ihr Abgang mit zahlreichen Anweisungen und Ermahnungen verbunden gewesen.

Nichts an diesem Tag schien nach den vertrauten Regeln zu laufen, auch wenn die drei jungen Leute sich bemühten, ihr Tagesprogramm so routiniert wie möglich abzuarbeiten. Doch schon der erste Anruf, den Verena entgegennahm, brachte sie schließlich vollständig aus dem Konzept. Noch nie zuvor - seit ihrer Ankunft in diesem Hause - hatte sie erlebt, dass Monsieur Suter telefonisch versuchte, seine Geschäftspartnerin zu kontaktieren. Und genau dieses geschah zu eben diesem Zeitpunkt. Weder hielt er sich mit einer Begrüßung, noch mit einer Bitte auf. „Holen Sie sofort Madame Hoover an den Apparat!"

„Das tut mir leid, Madame ist nicht im Haus. Kann ich etwas ausrichten?"

„Wann hat sie das Haus verlassen, verdammt nochmal?!!!"

„Vor etwa einer Stunde."

Auch die Antworten auf die Fragen, wann sie zurück sein würde oder wohin sie gegangen sei, musste Verena schuldig bleiben, was das aufbrausende Temperament ihres Chefs noch mehr befeuerte.

„Sehen Sie sofort in ihrem Appartement nach, ob sie etwas hinterlassen hat!"

„Das kann ich nicht, denn zum einen pflegt Madame abzuschließen, bevor sie das Haus verlässt, zum anderen wäre sie sehr ungehalten, wenn ich unerlaubt ihre Räume betreten würde."

„Ungehalten kann ich auch gleich werden! Es geht hier nicht um ihren armseligen Job! Hier ist Gefahr in Verzug, mon Dieu! Geht das nicht in ihr blondes Spatzenhirn?!!!"

Den Gipfel der Tobsucht löste sie dann allerdings mit dem Vorschlag aus, die Polizei zu benachrichtigen, wenn er sich solche Sorgen machte.

„Sind sie noch zu retten?!!!", brüllte ihr Chef in einer Lautstärke, die sogar die Aufmerksamkeit von Gästen erregte, die gerade dabei waren, das Haus zu verlassen. Der Abstand, der das Telefon von den Gästen trennte betrug mindestens vier Meter, dennoch wendeten sich drei Augenpaare irritiert Verena zu, um den Ursprung dieses aufbrausenden Radaus auszumachen. Verena lächelte ihnen so liebenswürdig sie konnte und mit entschuldigendem Schulterzucken entgegen, hielt die Hand über die Sprechmuschel und wünschte ihnen einen schönen Tag. Dann hörte sie ein Klacken in der Leitung und das Gespräch war weg. Einfach aufgelegt! Ohne eine weitere Frage, ohne eine Verabschiedung und ohne irgendein Wort der Entschuldigung für seinen unangemessenen Ton. Sie blickte verwirrt den Telefonhörer in ihrer Hand an, als könne er das Rätsel lösen, das ihr dieser Anruf aufgab. Was war das jetzt? Wie sollte sie darauf reagieren? Sollte sie überhaupt reagieren oder das Gespräch nur als eine weitere in der Reihe unzähliger Entgleisungen werten, die in diesem Hause die Grundlage der Kommunikation darzustellen schienen?

Auch wenn sie diese Regung zu verdrängen suchte, es gelang ihr nicht: Sie schäumte einerseits vor Wut über dieses rüde Benehmen, andererseits verspürte sie eine wachsende innere Unruhe. Was sollte das Ganze überhaupt? War ihre Chefin in Gefahr oder was bedeutete diese Bemerkung Monsieur Suters? Dabei galt ihre Anspannung mehr der Frage, ob sie in diesem Fall verpflichtet war, etwas zu unternehmen. In ihre Gedanken versunken, hatte sie nicht bemerkt, dass sich ihre Schwester genähert hatte und sie fragend anblickte. Als eine Reaktion ausblieb fragte Anne: „Was ist passiert?" Auch Alberto war inzwischen dazugekommen und hörte zu, als Verena berichtete.

„Vielleicht sollten wir Herrn Stocker Bescheid geben", überlegte Alberto laut.

„Was sollen wir denn sagen? Die Chefin ist ausgegangen ohne sich abzumelden und der Chef brüllte durchs Telefon?" Anne befürchtete, sie könnten sich mit ihrem unsäglichen Bauchgefühl lächerlich machen. Der Eindruck, dass sich die Atmosphäre im Hause an diesem Tag anders anfühlte als sonst, war eben nichts weiter als eine Empfindung, die sich durch keinerlei fassbare Erkenntnisse untermauern ließ. In ihren Gedankenflügen hatten sie bereits lebhaft das enervierte Gesicht des Kommissars vor Augen, während sie ihm versuchten, ihre unbestimmten atmosphärischen Wahrnehmungen auseinanderzusetzen. Die Blamage wollten sie sich lieber ersparen. Daher kamen sie schließlich überein, dass Abwarten zunächst die bessere Strategie sei. Vielleicht kehrte einer der beiden Chefs bald zurück und dann würden sich womöglich ohnehin alle Befürchtungen schlicht und unspektakulär in Wohlgefallen auflösen. Oder, was genauso vorstellbar war: die Befürchtungen würden sich in Wunschdenken umkehren.

Es passierte allerdings nichts an diesem Tag, jedenfalls nichts, was dazu hätte beitragen können, die Situation auf die eine oder andere Weise aufzuklären. Als gegen 20 Uhr indessen weder Madame Hoover, noch Monsieur Suter ins Hotel zurückgekehrt waren, entschieden sich die Drei endlich doch dafür, Kommissar Stocker zu benachrichtigen. Anne wählte die Nummer und die Wählscheibe war kaum zum Stillstand gekommen, als ein energisches „Ja!" durch den Hörer tönte. Anne schilderte so sachlich wie möglich die Umstände, wobei sie sich bemühte, die Verunsicherung möglichst aus der Stimme zu nehmen, was ihr nicht ganz leichtfiel. Sicher waren beide Chefs erwachsene Menschen, die sich natürlich das Recht herausnehmen konnten, ohne sich abzumelden ganze Tage und, wenn sie wollten, auch Nächte fernzubleiben. Trotzdem war so etwas noch nie vorgekommen, seit die Drei im Hotel arbeiteten und mit Blick auf die allgemeine Sachlage, erschienen die Konstellationen doch einigermaßen beunruhigend. Als sie ihren Bericht beendet hatte, herrschte einige Sekunden Stille und sie glaubte schon die Verbindung sei abgebrochen. Endlich kam eine Reaktion vom anderen Ende der Leitung: „Verhalten Sie sich ganz ruhig." Wollte Herr Stocker sie auf den Arm nehmen? „Was denken Sie denn? Glauben Sie, wir rennen hysterisch durchs Haus und schreien herum?"

Alberto und Verena reagierten erschrocken auf Annes Heftigkeit. Gerade weil Anne bisher den besonnensten Eindruck gemacht hatte, sollte sie den Telefonanruf übernehmen, aber scheinbar lagen auch ihre Nerven ziemlich blank.

„Ich möchte Sie nur darum bitten, sich genauso zu verhalten, wie immer. Lassen Sie sich möglichst nichts anmerken. Tun Sie einfach so, als hätten Sie die Abwesenheit Ihrer Chefs überhaupt nicht bemerkt. Wir melden uns bei Ihnen. Spätestens morgen früh."

„Aber wir…"

„*Bitte* keine weiteren Fragen. Bis morgen!"

Dieses Gespräch verursachte wieder einmal nur Fragen und keinerlei Antworten. Einmal mehr fühlten sich Anne, Verena genauso wie Alberto völlig hilf- und ratlos zurückgelassen. Aber es half nichts, sie spielten ihre Rolle so gut sie konnten und sie konnten es tatsächlich sehr gut. Sie grüßten höflich die nach und nach zurückkehrenden Gäste und hörten sich geduldig und anteilnehmend die Erlebnisse des Tages an. Sie erledigten die gewohnten Aufgaben, versorgten sich selbst und den ein oder anderen Gast mit Tee oder was sonst gewünscht wurde und gingen schließlich kurz nach 23 Uhr schlafen. Bis dahin hatten sie in der Lingerie zusammengesessen und erfolglos versucht sich einen Reim auf die Ereignisse der letzten zwölf Stunden zu machen. Es war ihnen durchaus bewusst, dass für sie Alle an Schlaf wahrscheinlich zunächst einmal nicht zu denken sein würde aber mit den Erklärungsversuchen, mit denen sie sich gegenseitig Mut machen wollten, fingen sie irgendwann an, sich im Kreis zu drehen. Alle erdenklichen Szenarien wiederholten sich im Gespräch und brachten doch kein Ergebnis.

Verena lag schlaflos in ihrem Bett und drehte sich von einer auf die andere Seite. Sie hatte es bereits mit Entspannungsübungen und Schäfchenzählen probiert aber in ihrem Kopf wollte sich keine Ruhe einstellen. Es war bereits lange nach Mitternacht, als sie aufstand, ihr Zimmer verließ und die Treppe hinaufstieg. Irgendetwas Süßes würde sich in der Küche schon finden, hoffte sie, denn Süßigkeiten hatten sich bei ihr bisher fast immer als Nervennahrung bewährt. Um niemanden zu wecken, schlich sie barfuß und ohne das Licht anzuschalten nach oben Richtung Küche. Die Notbeleuchtung, die die ganze Nacht hindurch für die Gäste brennen musste, war hell genug, zumal sie den Weg ja kannte.

Sie war schon fast an der Tür zu Madame Hoovers Appartement vorbei, als sie einen kurz aufflackernden Lichtschein auf der anderen Seite der Tür, durch einen Spalt zwischen Tür und Boden, erhaschte. Für einen Augenblick durchströmte sie eine Welle der Erleichterung, weniger über die vermeintliche Rückkehr ihrer Chefin, als über die damit verbundene Hoffnung auf eine wie immer geartete Normalität. Im nächsten Augenblick erschien es ihr jedoch eigenartig, dass der Lichtstrahl so kurz und so punktuell wie bei einer Taschenlampe aufflackerte. Wieso hätte ihre Chefin in ihren eigenen Räumen mit einer Taschenlampe hantieren sollen, statt einfach das Licht einzuschalten? Die Deckenbeleuchtung hätte doch außerhalb des Appartements niemanden gestört. Verena zögerte einen Moment…

Im Rückblick lässt sich ihre reflexartige Fahrlässigkeit eigentlich nur mit einem Zustand völliger Erschöpfung rechtfertigen, denn sie *hatte* ja immerhin gezögert, also *hatte* sie bereits gespürt, dass hier etwas nicht stimmen konnte.

Eine einleuchtende und vernunftbegabte Reaktion wäre gewesen, sich augenblicklich von dieser potentiellen Gefahrenstelle zu entfernen, Alberto und Anne zu wecken, sich in jedem Fall erst einmal Verstärkung zu holen und telefonisch die Polizei zu benachrichtigen.

Verena reagierte in diesem Augenblick allerdings eher wie ein orientierungsloser Schlafwandler, so die im Nachhinein erfolgte Beurteilung ihrer Schwester. Jedoch gab es nachfolgend diesbezüglich auch wesentlich weniger wohlwollende Interpretationen.

„Ist da jemand?" Bereits diese Frage, in die Dunkelheit eines Raumes hinein, zeugte von einer geradezu haarsträubenden Einfältigkeit, wie Alberto später bemerken sollte. Die Wahrscheinlichkeit, dass jemand, der sich bis dahin versteckt gehalten hatte, auf eine solche Frage hin seine gute Kinderstube wiederentdeckt und sie der Ehrlichkeit halber bejaht hätte, empfand ihr Kollege - gnädig formuliert - als unterdurchschnittlich.

„Madame! Sind Sie wieder zuhause?" Mit dieser nicht minder törichten Erkundigung drehte Verena den Türknopf und öffnete die unverschlossene Tür einen Spalt, trat halb hindurch und blickte in absolute Finsternis. Im gleichen Atemzug nahm sie neben sich eine ruckartige Bewegung wahr und damit erlosch ihr Bewusstsein.

📖

„Hast du diesen kurzen Aufschrei und das Gepolter eben gehört? Da unten stimmt etwas nicht." Frau Lehmann griff noch während sie aus dem Bett sprang nach ihrer Jeans. Noch bevor sie den Reißverschluss zugezogen hatte, war ihr Mann mit einem Satz an der Tür. Er steckte bereits in Bermudas und trug wie seine Frau auch, ein T-Shirt. Er hatte sich gar nicht erst mit der Suche nach Hose oder Schuhen aufgehalten und lief, gefolgt von seiner Frau, die Treppe hinunter. Im schummrigen Nachtlicht des Treppenhauses gelang es ihnen ohne zu straucheln immer zwei der abgetretenen Stufen auf einmal zu nehmen und gleichzeitig mit den Augen ihre Umgebung zu erspähen. Als Herr Lehmann das Erdgeschoss erreicht hatte, konnte er auf den ersten Blick nichts Ungewöhnliches entdecken. Gerade war er dabei, sein Tempo zu zügeln, als seine Frau zielgerade an ihm vorbei die kaum erkennbar geöffnete Appartementtür der Hotelchefin ansteuerte und im nächsten Augenblick, noch in der Dynamik ihrer Bewegung, in die Hocke niederging. Ohne zu zögern gab ihr Mann der Tür einen Schubs und preschte mit einem Sprung über sie hinweg einem vagen Schatten hinterher ins Innere des Raumes. Die knappen flinken Schrittgeräusche denen er folgte, ließen darauf schließen, dass Jemand Treppenstufen hinunterhastete. Ohne dieses Gepolter wäre er zweifellos ins dunkle Loch der Wendeltreppe hinabgestürzt, denn seine Augen hatten sich erst nach und nach der Finsternis angepasst.

📖

Als sie kurz darauf mit fürchterlich stechenden Kopfschmerzen wieder ins unangenehm gleißende Licht zurückkehrte, wohin sie in ihrem lädierten Zustand in dem Augenblick gar nicht wollte, vernahm Verena neben sich eine weibliche Stimme. „Na, da ist sie ja wieder". Frau Lehmann kniete neben ihr, lagerte Verenas Kopf auf ihrem Schoss, drückte sanft ein Papiertaschentuch auf den Hinterkopf und redete ermutigend auf sie ein.

Bald darauf nahm Verena um sich herum eine beinahe unerträgliche Geräuschkulisse und ein lärmendes Durcheinander, ihr völlig unbekannter Stimmen wahr. Eine diffuse Gestalt beugte sich wie ein Schatten über sie. Gleich darauf klarten die Schemen eines stämmigen Mannes auf, dessen rotes Kreuz am Hemdkragen sofort zu ihrer Beruhigung beitrug. Er veränderte vorsichtig und routiniert ihre Position.

„Dieser Dickschädel ist nicht klein zu kriegen!" Die Stimme hinter dieser Aussage konnte Verena bei aller Konfusion ziemlich rasch zuordnen. Anne saß am Rand einer Krankentransportliege, auf der sie selbst, wie sie jetzt überrascht und widerwillig feststellen konnte, flach lag. Noch während Verena versuchte die Situation mental zu erfassen und zu klären, nahm sie um sich herum einen rätselhaften Menschenauflauf wahr.

📖

Diese Frau machte nur Ärger! Anstatt den Dingen ihren Lauf zu lassen und sich mit ihrer finanziellen Zuteilung und ihrem Anteil an dem Hotel zufrieden zu geben, versuchte sie nun auch noch einen Gewinn aus dem Einlagekapital herauszuholen. Wie kam sie bloß auf die Idee, ihr könne auch nur ein Quäntchen davon zustehen. Die ganze Sache ging sie nichts aber auch überhaupt nichts an. Schon seit er diese Impertinenz in Person kannte lebte sie in der Überzeugung, zu einer Elite zu gehören, was auch immer sie darunter verstehen mochte. Das war allerdings auch schon alles, was sie an echter Überzeugung zustande brachte. Stets hatte sie geglaubt etwas Besseres zu sein, nur weil sie sich in ihrer Jugend die gesamte Klaviatur der Parteigrößen rauf und runter geschlafen hatte. Wobei sie die Nützlichkeit ihrer potentiellen Bettgenossen nie aus den Augen verloren hatte. Ein kleines Licht, wie er eines war, hätte sie damals keinesfalls auch nur eines Blickes gewürdigt. Aber die Zeiten haben sich geändert. Die weibliche Attraktivität ist ein äußerst flüchtiger Schatz, mit dem auf Dauer schwerlich zu kalkulieren ist. Jugend und Schönheit entschwinden schneller, als man das wahrhaben möchte. Helenes Beachtung und Durchsetzungskraft verschied mit ihren einflussreichen Liebhabern. Die Schönheit ist seit Langem dahin, ihre Bosheit allerdings hatte alle Wandlungen überlebt.
Der Versuch, ihr klar zu machen, dass ihre Vorstellungen und der Anteil, den sie zu erwarten hatte weit auseinander lagen, war absolut fehlgeschlagen. Sie konnte überhaupt

keinen Anspruch auf das Geld erheben, dennoch sollte sie mit einer gewissen Summe bedacht werden. Sie war völlig außer sich geraten, hatte hysterisch herumgekreischt und sich geweigert auch nur eine Sekunde zuzuhören. Das Zuhören war ohnehin nie ihre Stärke gewesen, immer zählten ausschließlich ihre eigenen Argumente. Auf keinen Fall würde sie sich das gefallen lassen, schrie sie ihn an. Niemand käme so ohne weiteres an ihr vorbei. Sie würde dafür sorgen, dass seinem schändlichen Treiben ein für alle Mal ein Ende gesetzt würde. Sie zu unterschätzen sei ein großer Fehler, das würden er und falls nötig auch die Organisation zu spüren bekommen. So ging es minutenlang weiter.

Und kaum war er aufgebrochen, hatte sie sich offenbar ebenfalls auf den Weg gemacht. Vorsorglich informierte er den Chef in Lausanne, denn Helene glich augenblicklich einer entsicherten Handgranate. Sie musste gestoppt werden, bevor sie Unheil anrichten konnte.

Es hatte sich nach Annes, Verenas und Albertos rückblickender Einschätzung, um eine der längsten, wenn nicht *die* längste aller Nächte gehandelt, die ihnen je in Erinnerung geblieben waren. Vor allem Verena hätte auf dieses zweifelhafte Vergnügen sehr gern verzichtet, denn die medizinischen Nachwirkungen begleiteten sie noch rund zwei Wochen lang. Sie trug eine üble Platzwunde am Hinterkopf und eine unangenehme Gehirnerschütterung davon, war jedoch verhältnismäßig glimpflich davongekommen. Das zu beurteilen gelang ihr allerdings erst später, denn zunächst fehlte ihr ein entscheidendes Stück vom Film, wie sich ihre Schwester ausdrückte.

Die Erinnerungs- oder Bewusstseinslücke, die durch einen hefigen Schlag auf den Hinterkopf entstanden war, konnte Verena in den folgenden Tagen, dank ausführlicher Berichterstattung verschiedener mehr oder minder Beteiligter, beziehungsweise polizeilicher Ermittler, schließen. Bis sie nämlich das Auffassungsvermögen endlich wiedererlangt hatte, war bereits eine Menge passiert, was sie, laut Albertos feinfühliger Randbemerkung, verpennt hatte. Irgendwie mussten die Lehmanns etwas vom Tumult des Angriffs, der sich im Erdgeschoss abgespielt hatte, mitbekommen haben und nach unten geeilt sein. Dieser Tatsache wiederum war es zu verdanken, dass der oder die Täter beim Versuch, Verena hinter die Tür in

Madame Hoovers Zimmer zu schleppen, gestört wurden und die Flucht ergriffen. Einen Verdächtigen konnten die Lehmanns flüchten sehen, allerdings nicht, wie zu erwarten gewesen wäre, auf direktem Wege durch die Eingangstür, sondern ins Innere des Appartements. Während sich Frau Lehmann unverzüglich um Verena gekümmert hatte, nahm Herr Lehmann die Verfolgung auf, die ihn in den hinteren Teil von Madame Hoovers Appartement führte. Dort folgte er dem Flüchtenden eine Treppe nach unten in einen getrennten Wohnbereich, von da, wieder eine Treppe hinauf und aus der Tür des leerstehenden Ladengeschäftes auf die Straße. Dort allerdings war die Verfolgung beendet, denn die Straße lag völlig ruhig und absolut menschenleer vor ihm. Er hatte den Einbrecher verloren. Dennoch beobachtete er noch eine Weile die Avenue und ging vorsichtig ein Stück, zuerst nach links, dann nach rechts, blickte das Gässchen Richtung See entlang aber es war aussichtslos. Der Abstand war wohl doch zu groß gewesen, und es gab hier einfach zu viele Möglichkeiten, sich zu verstecken oder zu entwischen, zumal Herr Lehmann hier nicht ortskundig war. Aufgefallen war ihm jedoch auf dem Rückweg, dass an der Tür des Ladengeschäftes keinerlei Einbruchspuren erkennbar waren.

In der Zwischenzeit hatte seine Frau telefonisch die Polizei und diese wiederum den Notarzt verständigt. Als ihr Mann völlig atemlos zurückgekehrt war, bat sie ihn, im Untergeschoss nach den Zimmern der anderen beiden Angestellten zu suchen. Gerade wollte er sich auf den Weg machen, da erschienen beide bereits am Treppenabgang und blickten verstört auf die Szene, die sich ihnen bot. Sie hatten, angesichts der Verwirrungen des Tages, beide eher gedöst als geschlafen und plötzlich von oben ein alarmierendes Stimmengewirr wahrgenommen. Als Anne Verenas Zimmer verwaist vorgefunden hatte, klopfte sie als nächstes an Albertos Tür, die sich schon während des Klopfens öffnete. Auch Alberto hatte Geräusche gehört und war ebenfalls gerade im Begriff nachzusehen, was da los war. Sie brauchten sich gar nicht erst durch Worte zu verständigen, um sich gleichzeitig im Laufschritt auf den Weg nach oben in Bewegung zu setzen. Das Bild, das sie dort erwartete, löste in beiden eine Mischung aus Fassungslosigkeit und Bestürzung aus. Sie sahen Frau Lehmann über eine am Boden liegende leblos wirkende Person gebeugt. Herr Lehmann stand völlig außer Atem und schwitzend daneben. Erst auf den zweiten Blick erkannte Anne ihre Schwester, gleichzeitig entdeckte sie das Blut, das aus einer Kopfwunde trat und gab einen heißeren Entsetzenslaut von sich, bevor sie mit einem Satz bei ihr war. Der Puls schien kräftig und die Atmung funktionierte glücklicherweise ebenfalls gleichmäßig! Alberto kniete inzwischen auch neben Verena und wirkte zum ersten Mal, seit Anne ihn kannte, hilflos und verzweifelt. Obwohl Anne den

Puls bereits gefühlt hatte, suchte er ebenfalls nach dem rhythmischen Pochen in Verenas Adern. Es glich mehr einer Übersprungshandlung, als einer medizinisch hilfreichen Aktion, trotzdem schien er die Bestätigung eines Lebenszeichens oder das Gefühl eigener Aktivität gegenwärtig zu brauchen.

„Ich habe bereits die Polizei und den Rettungsdienst verständigt", meldete sich Frau Lehmann zu Wort. „Mein Mann konnte den flüchtenden Täter leider nicht mehr erwischen."

Das Paar schilderte Anne und Alberto die Situation, wie sie sie vorgefunden hatten und dass sie offenbar gerade zur rechten Zeit die Treppe heruntergekommen waren.

„Der Einbrecher flüchtete übrigens nicht durch die Eingangstür des Hotels, sondern durch dieses Appartement hier, dann eine Treppe abwärts, wieder aufwärts und hinaus durch den benachbarten Geschäftseingang."

Herr Lehmann war noch mitten in der Schilderung seiner Verfolgungsjagd, als Alberto ein alarmierter Blick von Anne traf, der gleichsam bewirkte, dass er aufsprang und den beschriebenen Weg entlang jagte. Das geheime Zimmer!

„Lauf hinterher!" Frau Lehmanns Aufforderung war im Grunde überflüssig, denn ihr Mann hatte sich bereits in Bewegung gesetzt. In diesem Moment rüttelte auch schon das Polizeiteam gefolgt von einem Arzt

und einem Sanitäter an der verschlossenen Eingangstür. Anne sprang auf, öffnete die Verriegelung und
stand Beat Stocker und einer Reihe, ihr unbekannten
Personen gegenüber.

Die Sache hatte Helene Hoover keine Ruhe gelassen. Es war der Tag an dem das Geld endlich in Empfang genommen werden konnte. Und da sollte sie seelenruhig im Hotel darauf warten, dass Viktor ihr den kläglichen Anteil, den man ihr offenbar zugedacht hatte, vorbeibringt?! Selbst wenn Viktor sie nicht bis aufs Blut gehasst hätte, es waren zu viele Unwägbarkeiten, die ihre Zweifel zu Bergen auftürmten. Der Drahtzieher der Transaktion saß in Lausanne, und es war bekannt, dass er Verbindungen zu palästinensischen Organisationen und zu deutschen terroristischen Gruppierungen, wie der „Rote-Armee-Fraktion" pflegte. Einerseits, um private Geschäfte zu forcieren, andererseits um die Destabilisierung der Bundesrepublik voranzutreiben, die er als Voraussetzung für die eigenen politischen Ziele betrachtete. Darin stimmte sie prinzipiell mit ihm überein, doch hatte sie seit dem Tod ihres letzten Ehemannes Simon, das Interesse an Politik weitgehend verloren. Nicht aus Trauer, denn schließlich hatte er sie nach Strich und Faden hintergangen und glaubte, sich ohne sie absetzen und neu anfangen zu können. Das allerdings hatte sie zu verhindern gewusst! Inzwischen war bei ihr die Einsicht gereift: einzig auf Geld war Verlass, sofern man zu denen gehörte, die in großen Mengen darüber verfügten. Und genau das hatte sie vor. Sie wollte zu denen gehören, die man nicht einfach übersehen konnte, zu denen, die leben konnten, wie es ihnen gefiel und die überall hofiert wurden. Aus dem Nachlass ihres Mannes besaß sie Fotografien und Dokumente, auf denen Viktor in seiner SS Uniform in die Kamera lachte. Sie konnte damit jederzeit seine Vergangenheit als Offizier in einem der berüchtigtsten Konzentrationslager auffliegen lassen. Wer in Buchenwald als SS-Offizier Dienst getan hatte, konnte sich schlecht herausreden.

Zur Not konnte sie auch ihre Kenntnisse über die Organisation als Druckmittel einsetzen. Diese waren sicher nicht allzu detailreich, aber zweifellos ausreichend, um damit für ein bisschen Unruhe zu sorgen.

Die Tatsache, dass ihr Ehemann Simon die Dokumente nicht vernichtet hatte, wie es mit Viktor verabredet war, zeigte doch deutlich, wie wenig sich die angeblichen Freunde gegenseitig über den Weg trauten. Und da sollte ausgerechnet sie Vertrauen haben? Viktor ahnte, dass sie die Dokumente besaß, und alleine dieser Verdacht hatte sie bisher geschützt. Aber die Sorge, dass sich Viktor nun mit dem ganzen Geld aus dem Staub machen könnte, hatte sich von Minute zu Minute vergrößert, sodass sich schließlich ihre innere Stimme nicht mehr ignorieren ließ.

📖

Eine gefühlte Ewigkeit hatte er auf diesen Augenblick gewartet. Jahrzehnte hatte es gedauert, bis es endlich gelungen war, die legitime Übernahme der Kriegskonten zu bewirken. Es hatte Verhandlungen, Bestechungen, juristische und allerlei andere Auseinandersetzungen gegeben. Sicher, sie hatten eine Reihe Sympathisanten in Bank-, Geheimdienst- und politischen Kreisen, auch Geschäftsleute und Privatiers zählten zu ihren Unterstützern, dennoch erwiesen sich die pekuniären Obliegenheiten als zähe, unglaublich langwierige Thematik.

Er hatte hier in Montreux ausgeharrt, hatte immer wieder Mitglieder der Organisation und Gleichgesinnte beherbergt, sammelte Spenden und unterstützte „die Sache" nach Leibeskräften. Auch wenn ihm die inhaltliche Ausrichtung und die Unterstützung arabischer Gruppierungen oder deutscher RAF- Sprengel zuwiderlief. Er konnte nicht begreifen, wozu solche Verbindungen dienen sollten. Er bezweifelte, dass der Nutzen solcher Liaisons über den damit verbundenen Risiken rangierte. An dem Ziel einer faschistischen Weltordnung hatte er indes nie den leisesten Zweifel gehegt. Und wenn dazu unheilige Allianzen geschlossen werden mussten, dann war diese Kröte wohl zu schlucken.

Eine andere Kröte, beinahe im wahrsten Sinne des Wortes, lag ihm dagegen schwerer im Magen: Helene, die Frau seines inzwischen toten englischen Kameraden. Sie hatte immer mit ihren Verbindungen in die höchsten politischen Kreise während des Dritten Reiches geprahlt, in denen sie durch ihren ersten Mann verkehrte. Doch dieser war 1944, nicht etwa auf dem Feld der Ehre, sondern durch einen Schlaganfall ums Leben gekommen. Was für ein trivialer Abgang, mitten im Krieg!

Helene hatte von Anfang an eine Arroganz zur Schau getragen, die ihres Gleichen suchte. Er mochte sie von der ersten Minute an nicht, als Simon sie ihm vorgestellt hatte. Simon war fasziniert, wenn sie von Abendgesellschaften erzählte, die vom Führer mit seiner Anwesenheit gekrönt wurden, von Plaudereien mit Ribbentrop oder von Himmlers eloquent vorgetragenen Visionen. Aber was war von all diesen Verbindungen übriggeblieben? Nichts, gar nichts, was der Sache hätte in irgendeiner Weise von Nutzen sein können. Außerdem galt ihr Interesse wohl mehr dem gesellschaftlichen Glanz und dem pompösen Luxus und weniger der Politik.

Auch bei Simon hatte sich diesbezüglich wohl nach und nach Ernüchterung eingestellt und er ging daran, seine eignen Pläne zu schmieden. Auch ihn, Viktor, hatte er hintergangen. Unterlagen und Fotos waren in seinen Besitz geraten, die seine – Viktors – maßgebliche Tätigkeit im Konzentrationslager Buchenwald während des Krieges dokumentierten. Entgegen seiner Zusicherung hatte sein scheinbarer Weggenosse gar nicht daran gedacht, diese zu vernichten.

Es war nicht etwa so, dass er sich je Vorwürfe gemacht hätte, schließlich betrachtete er es als notwendig, ja seine Pflicht, die Feinde auch innerhalb des Reiches auszumerzen. Dennoch war es einigermaßen sicher, dass ihn die Schweiz, sollte seine Beteiligung nachzuweisen sein, an Deutschland ausliefern würde. Eine Anklage und eine Verurteilung wären dann so gut wie sicher gewesen, trotz immer noch gut funktionierender Verbindungen.

Aus Helenes Andeutungen konnte er entnehmen, dass nun sie die Unterlagen besaß, und sie würde zweifellos davon Gebrauch machen, sollte er ihr ihren Anteil vorenthalten.

Er hatte geplant, mit dem Geld in Südamerika unterzutauchen. Im Grunde war alles vorbereitet. Sobald er dort war, so die Hoffnung, brauchte er sich nicht mehr so viele Sorgen machen. Und jetzt war sie im Begriff, ihm schon wieder in die Quere zu kommen!

Alberto konnte es kaum glauben, als er auf einmal in dem Raum stand, den er zuvor nur ein einziges Mal – unter einer Überdosis Adrenalin – für einen kurzen Augenblick durch ein kleines Fenster gesehen hatte. Alles schien unverändert so, wie in seiner Erinnerung. Vom Fenster aus nicht zu sehen war das breite Bett, das sich, durch einen Mauervorsprung verdeckt, seiner damaligen Blickperspektive entzogen hatte. Die Kissen waren fein säuberlich aufgeschüttelt und die Decke zurückgeschlagen, als warteten sie darauf, ordentlich gemacht und wieder benutzt zu werden. Ein kleines Badezimmer schloss sich, durch eine schmale Schiebetür getrennt, der Schlafnische an und auch dieses machte einen picobello gepflegten Eindruck. Die Dusch- und Handtücher wirkten zwar benutzt, das heißt, die hotelübliche Faltung war aufgelöst, aber sie hingen akkurat über den Handtuchhaltern. Das Bad und das ganze Appartement erschienen pedantisch aufgeräumt. Der Inhalt der Regale einer kleinen Küchenzeile ließ darauf schließen, dass zumindest für den Hunger und Durst zwischendurch ganz gut gesorgt war. Es gab Kaffee, Tee, Kekse, verschiedene alkoholische und nicht alkoholische Getränke und einiges mehr an gängigen haltbaren Lebensmitteln. Ein kleiner Kühlschrank war zwar nicht üppig aber doch ganz passabel bestückt. Trotzdem konnten Alberto und Herr Lehmann, der völlig ruhig hinter ihm stand, auf einen Blick erkennen, dass, wer immer hier gewohnt hatte, nicht mehr zurückkommen würde. Es lagen keinerlei persönliche Gegenstände oder Kleidungsstücke herum, keine Zahnbürste, kein Rasierapparat, Creme, Haarbürste, nichts. Auch der Kleiderschrank, dessen Flügeltüren Herr Lehmann eben geöffnet hatte, war, abgesehen von einigen unbestückten Kleiderbügeln, absolut leer.

„Hier wohnte ein Mann", murmelte Alberto ohne seinen Blick von der gähnenden Leere des Schrankes abzuwenden.

„Und wie es scheint, ist er noch nicht allzu lange weg!" Herr Lehmann drehte sich einmal um die eigene Achse und richtete seinen Blick auf Alberto. „Kannten sie diesen Mann?"

Erst in diesem Augenblick nahm Alberto bewusst die Anwesenheit des Herrn Lehmann wahr. Statt zu antworten lief er zur Treppe, die nach oben in das Ladengeschäft führte. Es war eigentlich ganz einfach: Mit dem Schlüssel zum Laden konnte man, mit etwas Umsicht, unbemerkt ins Haus und in diese Räume gelangen. Der Einrichtung und dem gepflegten Zustand nach zu schließen, wurde der untere Wohnbereich regelmäßig genutzt. Jedenfalls gab es hier keine Spuren von Staub oder Schmutzrändern. Hier wurde regelmäßig gelebt und gereinigt. Die Räumlichkeiten wirkten zweckmäßig, sogar einigermaßen gemütlich eingerichtet. Ein bis zwei Personen konnten hier ganz komfortabel eine Weile unterkommen.

Noch bevor Alberto, der wieder nach unten gekommen war, weitere Überlegungen anstellen oder Herrn Lehmanns offene Frage beantworten konnte, hatte sich Beat Stocker in Begleitung eines uniformierten Beamten zu ihnen gesellt. Weder Alberto noch Herr Lehmann wirkten überrascht. Den Mienen der beiden Beamten war nicht zu entnehmen, was in ihnen vorging.

„Mich macht das wahnsinnig! Ich habe keine Ahnung, was hier vorgeht! Was passiert hier?" Die Frage war an den Kommissar gerichtet, der aussah, als würde er das Zimmer mit den Augen Bild für Bild fotografieren. Es schien, als hätte er Albertos Frage gar nicht gehört.

„Da ist Einiges aus dem Ruder gelaufen. Nach einer geplanten, vorbereiteten Aktion sieht das jedenfalls nicht aus."

Die Feststellung an sich klang nachvollziehbar, weniger verständlich empfand Alberto die Tatsache, dass sie von Herrn Lehmann gemacht und an Herrn Stocker gerichtet wurde und dieser in einer vertraut wirkenden Selbstverständlichkeit darauf reagierte.

„Ja, dieser Einbruch wirkt eher panisch als professionell. Vielleicht haben wir Glück, und sie machen endlich Fehler, die uns weiterbringen."

Der Ton und die routinierte Art der Kommunikation, wie auch die Unbefangenheit mit der die beiden ihre Schlussfolgerung austauschten, verwirrte Alberto. Er machte sich von den drei Anwesenden völlig unbeachtet auf den Weg nach oben, um im Foyer nach seinen Kolleginnen zu sehen.

Eine ganze Ameisenarmee kribbelte vor Erleiterung seinen Magen hinauf und wieder hinunter, als er Verena auf dem altmodischen Schreibtischstuhl am Rezeptionstresen sitzen sah. Stehend neben ihr hantierte ein Sanitäter mit Mullbinden, die er kunstvoll um ihren Kopf wickelte. Direkt vor ihr prüfte ein anderer, vermutlich der Notarzt, die Lichtreaktionen ihrer Augen. Sie sah zwar nicht wie der junge Frühling aus, aber sie war wach und offensichtlich in einer den Umständen entsprechend passablen Verfassung. Auf der Suche nach Anne wandte er seinen Blick nach allen Seiten. Anne entdeckte er nirgends. Doch musste Alberto verblüfft feststellen, dass sich die Eingangshalle zwischenzeitlich in einer Art Belagerungszustand befand, zumindest war das der erste Begriff, der ihm in den Sinn kam, als er die vielen Menschen um sich herum wahrnahm. Nie zuvor hatte er die Halle so überfüllt und turbulent erlebt. Neben all den unbekannten Gesichtern entdeckte er auch den ein oder anderen Hausgast, der durch die herrschende Unruhe geweckt worden war und nun in aufgeregter Konversation mit unbekannten Menschen versuchte, das Durcheinander zu begreifen.

Nur Anne konnte er nirgendwo aufspüren. Voll Sorge suchte er sämtliche Räume des Erdgeschosses ab und fand sie schließlich in einer Ecke der Küche auf dem Boden kauernd. Er setzte sich schweigend neben sie und legte seinen Arm um ihre Schulter. Als hätte er damit die Schleusen geöffnet, brachen bei ihr alle Dämme und sie begann hemmungslos zu schluchzen. Ihr ganzer Körper zitterte plötzlich so heftig, als säße sie mit einem T-Shirt bekleidet in der Gefriertruhe. Alberto umschloss sie nun mit beiden

Armen und drückte sie noch fester an sich. „Es wird alles gut."

Tatsächlich konnte Anne sich allmählich beruhigen und wischte schließlich mit dem Ärmel ihres Schlafanzuges die Tränen ab, griff nach dem Geschirrtuch, das neben ihr an einem Haken baumelte und schnäuzte sich kräftig, geräuschvoll und ausnehmend unelegant hinein. Dann sah sie Alberto ins Gesicht und brach ebenso unvermittelt, wie sich zuvor das Schluchzen bahngebrochen hatte, in hysterisches Gelächter aus. Erschreckt und verwirrt von der neuerlichen Entladung wich Alberto ein Stück zurück. Er wusste sich überhaupt nicht zu helfen, starrte sie zuerst entgeistert an, bis auch er in das Lachen einstimmte. Nach einer gefühlten Ewigkeit hatte sich mit dem Gelächter der aufgetürmte Stress gelöst und beide sanken erschöpft in sich zusammen.

„Komm' lass' uns nach Verena sehen. Inzwischen wird der Sanitäter mit dem Kopfverband fertig sein."

Anne atmete tief ein, nickte, krabbelte umständlich auf die Knie und schob sich, auf einen Stuhl gestützt, wieder hoch auf die Beine. Sie streckte Alberto die Hände entgegen und zog ihn aus dem Schneidersitz hoch, bis auch er zum Stehen kam. „Danke", flüsterte sie mit einem kurzen, beinahe verlegenen Blick auf ihren Kollegen und verließ mit einem selig lächelnden Alberto im Schlepptau die Küche.

Das Erscheinungsbild des Foyers hatte sich nur unwesentlich verändert. Frau Lehmann schien das Kommando übernommen und damit etwas mehr

Ruhe in die allgemeine hektische Betriebsamkeit gebracht zu haben. Verena saß noch immer auf dem Stuhl an der Rezeption. Sie unterhielt sich mit einer Beamtin, wirkte dabei allerdings ein wenig apathisch. Weder Herr Stocker, noch Herr Lehmann waren irgendwo sichtbar. Als Frau Lehmann Anne und Alberto bemerkte, winkte sie die beiden zu sich und gab gleichzeitig einem der Polizisten ein paar Instruktionen. Alberto und Anne warfen sich verdutzte Blicke zu, die auch Frau Lehmann nicht entgangen waren. „Ich fürchte, ich muss Ihnen einiges erklären."

Mit einer freundlichen aber doch bestimmenden Geste schob sie die beiden zur Rezeption, wo sie der Beamtin, die sich gerade mit Verena unterhalten hatte, kurz zunickte. Die Beamtin trat daraufhin ein paar Schritte beiseite.

„Es tut mir leid, dass wir Sie erst jetzt in Kenntnis setzen."

„Wir? Wer, verdammt nochmal ist: wir? Und worüber wollen Sie uns in Kenntnis setzen?" Anne wirkte mit einem Mal alarmiert und hellwach.

„Die Sache ist die: Mein richtiger Name ist Christa Bender. Ich gehöre einer Sonderermittlungsgruppe der Schweizer Bundespolizei an. Die Entwicklungen der letzten Wochen ließ es uns ratsam erscheinen, der ,Höhle des Löwen' ein wenig näher zu rücken, als es ursprünglich unsere Absicht war."

Annes, Albertos und Verenas Blicke spiegelten einen Anflug von Entsetzen wider. Alle drei waren aufgrund der sich in den letzten Stunden überschlagenden Geschehnisse nicht in einem Zustand, der sie zu analytischen oder messerscharfen Gedankenflügen befähigt hätte. Trotzdem schloss Anne folgerichtig: „Dann ist Herr Lehmann auch nicht Ihr Ehemann und heißt auch nicht Lehmann?!"

„Beides ist korrekt. Sein Name ist Urs Thöni und unsere Beziehung ist rein beruflicher Natur."

Als hätte er gehört, dass von ihm die Rede war, tauchte Herr Thöni, alias Lehmann, neben der „Offenbarungs-Gesprächsrunde" auf. Mit einem Blick schien er die Situation erfasst zu haben und nickte nur kurz zur Bestätigung.

„In Anbetracht der Vorkommnisse der letzten Nacht, war es doch eine gute Entscheidung gewesen, Sie hier im Auge zu behalten, oder?!"

Diese rhetorische Frage war an die drei Hotelangestellten gerichtet, allerdings wartete er gar nicht erst auf eine Reaktion, sondern bedeutete seiner Kollegin mit einem raschen Wink, kurz mit ihm zu kommen. Diese entschuldigte sich und entfernte sich ein paar Schritte, ganz offensichtlich um Informationen entgegenzunehmen, die nicht für die Drei bestimmt waren, die völlig betreten und sprachlos das Geschehen um sich herum verfolgten und sich vorkamen, wie Zaungäste in einem Bühnenstück. Verena drehte ganz langsam ihren Kopf nach links, fixierte ihre Schwester mit zusammengekniffenen Augen. „Zwick mich bitte mal. Ich bin mir nicht sicher, ob ich tatsächlich wach bin oder nur träume, ich sei wach."

Erleichtert, dass Verena sich aus ihrer Lethargie zurückmeldete, kniff Anne sie, ein bisschen heftiger als notwendig gewesen wäre, in den Arm. „Aua, spinnst du, ich sagte kneifen, nicht amputieren!"

Alberto war so in seine eigenen Gedanken vertieft, dass er den Wortwechsel der beiden Schwestern nicht mitbekommen hatte. Er zuckte daher bei Verenas Gejammer erschrocken zusammen, dann schüttelte er mit einem unterdrückten Lächeln den Kopf. „Schön, dass du wieder da bist! Wie langweilig mein Leben doch war, bevor ich euch kennenlernte. Habe ich euch schon einmal gesagt, dass ich Langeweile ganz super finde?!"

„Als könnten wir etwas dafür! Ich finde Krimis im Fernsehen auch entspannter, als mittendrin zu stecken!" Annes Wangen hatten sich leicht gerötet und sowohl ihr Ton als auch ihre Mimik hatten einen gefährlich offensiven Ausdruck angenommen.

„Ach Anne, jetzt bleib' aber locker!" Seine Kollegin schien dermaßen unter Strom zu stehen, dass ihr sogar ihr Sinn für Humor abhandengekommen war.

„Sorry!" Kaum war ihre giftige Replik ausgesprochen, tat es ihr schon leid. Sie schien mit ihrem Ton doch ein ganzes Stück über das Ziel hinausgeschossen zu sein. Zumal Alberto ganz bestimmt nicht als Prügelknabe in diesem Drama taugte. Im Gegenteil, wenn jemand diesen ganzen Schlamassel erträglich machte, dann doch wohl er und seine Fähigkeit, die Dinge auf die Größe zurechtzustutzen, die ihnen gebührte. Er war es, der mit seiner aufmunternden Heiterkeit ihnen allen die Arbeit und das Leben hier erleichterte! Anne setzte gerade zu einer ausführlichen Entschuldigung an, als sie von Christa Bender, die in Begleitung ihrer Kollegen Thöni und Stocker auf sie zukam, unterbrochen wurde.

„Wir werden heute Nacht zur Sicherheit Wachen vor und hinter dem Gebäude postieren... Der Arzt meint, Sie bräuchten ein wenig Ruhe", dabei sah sie Verena direkt an. „Wenn Sie sich etwas schonen, sind Sie in ein bis zwei Wochen wieder absolut fit. Sofern es Sie nicht zu sehr anstrengt, würden wir Ihnen aber gerne ein paar Fragen stellen."

Während Frau Bender Verena befragte, beantwortete Anne eine ganze Litanei an Fragen, die Herr Stocker an sie richtete. Alberto wurde von Herrn Thöni ausführlich interviewt. Dabei ging es nicht alleine um den Verlauf des vorangegangenen Tages und des Abends, es ging um Gäste, um Beobachtungen, Details und Abläufe während ihres gesamten Aufenthaltes.

Andere Beamten waren mit der Vernehmung der im Haus anwesenden Gäste betraut. Die Zeit schien sich unbemerkt in Luft aufzulösen, denn der Adrenalinspiegel jedes einzelnen Anwesenden wollte keine Ermüdung zulassen. Zurück im Wintergarten, ließen sich die drei Kommissare und die Angestellten an einem der Tische, die bereits für das Frühstück eingedeckt waren, nieder. Sie schoben Tassen und Teller beiseite und gossen Orangensaft in die Gläser. Anne hatte Saft und Wasser, Alberto Gläser aus der Küche herangeschafft, um sämtliche Anwesenden „vor dem

Verdursten zu bewahren." Die Flaschen und Gläser leerten sich in kürzester Zeit und schienen Annes Hypothese zu bestätigen.

„Trauen Sie sich zu, bis auf weiteres hier erst einmal weiter zu machen?"

Herr Thönis Frage richtete sich an Anne und Alberto, die von dieser Frage zunächst ziemlich überrascht und überrumpelt wirkten. Im nächsten Augenblick vergewisserten sie sich gegenseitig durch Blicke, dass sie die Frage positiv beantworten konnten.

„Aber wie lange wird das dauern? Wo ist denn nun unsere Chefin? Wer bestimmt beispielsweise über die Ausgaben und Einkäufe bis Madame Hoover wieder kommt? Und was ist denn überhaupt los? Wäre es nicht fair, wenn Sie uns erst einmal auf den Stand der Dinge brächten? Schließlich spielen wir ja auch eine gewisse Rolle in diesem Schauspiel!"

Während Anne ihr Unbehagen zum Ausdruck brachte, nickte Alberto bestätigend. Verena kniff vor Verwirrung und Kopfschmerzen die Augen zusammen und versuchte, so gut es in ihrem angeschlagenen Zustand ging, den Anschluss an den stattfindenden Wortwechsel nicht zu verlieren. Auch ihr gingen die Geschäftigkeit und die Geheimniskrämerei um sie herum allmählich auf die höchst strapazierten Nerven, die offenbar wieder in den Betriebsmodus zurückgefunden hatten.

Jetzt übernahm, mit einer kurzen, an seine beiden Kollegen adressierten Geste, die ihnen signalisieren sollte, dass er gewillt war, die Gesprächsführung zu übernehmen, Beat Stocker. Die ganze Zeit über hatte er sich fast bis zur Unsichtbarkeit zurückgenommen. Seit seiner Ankunft im Hotel Florentine, war er, abgesehen von Annes Befragung, so gut wie gar nicht in Erscheinung getreten. Sein aktueller Gesichtsausdruck ließ auf Ungemach schließen. Er hatte die Stirn in Falten gelegt und schien mit sich zu ringen, was und wie viel er Alberto, Anne und Verena mitteilen oder zumuten konnte. Dann schien er einen Entschluss gefasst zu haben, holte einmal tief Luft und berichtete bemüht sachlich, was die Polizei bis zu diesem Zeitpunkt in Erfahrung gebracht oder was er als sachdienlich für die Weitergabe an das mehr oder weniger involvierte Trio erachtet hatte.

„Zunächst eine Erkenntnis vorweg: Hier wurde etwas gesucht..."

„Ach!!!"

Dieser sarkastisch klingende Einwurf kam von Verena, mit deren mentaler Beteiligung in ihrem gegenwärtigen Zustand niemand gerechnet hatte. Alle Anwesende bedachten sie mit erstaunten Blicken.

„Ja, ich bin noch unter den Lebenden", quittierte sie die allgemeine Verwunderung und brachte damit den Kommissar komplett aus seinem Konzept. Es dauerte einige Sekunden bis er sich wieder gesammelt hatte. „Wäre es möglich, dass Sie alle Drei einfach einmal friedlich und vor allem kommentarlos zuhören?! Ich kann es aber auch sein lassen! Für Wortgeplänkel habe ich nämlich keine Zeit."

Verena schmollte, Anne und Alberto wirkten etwas betreten aber alle schwiegen, was Herr Stocker als Zeichen der Zustimmung wertete und den unterbrochenen Versuch seiner Ausführungen fortsetzte.

„Vor wenigen Minuten erhielt ich die Information, dass Ihr Chef, Monsieur Suter, um die Mittagszeit am Flughafen Zürich-Kloten ein Flugzeug mit Ziel Buones Aires bestiegen hat. Er befand sich in Begleitung eines Herrn Carlos Vidal, der einen argentinischen Pass besitzt. Der vagen Beschreibung nach, die Sie über Ihren geheimnisvollen Gast abgegeben hatten, könnte es ein und derselbe sein. Aber das ist reine Spekulation und momentan auch nicht wirklich von Bedeutung, da wir die Rolle dieses Herrn noch gar nicht kennen.“

Dass es sich bei diesem Begleiter nicht um den ominösen Hausgast handelte, sollten die Ermittler erst in naher Zukunft in Erfahrung bringen.

Welche Pläne auch immer geschmiedet worden waren - sie war nicht naiv genug zu glauben, Viktor hätte ihr tatsächlich die ganze Wahrheit gesagt - in jedem Fall musste sie dafür sorgen, dass ihr Anteil in angemessener Höhe auch bei ihr ankam. Zu viele Interessen waren mittlerweile im Spiel aber sie würde sich nicht so leicht ausbooten lassen, von wem auch immer.

Nachdem sie das Haus am Morgen verlassen hatte, führte sie ihr Weg direkt nach Lausanne, denn dort befand sich der Dreh- und Angelpunkt, sozusagen die Schaltzentrale der Organisation. Monsieur Bertrand galt als seriöser Geschäftsmann. Er pflegte einen betont bescheidenen Lebensstil im Kreise seiner Familie. Dennoch verfügte er über die besten Kontakte, nicht nur in politische, geheimdienstliche und militärische Institutionen der Schweiz und Deutschlands. Sogar nach Nordafrika, in verschiedene arabische Staaten und nicht zuletzt in die USA pflegte er nutzbringende Verbindungen. Alle Geldangelegenheiten, alle politischen, geschäftlichen und organisatorisch notwendigen Maßnahmen und Planungen liefen über ihn und seine weitreichenden Beziehungen. Wenn jemand Viktors Pläne kannte, dann er und hoffentlich auch bald sie selbst, wo sie doch in der Vergangenheit immer verlässlich funktioniert und bereitgestanden hatte. Ihr ganzes Leben hatte sie in den Dienst der Sache gestellt. Wobei seit einiger Zeit nicht mehr so klar zu definieren war, welche Umwege die Sache inzwischen genommen hatte und wie weit die Kreise mittlerweile gezogen wurden.

Weshalb sich beispielsweise deutsche RAF Genossen oder palästinensische Freischärler in den Reihen der Organisation tummelten, was die Visionen ihrer Kameradschaft mit einem Mal mit linksradikalen Terroranschlägen oder Flugzeugentführungen und deren politischen Zielen gemein hatten, wollte ihr nicht einleuchten. Doch in ihrer gegenwärtigen Prioritätenliste stand die Beantwortung dieser Fragen ganz gewiss nicht an erster Stelle. Zunächst musste geklärt werden, wo ihr Anteil der endlich losgeeisten Kriegskonten und Goldverkäufe abgeblieben war. Sie hatte nicht die Absicht, sich ein weiteres Mal geduldig hintenanzustellen und den Herren den Vortritt zu lassen. Das hatte sie, in ihrer einstigen Funktion als Ehefrau schon oft genug durchexerziert, mit dem zweifelhaften Erfolg, dass ihre verstorbenen Ehemänner sich selbst, und im letzten Fall eine Schattenfamilie, glänzend versorgt hatten. Nur für sie, die sich stets zurückgenommen und die sich unaufhörlich in deren Sinne engagiert hatte, waren letztlich immer nur Krümel übriggeblieben. Das, so viel stand fest, sollte sich ein für alle Mal ändern!

Sie parkte ihren Wagen ein paar Schritte von der Einfahrt zum Grundstück der Bertrands entfernt. Einen Augenblick zögerte Helene Hoover während sie ihr Auto verschloss, noch konnte sie zurück, noch war Zeit nach Montreux zurückzufahren und einfach zu warten, was passieren würde. Täuschte sie sich vielleicht? Hatte sie Viktor wider Erwarten doch nicht um ihren verdienten Anteil geprellt, obwohl sein Habitus keine andere Schlussfolgerung zuließ? Was, wenn Monsieur Bertrand mit ihm unter einer Decke steckte, wenn man sie einfach beiseite gewischt und auch künftig lediglich für niedrige Dienste, wie die Beherbergung spezieller Gäste in Betracht gezogen hatte?

Was wollte sie in diesem Fall mit ihrer Anschuldigung bewirken? Noch war es möglich umzukehren! Aber konnte sie das wirklich? Schließlich ging es auch darum, für sich selbst zu klären, welchen Stellenwert sie noch innerhalb der Organisation besaß. Sie musste in Erfahrung bringen, wer auf welcher Seite stand und welche Bedeutung man ihr zumaß. Frauen im Allgemeinen hatten, gemäß nationalsozialistischer Vorstellungen, eine sehr klar definierte Rolle innerhalb der Gesellschaft, dessen war sie sich sehr wohl bewusst. Allerdings war sie ja in einer ganz speziellen Position. Sie war nicht Irgendjemand! Immerhin hatte sie zwischen 1939 und 1945, als Frau eines der führenden Funktionäre der Reichsregierung, aktiv an der Politik mitgewirkt und später als Witwe dafür gesorgt, dass alte Verbindungen im Sinne der Ideologie erhalten blieben und weiter genutzt werden konnten. Damals hatte man ihr noch überall rote Teppiche ausgerollt. Wo immer sie erschien, wurde sie hofiert, man hatte sich um sie gedrängt und sie mit Einladungen und Komplimenten geradezu überhäuft. Dieses für sie euphorisierende Lebensgefühl hatte sich schleichend verflüchtigt. Einige aus ihrem engeren Netzwerk waren gestorben, andere hatten sich neu ausgerichtet, wieder andere hatten ihre einflussreichen Positionen eingebüßt oder waren verschwunden, und mit ihnen schwand – wie sie schmerzlich erfahren musste - die Relevanz ihrer Vermittlerrolle. Es entstanden gar neue Netzwerke, die geknüpft wurden ohne sie in irgendeiner Form einzubinden. Dass sie nicht völlig in der Bedeutungslosigkeit verschwunden war, hatte sie der strategisch klugen Auswahl ihres zweiten und dritten Ehemannes zu verdanken.

Sie war äußerst attraktiv, ihre Ehemänner wohlhabend und einflussreich gewesen. Ihr zweiter Mann, Paul, hatte sich allerdings verspekuliert und sein gesamtes Vermögen verloren. Dieser Umstand passte nicht in ihre wohlberechnete Lebensplanung, was auch er schließlich einsehen musste und sich – so viel Taktgefühl war ihm dann doch noch geblieben - diskret aus dem Leben verabschiedete. Dennoch vermochte sie es bis heute nicht, ihm zu vergeben, denn durch ihn hatte sie einmal mehr vor der Bedeutungs- und Mittellosigkeit gestanden. Einmal mehr sah sie sich gezwungen, sich auf irgendeine Weise wieder selbst ins Spiel zu bringen. Sentimentalitäten konnte und wollte sie sich noch nie leisten und Gefühlsduseleien waren, zu ihrem eigenen Glück, noch nie ihre Sache gewesen.

Es hatte schließlich auch nicht lange gedauert, bis sie ein neues lohnendes Ziel vor Augen hatte. Ihn auf sich aufmerksam zu machen, stellte keine wirkliche Herausforderung dar, denn Harry reagierte enttäuschend unmittelbar auf die simpelsten weiblichen Taktiken. Nicht, dass sie überrascht gewesen wäre, denn zum einen hatte sie die Natur augenscheinlich großzügig mit weiblicher Attraktivität bedacht, zum anderen war sie sich der schlichten Reflexstrukturen der meisten ihrer männlichen Zeitgenossen durchaus bewusst. Als Frau, die etwas erreichen wollte, musste sie das schließlich! Wenigstens ließ sich, mit dem Wissen um den Zuschnitt ihres dritten Ehemannes, kalkulieren. Und ihr war vollkommen klar, dass sie ihre Schäfchen im Trockenen haben musste, bevor die Zeit ihr physisches Kapital zu dezimieren begann. Dennoch hatte sie sein hinterlistiges Doppelspiel viel früher als erwartet getroffen. Allerdings war es wohl weniger die Tatsache dieses

Verrats an sich, als der Zeitpunkt, der sie in Rage versetzt hatte.

„Madame, welch' außergewöhnliche und unerwartete Ehre, Sie hier vor meinem Haus anzutreffen. Ich kann doch wohl davon ausgehen, dass Ihre Anwesenheit an diesem Ort nicht dem Zufall geschuldet ist?!"

Überrascht wandte sie sich um.

„Was ist denn nun mit unserer Chefin?", wollte Anne wissen. Obwohl sie zuvor zugestimmt hatte, kommentarlos zuzuhören, gelang es ihr nicht, die Frage zurückzuhalten.

„Leider haben wir darüber bisher keinerlei Information. Aber wir werden mit Hochdruck nach ihr suchen."

Auch nachdem die Polizei bis auf zwei uniformierte Beamten, die zur Sicherheit vor Ort blieben, abgezogen war, blieb die Unruhe im Haus beinahe mit Händen greifbar. Zwar waren die Gäste alle schon lange wieder in ihren Zimmern verschwunden, doch konnten sich Anne, Verena und Alberto sicher sein, dass die wenigsten von ihnen in der Lage waren, tatsächlich Ruhe zu finden. Die drei hatten nun plötzlich auf unbestimmte Zeit die Verantwortung für die Bewirtschaftung und Abläufe eines ganzen Hotels, eines kleinen zwar aber sie waren schließlich alle drei keine gelernten oder erfahrenen Hotelfachkräfte. Keiner von ihnen konnte wissen, wann ihre Chefin wieder auftauchen würde. Sie konnte jeden Augenblick durch die Tür spazieren, doch die Wahrscheinlichkeit eines Meteorit Einschlages war um ein Vielfaches höher einzuschätzen, als die Möglichkeit, dass sie bei ihrer Heimkehr ihre Angestellten mit warmen Worten des Dankes überschütten würde, egal, was sie jetzt tun oder lassen würden.

So sehr sie sich noch vor kurzem gewünscht und sich im jugendlichen Überschwang zugetraut hatten, dieses Haus alleine zu managen, so sehr war ihnen nun bange, denn die Umstände waren natürlich gänzlich andere, als sie es sich vorgestellt und erträumt hatten. Die Problematik begann bereits, sobald Gäste beispielsweise auschecken und bezahlen wollten. Durften sie das Geld entgegennehmen und quittieren? Konnten sie einfach Lebensmittel einkaufen, die sie für das Frühstück brauchten? Wer würde sie bezahlen, wenn das Hotel geschlossen werden musste? Und was zum Teufel war hier eigentlich los? Trugen sie am Ende sogar eine Mitschuld an der Eskalation der Ereignisse? Ständig tauchten neue Fragen auf, doch keine konnte auch nur annähernd befriedigend beantwortet werden.

Verena spürte nun allmählich die Wirkung des Schlafmittels, das ihr der Arzt verabreicht hatte und Anne und Alberto begleiteten sie, links und rechts untergehakt in ihr Zimmer, wo sie sich widerstandslos ins Bett verfrachten ließ. Bis zum Frühstück, dessen Beginn sie, auf Grund der Ereignisse, später als üblich auf acht Uhr anberaumten, blieben ihnen gerade noch zwei Stunden.

Anne und Alberto hatten beschlossen, bis dahin wach zu bleiben und es sich auf dem Sofa in der Lingerie gemütlich gemacht. Kurz vor acht wachte Anne, auf eben diesem Sofa zusammengerollt, auf und weckte Alberto, dessen Kopf etwas verdreht auf ihren Füßen ruhte. Auch er kauerte, wie ein Siebenschläfer zusammengerollt in der Sofaecke und hatte die Arme um seinen eigenen Oberkörper geschlungen. Duschen, Zähneputzen und Anziehen schafften sie in Rekordgeschwindigkeit und Alberto war nicht davon abzubringen, dass ihnen dafür eine Goldmedaille zugestanden hätte.

„Man sollte die Morgentoilette unbedingt zu einer olympischen Disziplin erheben!"

Vor neun war, zu ihrer großen Erleichterung, kein Gast zum Frühstück erschienen und so hielt sich der Stress in Grenzen. Anne stellte Verena, die noch selig schlummerte, ein Frühstück neben das Bett. Als sie anschließend mit Alberto in der Küche saß, nahm sie erstaunt ihren eigenen und Albertos ungeheuren Appetit zur Kenntnis. Die Aufregung der Nacht hatte ihnen augenscheinlich nicht auf den Magen geschlagen. Die beiden Polizisten, die als Wachen im Haus zurückgeblieben waren, ließen sich nur zu gerne mit Kaffee und Croissants verköstigen, bevor sie endlich Feierabend machen durften.

Im Frühstücksraum waren die Ereignisse der letzten Nacht das Gesprächsthema Nummer eins. Die Stimmung schwankte zwischen Verwirrung und Erregung. Unzählige Fragen stürmten auf Anne und Alberto ein, die sie nur teilweise beantworten konnten oder wollten. Lediglich die Einzelheiten, die für die Gäste von Bedeutung waren, gaben sie weiter. Sie wollten die Entscheidung darüber, was an Details an die Öffentlichkeit gelangen sollte, lieber der Polizei überlassen. So waren sie letztlich auch mit Kommissar Stocker verblieben. Im Großen und Ganzen war es den beiden aber gelungen, den Ball einigermaßen flach zu halten und die Leute zu beruhigen. Entsprechend hielt sich die Aufmerksamkeit der Gäste an der Oberfläche des für sie erkennbaren Geschehens.

Erkennbar schien für diese folgender Sachverhalt: Es hatte in der Nacht einen dreisten Einbruchsversuch in die Privaträume der abwesenden Madame Hoover gegeben. Dank des beherzten Eingreifens der zufällig und für den Täter unerwartet auftauchenden Angestellten Verena, die dabei verletzt worden war, konnte der Versuch vereitelt und der Einbrecher vertrieben werden. Gäste, die vom Lärm wachgeworden waren, hatten die Polizei alarmiert. Der Täter war flüchtig. Die Bemerkung, Madame Hoover hätte aus familiären Gründen kurzfristig verreisen müssen, reichte offenbar, ihre Abwesenheit zu begründen. Niemand schien sie wirklich zu vermissen und keiner machte Anstalten, weiter nachzuhaken. Die Existenz eines Monsieur Suter, hatte die Mehrzahl der Urlauber noch gar nicht zur Kenntnis genommen und so blieb auch seine Absenz unbeachtet.

Die beharrliche Betriebsamkeit des Ehepaars Lehmann schien offenbar niemanden stutzig gemacht oder irritiert zu haben, denn keine Frage wurde zu diesem Thema gestellt. Überhaupt setzte sich bei Anne und Alberto der Empfindung durch, dass alle mit sich und dem eigenen Schrecken beschäftigt waren. So schienen den Gästen die Ungereimtheiten der Geschichte gar nicht aufzufallen. Anne und Alberto drängte es auf keinen Fall danach, schlafende Hunde zu wecken und auch nur einen Krümel mehr preiszugeben als unbedingt nötig.

Was hätten sie auch sagen oder zur Klärung beitragen können? Selbst das, was sie wussten, trug eher zur Konfusion denn zur Erhellung bei. Bisher türmte sich lediglich Rätsel auf Rätsel. Und überhaupt, nichts aber auch gar nichts schien sie einer Aufklärung näher zu bringen.

Als die Hausgäste sich in alle Richtungen zerstreut hatten, und bevor die Beiden die Küchen- und Zimmerreinigung in Angriff nahmen, sahen sie nach Verena, die gerade erwacht und schwer davon zu überzeugen war, dass für sie momentan absolute Bettruhe und nichts anderes auf der Tagesordnung stand.

„Schließlich haben wir ein reges Interesse an deiner raschen Genesung. Arbeitskräfte sind zu den hausinternen Tarifen schließlich rar gesät. Also tu was wir dir sagen, dann stehst du bald wieder als Haussklavin zur Verfügung."

Alberto konnte Annes Einschätzung nur zustimmen und drohte mit Essensentzug, sollte sich Verena nicht an die Anweisungen halten. Eine schwerere Strafe war für ihn kaum vorstellbar gewesen. Für Verena stellte sich das gegenwärtig eher nicht als Drohung dar, denn sie hatte ohnehin keinen Appetit. Trotzdem ergab sie sich, mehr oder weniger freiwillig, letztlich doch der Argumentation ihrer Schwester und ihres Kollegen.

Die Arbeit ging ihnen routinemäßig gut von der Hand. Obwohl sie nur zu zweit waren, erledigten sie ihre täglichen Arbeitsabläufe, ohne in Stress zu geraten. Zwischen Küchen- und Zimmerreinigung kontrollierten sie die Vorräte, eine weitgehend überflüssige Tätigkeit, denn zum einen war von allem noch genügend auf Lager, zum anderen wäre ein Einkauf ohnehin schwierig geworden, solange die Finanzierung nicht geklärt war. Nur der Bäcker lieferte täglich nach Bestellung, alle anderen Ausgaben waren einstweilig gestrichen.

Kurz nach dem Mittagessen, das aus Vanillepudding und eingemachtem Obst bestanden hatte, tauchten schließlich Christa Bender und Urs Thöni alias Ehepaar Lehmann auf. Ihr Zimmer war immer noch mit ihren Sachen belegt, allerdings war es den Rest der vergangenen Nacht unberührt geblieben. Beide setzten sich zu Anne, Alberto und Verena, die nicht länger alleine in ihrer Besenkammer vor sich hinvegetieren wollte, in die Küche. Die Unsicherheit der Drei, wie sie nun mit den beiden Polizisten umgehen sollten, war nicht zu übersehen. Einerseits fühlten sie sich ein bisschen an der Nase herumgeführt, andererseits hatten diese mit ihrer Anwesenheit und ihrem Eingreifen in der vergangenen Nacht möglicherweise Schlimmeres verhindert, vielleicht sogar Verena das Leben gerettet. Der Gedanke war für die Drei so beängstigend, dass sie ihn am liebsten verdrängt hätten. Spätestens jedoch mit der Rückkehr der fiktiven Lehmanns, war das unmöglich geworden.

„Wir wollten Sie nicht anschwindeln aber wir hatten leider keine Wahl."

Kommissarin Bender hatte den Kopf leicht zur Seite geneigt. Ihr Blick wanderte von Anne über Verena zu Alberto. Ihr Versuch die Atmosphäre ein wenig zu entspannen war offenbar von Erfolg gekrönt, denn Anne stellte sowohl ihr als auch Herrn Thöni eine Tasse Kaffee vor die Nase.

„Statt Friedenspfeife", kommentierte Alberto.

„Ist auch gesünder!" Frau Bender griff dankbar lächelnd nach ihrer Tasse und nippte vorsichtig.

„Leider haben wir noch keine Vorstellung davon, wo sich Ihre Chefin aufhalten könnte. Unsere Suche verlief bislang erfolglos. Sie ist wie vom Erdboden verschluckt."

„Was machen wir nun mit dem Hotel? Wir können ja nicht einfach so tun, als wäre alles in Ordnung. Der Betrieb läuft im Moment zwar noch reibungslos aber es gehört uns ja nicht. Und irgendwann wollen die Lebensmittel-, die Wasser- und Stromlieferanten und was weiß ich, wer noch alles, Geld haben. Gäste werden ihre Rechnungen begleichen und Quittungen haben wollen. Es werden Fragen gestellt werden. Wie soll das denn alles weitergehen?"

Anne hob verzweifelt die Arme und sah den beiden Beamten fragend entgegen. Statt einer Antwort legten die beiden ratlos ihre Stirn in Falten.

„Und unser Gehalt muss ja auch irgendjemand zahlen", ergänzte Verena und blickte alarmiert in die Runde. Diesen Aspekt hatte sie noch gar nicht bedacht. Der Gedanke daran, eventuell die ganze Zeit umsonst gearbeitet zu haben, versetzte sie blitzartig in erhebliche Unruhe, schließlich hatte sie ihre Einkünfte schon fest verplant.

Derartige Entscheidungen mussten auf jeden Fall an höherer Stelle getroffen werden. Auch wenn die beiden Kommissare gerne Antworten geliefert hätten, sie konnten und sie durften es nicht. Die gesamte Situation war einfach nur skurril. Dass ihre Fälle selten Lehrbuch-konform verliefen, damit konnten die beiden Polizisten inzwischen ganz gut umgehen. Das brachte niemanden ernsthaft aus dem Konzept, denn es war beruflicher Alltag. Doch dieser Fall, mit dem sie eigentlich schon länger beschäftigt waren, hatte mit einem Schlag eine Eigendynamik entwickelt, die alle Beteiligten zu überfordern schien. Nachdem diese drei jungen Leute ihre Aktivitäten entwickelt hatten, deren Tragweite sie selbst am allerwenigsten beurteilen und begreifen konnten, war aus sachlichem Agieren, umsichtiger und vorsichtiger Recherche, mit einem Mal ein aufgeregtes und fieberhaftes Reagieren geworden. Und jetzt waren Viktor Suter und Helene Hoover, die beiden Personen, denen sie in ihren Ermittlungen einen beachtlichen Teil der Aufmerksamkeit hatten zukommen lassen, von der Bildfläche verschwunden und ihre ganze mühsam aufgebaute Taktik war von jetzt auf gleich für den Müll. Trotzdem konnte man es den drei Hobbydetektiven nicht wirklich verübeln. Sie zeigten sich extrem neugierig und ebenso wagemutig. Sie hatten Ungereimtheiten entdeckt und versucht diesen auf den Grund zu gehen. Alles nachvollziehbar. Sie waren jung, geradeheraus, erfrischend reaktionsschnell, geistreich und witzig. Kurzum, ob man es wollte oder nicht, man musste sie einfach mögen. Und das taten die beiden Polizisten, auch wenn sie ihnen die Arbeit nicht gerade einfacher machten. Sogar ihr Chef, Beat Stocker, schimpfte zwar gewaltig aber es war ihm bei aller Mühe nicht gelungen, seine Sympathie für die Drei gänzlich zu verbergen, jedenfalls nicht vor seinen langjährigen Kollegen.

📖

Beat Stocker hatte in diesem Drama, als zuständiger Chefermittler der Bundespolizei, im Grunde den schwierigsten Part von allen. Er versuchte nicht nur in nervenaufreibender Kleinarbeit die Strukturen und Verflechtungen dieses rechtsideologischen Morasts zu durchdringen und die demokratische und rechtsstaatliche Ordnung zu schützen. Er kämpfte gleichzeitig gegen erhebliche, mehr oder minder verschleierte Widerstände und verdeckte Sabotageaktionen aus Geheimdienst- und politischen Führungskreisen. Dagegen erschien ihm Don Quichotte, der auf seinem Pferd Rosinante gegen Windmühlen ankämpfte, wie Hannibal auf seinem Triumphzug. Nie hätten Stocker und seine engsten Mitarbeiter auch nur entfernt daran geglaubt, dass innerhalb der vermeintlich so vorbildlichen, neutralen und demokratischen Schweiz, ein reaktionärer Filz Hand in Hand mit Machenschaften und Verflechtungen am Rande der Legalität oder gar darüber hinaus existierten.

Mehr als einmal liefen ihre Nachforschungen und Abhörmaßnahmen ins Leere, weil die Zielpersonen offensichtlich gewarnt waren, Beweismittel verschwanden auf unerklärliche Weise, notwendig erscheinende Befragungen und Durchsuchungen wurden von der Staatsanwaltschaft unterbunden. Die Liste ließ sich problemlos fortführen. Der Kreis der Mitarbeiter, die er als vertrauenswürdig einstufte war inzwischen recht überschaubar. Bender und Thöni gehörten in jedem Fall dazu und beide zeigten sich immer wieder dieses Vertrauens würdig. Auch ihnen waren die heiklen Verhältnisse, in denen sie sich mit ihren Ermittlungen bewegen mussten, bewusst. Auch sie machten mehr als einmal die Erfahrung, dass es durchaus hochrangig angesiedelte Interessen gab, ihre Arbeit und die damit verbundenen Ziele zu torpedieren und die Aufklärung zu behindern.

Von außen betrachtet hatte sich im Hotelbetrieb nichts verändert. Es sah noch genauso aus, wie vor zwei Tagen. Die Betriebsabläufe funktionierten reibungslos. Die Gäste waren tagsüber unterwegs und stellten erstaunlich wenige Fragen, was es Anne, Alberto und Verena, die nun den Rezeptionsdienst ganz übernommen hatte, erleichterte, die Fassade aufrecht zu erhalten. Verena hatte sich geweigert, in ihrem Schuhkarton zu verschimmeln, und so wurde sie kurz entschlossen an die Rezeption verbannt, wo sie sich wenig bewegen musste und samt ihrer Gehirnerschütterung eine faire Chance auf Rekonvaleszenz hatte.

Die drei Angestellten arbeiteten unverändert ihre tägliche Tätigkeitsliste ab, von der ihre Chefin immer geglaubt hatte, ohne ihre nachdrücklichen Anweisungen und strenge Aufsicht würde das niemals gelingen. Die Drei hatten sich dagegen nichts mehr gewünscht, als einfach nur in Ruhe gelassen zu werden. Genau das war nun der Fall. Und jetzt fühlten sie sich plötzlich niedergedrückt, verzagt und alleine gelassen. Alles erschien so unwirklich und sie hätten einiges darum gegeben, wenn sie aufgewacht wären und festgestellt hätten, dass diese ganze Geschichte nur ein böser Traum war. Aber das passierte nicht, und weil sie auch sonst keinerlei Handlungsanweisung bekamen, beschlossen sie, eine eigene Verfahrensstrategie zu entwickeln. Zunächst wiesen sie alle eingehenden Zimmeranfragen zurück. „Es tut mir leid, wir sind völlig ausgebucht", war Verenas Standardsatz, den sie mechanisch abspulte, sobald sich jemand telefonisch oder vor Ort nach einem Zimmer erkundigte.

Es war ohne Klärung der Eigentums- und Besitzverhältnisse unmöglich zu planen. Sie konnten nicht die Verantwortung für ein, ihnen unbekanntes Konstrukt übernehmen und einen Betrieb fortführen, dessen Fortbestand ungeklärt und außerdem ungewiss war. Ebenso wenig geklärt war die nicht ganz nebensächliche Frage ihrer Bezahlung. Möglicherweise hatte ihre Chefin schlicht kein Interesse mehr am Hotelbetrieb und allem, was damit zusammenhing.

Noch während sie sich um die Abläufe der nächsten Stunden und Tage die Köpfe zerbrachen, schneite Beat Stocker ins Haus und gesellte sich zu den Dreien in den Wintergarten, wo Anne und Alberto parallel zum Staub- und Bodenwischen und dem Reinigen von Tischen und Stühlen dabei waren, ihre eigene Situation zu analysieren. Verena, die auf einem bequemen Stuhl am Fenster saß, beteiligte sich an der Diskussion, nicht jedoch an der Reinigungsaktion.

„Es ist wie verhext", eröffnete der Kommissar das Gespräch, „wir haben überhaupt keine Anhaltspunkte, wo sich Ihre Chefin aufhalten könnte!" Stocker wirkte gehetzt, übermüdet und ganz und gar nicht so, wie der Heilsbringer, den sich das Trio erhofft hatte.

„Wem gehört denn nun unser Hotel?", fragte Verena. Möglicherweise gab es ja außer ihren verschwundenen Arbeitgebern, noch weitere Teilhaber. Dann würde vielleicht irgendjemand die Entscheidung darüber übernehmen, ob und wenn, wie der Betrieb aufrechterhalten oder eingestellt werden sollte, was wenigstens den gegenwärtigen Status der drei Angestellten definiert hätte.

„Das Hotel gehört zu gleichen Teilen Madame Hoover, die den Anteil von ihrem verstorbenen Mann erbte und Theresa Martinez, einer Nichte von

Viktor Suter, der er seine Hälfte vor kurzem über-schrieben hat."

„Das ist der Hammer!" Anne war völlig geplättet. „Ich hatte nicht den Eindruck, dass Theresas Leiden-schaft für das Hotel besonders ausgeprägt war. Ob sie von ihrem Glück überhaupt weiß? Oder Madame Hoover?"

„Die Frage, wer was worüber weiß, kann ich Ihnen nicht beantworten. Sobald ihre Chefin wieder auf-taucht, werden wir dies aber vorrangig klären."

„Haben Sie sie denn schon zur Fahndung ausge-schrieben?", wollte Alberto wissen.

Der Kommissar hatte Mühe, sich ein Grinsen über Albertos Fernsehkrimi - Fachjargon zu verkneifen.

„Bisher gilt Ihre Chefin noch nicht als vermisst, denn erwachsene Menschen sind durchaus berech-tigt, ein paar Tage auszuspannen, ohne sich dafür be-hördlich abmelden zu müssen, zumal wenn sie einen harten beruflichen Alltag mit anstrengenden Ange-stellten zu bewältigen haben."

Jetzt hatte sich das Schmunzeln über das ganze Gesicht ausgebreitet, was Alberto leicht irritierte.

„Spaß beiseite, wir suchen natürlich aber das ist keine Sachlage für eine offizielle Fahndung."

Verena runzelte die Stirn. „Wir hängen hier aller-dings ziemlich in der Luft und sitzen, wie ich das so sehe, juristisch zwischen allen Stühlen. Für uns ist das nicht so richtig lustig, Herr Kommissar!"

„Das ist mir durchaus bewusst. Aber im Augen-blick sehe ich keine befriedigende Alternative. Wir erkennen das Dilemma. Natürlich werden wir Sie nicht im Regen stehen lassen. Wir bitten Sie nur darum, noch ein wenig durchzuhalten und für ein paar Tage einfach wie bisher weiterzumachen."

Die Entscheidung dieser Bitte nachzukommen fiel schon deshalb nicht allzu schwer, weil die Drei bisher ohnehin keinen Plan B in der Tasche hatten. Was hätten sie anderes tun sollen? Natürlich bestand die Möglichkeit, sich auf den Heimweg zu machen und das Kapitel damit endgültig abzuschließen aber drei Dinge sprachen dagegen: erstens ihre Neugier. Sie wollten gerne wissen, was hinter all dem steckt und wie die Geschichte weitergeht; zweitens waren noch einige Gäste im Haus, sie wegzuschicken wäre ihnen schwergefallenen. Die Arbeit war ja mittlerweile Routine und ganz gut zu bewältigen. Und drittens hätten sie sehr ungern so ohne weiteres auf ihren Lohn verzichtet. Immerhin bestand wenigstens ein Funke Hoffnung, dass dafür in absehbarer Zeit eine Lösung gefunden würde.

„Frau Bender und Herrn Thöni würde ich gerne erst mal hier einquartiert lassen. Ich vermute, dass bisher, außer Ihnen, Keinem deren Zugehörigkeit zur Polizei aufgefallen ist. Mir wäre wohler, wenn wenigstens in der Nacht Beamte zur Sicherheit im Haus blieben. Wir rechnen zwar nicht mit einem zweiten Einbruchsversuch aber ganz ausschließen können wir das eben auch nicht, zumal wir bisher nicht wissen, was der Einbrecher eigentlich gesucht hat."

Herr Stocker kündigte bei dieser Gelegenheit auch gleich an, dass noch am selben Tag weitere Kollegen ins Hotel kämen, um die Räume von Madame Hoover und Monsieur Suter nach Dingen oder Unterlagen zu durchsuchen, die im Visier des Einbrechers oder dessen Auftraggeber sein könnten. Irgendeinen Grund musste es schließlich geben, ein solches Risiko einzugehen. Ein Durchsuchungsbefehl läge zwar nicht vor aber er könne die Maßnahme halbwegs mit dem vermuteten Sachverhalt der Gefahr in Verzug rechtfertigen.

Kaum hatte er seine Erklärung beendet, erschienen auch schon drei Herren in Zivil, die sich umgehend an die Arbeit machten. Verena war gerade dabei zu erklären, dass kein Schlüssel für das Appartement des Chefs verfügbar sei, da war die Tür auch schon offen. „Gefahr in Verzug!", beantwortete einer der Beamten schmunzelnd Verenas verblüfften Blick. Zwei der Herren durchstöberten Viktor Suters Appartement. Der Kommissar selbst machte sich im Zimmer der Chefin auf die Suche nach irgendeinem Hinweis. Tonnenweise Geschäftsunterlagen, Ordner, Korrespondenz, die fein säuberlich alphabetisch geordnet abgeheftet war, zwei private Fotoalben mit, auf den ersten Blick, nichtssagenden null acht fünfzehn Motiven, sehr wenige Bücher, darunter Nachschlagewerke, Atlanten, kaum Belletristik und eine Reihe von Chroniken aus einer Buchclub-Reihe. Nichts, was auf ein persönliches Interessengebiet oder gar Hobby schließen ließ. Kleider- und Schuhschrank waren üppig bestückt aber was hier fehlte, war das Individuelle, der Ausdruck einer Persönlichkeit. Die Einrichtung war durchaus geschmackvoll und ganz sicher teuer aber das war es dann auch.

„Hier drinnen kannst du bei 37 Grad Außentemperatur erfrieren!" Der Kollege wollte eigentlich einen Scherz machen, aber er traf mit diesem Vergleich so zielsicher ins Schwarze, dass Anne, die am Türrahmen lehnend die Männer beobachtete und Beat Stocker unwillkürlich ein flüchtiges Frösteln überkam.

Je mehr Zeit ergebnislos bei der Phantomsuche verstrich, desto deutlicher sank der Stimmungspegel der Beamten. Die gelegentlichen Scherze wurden von unwilligem Murren abgelöst. Um die Herren bei Laune zu halten, versorgten Alberto und Anne die vier mit Kaffee und Keksen, was wenigstens eine bescheidene Hebung der Laune bewirkte.

„Hier gibt es alles, was das anspruchsvolle Damenherz begehrt: Schmuck, teure Kleidung, Schuhe für die man ein ganzes Leben braucht, um sie alle einmal zu tragen. Das Badezimmer ist vollgestopft mit einer Unmenge Kosmetikartikel. Wahrscheinlich konnte die hiesige Drogerie nur Dank Madame Hoover überleben. Aber es gibt überhaupt nichts, das uns in irgendeiner Form weiterbringen könnte. Kaum Persönliches finden wir unter all dem Plunder!"

Kommissar Stockers Frustrationsgrenze schien eindeutig überschritten. Unwirsch stellte er seine Kaffeetasse auf ein halbrundes Tischchen, das an der Wand zwischen zwei Fensternischen ein nutzloses Dasein fristete. Das heißt, er beabsichtigte die Tasse dort abzustellen. Seine Augen jedoch waren gleichzeitig auf seine Kollegen gerichtet, die dabei waren allerlei Schubladen und Schränkchen zu durchwühlen. Die Tasse kippte, noch bevor der Kommissar reagieren konnte, zur Seite, landete weich auf einem edlen Seidenteppich, während sich der Inhalt auf ebendiesem ergoss und mehrere unansehnliche braune Flecken darauf zurückließ.

„Verdammter Mist! Merde!" Alberto reagierte sofort, hechtete ins Badezimmer, griff das erste Handtuch, das ihm zwischen die Finger kam, um damit die Flüssigkeit aufzutupfen. Anne hatte inzwischen ein Salzfässchen aus der Küche herangeholt und reichte es Alberto, der gleich die Flecken mit Salz bestreute, um eine Verfärbung des Teppichs zu verhindern. Beat Stocker blickte betreten auf Alberto hinab, dieser schob das Handtuch unter das edle Stück. „Autsch!" Alberto zog die rechte Hand zurück und versuchte einen Holzspreißel aus seinem Finger zu zupfen. Als ihm das mit Annes Hilfe endlich gelungen war, schlug er den Teppich hoch und betastete das darunterliegende Parkett.

„Kein Wunder, dass an dieser Stelle ein Läufer liegt, der Fußboden ist hier nicht ganz plan." Er hatte seinen Satz kaum beendet, da hielt Alberto für einen Augenblick inne. „Anne, reiche mir bitte mal den Brieföffner vom Schreibtisch."

Anne erfüllte seinen Wunsch, und im nächsten Moment standen alle wie elektrisiert um ihn herum und beobachteten, wie Alberto ein Klötzchen des Parkettbelags mit dem Brieföffner anhob, um es dann mit der anderen Hand zu fassen und herauszuziehen.

„Mamma mia!" Alle starrten auf Albertos Hand, die einen winzigen Gegenstand aus der Öffnung herausbeförderte.

„Das ist ein Schlüssel!" Die Feststellung eines der Polizisten war so korrekt wie überflüssig, denn es war für alle offensichtlich. Der Schlüssel war ziemlich flach und klein, obendrein war er mit einer eingekerbten Nummer versehen.

„Das könnte der Schlüssel zu einem Schließfach sein." Auch Annes Befund blieb unwidersprochen. Die große und diffizile Frage, die sich jetzt stellte war: wo war das entsprechende Schließfach?

„Ich fürchte, die weitere Suche nach einem Motiv für den Einbruch in dieses Appartement, können wir uns sparen. Jetzt wird es wohl mühseliger! Bleibt uns in diesem Fall denn gar nichts erspart?" Beat Stocker wirkte beim Gedanken an die bevorstehende Suche des passenden Schließfaches ziemlich genervt, obwohl er auf der anderen Seite erleichtert war, überhaupt einen Anhaltspunkt gewonnen zu haben. Und eines schien nun sicher: Madame Hoover versuchte ziemlich gründlich etwas zu verbergen, denn anders war das Versteck und der Fund kaum zu interpretieren. Wer verbirgt den Schlüssel eines Schließfaches so aufwändig, wenn es da nichts Bedeutsames zu verstecken gibt?!

„Jetzt geht es erst richtig los, meine Herren!" Die beiden angesprochenen Kollegen legten die Stirn in Falten und ließen sich auf ein Sofa niedersinken.

📖

Als Anne, Verena und Alberto wieder unter sich waren, verschlossen sie wieder fein säuberlich die Tür zu Madame Hoovers Appartement. Einer der Beamten hatte, bevor sie sich verabschiedeten, das Schloss zum Ladengeschäft ausgetauscht und Anne den Schlüssel anvertraut. Die Polizei rechnete zwar nach dem ganzen Aufruhr nicht damit, dass ein weiterer Einbruchsversuch stattfinden würde aber sicher war sicher. Oder auch nicht, denn es war genauso gut möglich, dass jemand der den Ladenschlüssel hatte, auch den zum Haupteingang besaß. Dieses Schloss auszutauschen hätte allerdings noch mehr Unruhe unter den Gästen ausgelöst. Zwei Beamte blieben ja ohnehin im Hotel wohnen und so schien das Risiko überschaubar.

An diesem Abend erlebten die Drei bereits die nächste Überraschung. Gerade hatten sie gemeinsam zu Abend gegessen, als das Telefon klingelte. Nicht etwa ein potentieller Hotelgast meldete sich in der Leitung, um nach einem freien Zimmer zu fragen. Es war Albertos Vater, der zum ersten Mal, seit Alberto in Montreux angekommen war, anrief und seinen Sohn ans Telefon verlangte.

Etwas verdutzt übernahm Alberto den Hörer von Verena, die nicht weniger erstaunt das Telefongespräch entgegengenommen hatte. Sie zog sich mit ihrer Schwester sogleich wieder in die Küche zurück und hörte durch die geschlossene Tür die immer lebhafter klingende Stimme ihres Kollegen. Weder Anne, noch Verena verstanden Italienisch, schon gar nicht Sizilianisch, dass dies allerdings kein harmonisches Vater-Sohn-Geplauder war, konnten die beiden kaum überhören, auch wenn Alberto in seiner Muttersprache immer etwas energischer klang als in Deutsch oder Französisch. Kurze Zeit später war es plötzlich still und die Tür wurde schwungvoll aufgestoßen. Alberto warf sich auf seinen Stuhl und knurrte verärgert irgendetwas Unverständliches vor sich hin. Die beiden Mädchen beobachteten ihn aufmerksam und warteten ab. Sie stellten keine Fragen. Es war offensichtlich, dass er einen Moment zur Beruhigung brauchte und die Beiden vermuteten, dass er anschließend von sich aus erzählen würde. Genauso geschah es auch. Alberto holte mehrmals tief Luft, stieß sie wieder aus und berichtete über das Gespräch mit seinem Vater.

„Mein Vater fragte weder, wie es mir geht, noch hielt er sich mit einer freundlichen Begrüßung auf. Er forderte mich im ersten Satz auf, sofort zurück zu kommen. Die Frage, wie es zu diesem Sinneswandel gekommen sei, blockte er ab und meinte, er hätte mir nichts zu erklären. Immerhin sei er mein Vater und so lange ich nicht auf eigenen Füßen stünde, hätte ich ihm zu gehorchen."

„Hoppla!" Verena hatte aufmerksam zugehört und Alberto genau im Auge behalten. Sie kannte ihn inzwischen gut genug, um seine emotionale Zerrissenheit zu erfassen. Ein tiefes Gefühl des Mitleids und der Wärme überkam sie völlig unvermittelt.

„Was hast du jetzt vor? Vielleicht ist es wirklich besser, wir beenden das hier und kehren alle wieder nachhause zurück." Überzeugt von dem, was sie sagte, war Verena nicht, und es klang auch nicht wirklich überzeugend, aber dass es in jedem Fall die vernünftigere Variante wäre, diese Auffassung vertrat sie durchaus in vollem Ernst. Auch Anne erkannte den Konflikt, in dem Alberto steckte und stimmte ihrer Schwester zu, denn beiden war klar, dass Alberto der Aufforderung seines Vaters nicht nachkommen würde, wenn sie, die beiden Schwestern, dableiben würden. Sie wollten ihm die Entscheidung leichter machen und seinen Beschützerinstinkt elegant aushebeln. Doch so leicht ließ sich ihr Freund und Kollege nicht überlisten. Mit einer völlig unerwarteten akrobatischen Bewegung, die John Travolta vor Neid hätte erblassen lassen, drehte er sich zweimal um die eigene Achse, kam ebenso abrupt wieder zum Stehen und sah den beiden mit einem amüsierten Grinsen entgegen.

„Ihr haltet mich wohl für einen absoluten Trottel! Glaubt ihr, ich durchschaue eure Strategie nicht? Nein das könnt ihr vergessen. Ich möchte später meinen Enkeln diese Geschichte erzählen und zwar von Anfang bis zum Schluss. Wie sieht das denn aus, wenn ich sage, den Rest habe ich leider nicht mitbekommen, weil mein Papa mich nach Hause befohlen hat."

Anne und Verena brachen in schallendes Gelächter aus und Alberto konnte nicht anders, als mitzulachen. Als sie sich Minuten später endlich wieder einigermaßen beruhigt hatten, berichtete Alberto etwas ausführlicher von dem eigenartigen Telefongespräch mit seinem Vater. Das Telefonat hatte in ihm den Verdacht intensiviert, dass dieser besser über Viktor Suter informiert war, als er je zugeben würde. Wieso und woher, sinnierte Alberto, konnte er wissen, dass etwas Ungewöhnliches im Florentine vor sich geht. „Als berüchtigter Kaffeesatzleser war mein Erzeuger bisher jedenfalls nicht in Erscheinung getreten."

Zwar hatte sein Papa nicht expressis verbis davon gesprochen aber seine Nervosität und diese überraschende Abberufung nach Hause, wie auch die Vehemenz mit der er diese verfocht, zeigte, dass er auf jeden Fall immerhin einen Informanten haben musste. Sein Vater hatte Albertos Frage, aus welchem Grund er so unvermittelt nach Hause zurückkehren sollte, nicht plausibel beantwortet.

„Deine Mutter braucht dich, und im Übrigen bin ich nicht bereit, meine Entscheidungen mit dir zu diskutieren. Das kannst du später mit deinen eigenen Kindern praktizieren, wenn du das für sinnvoll hältst. Ich erwarte dich in spätestens drei Tagen in Catania!"

„Hat dein Vater denn überhaupt keinen Grund für seinen Sinneswandel genannt?", wollte Anne wissen.

„Il Padre begründet nicht, er befiehlt! Aber schon die Tatsache, dass er angerufen hat ist für mich Beweis genug, dass Kommissar Stocker recht hatte mit seiner Befürchtung, dass mein Vater mit Monsieur Suter unter einer Decke steckt."

Alberto war ganz und gar bewusst, dass sein Entschluss, sich dem Diktat seines Vaters zu widersetzen, auf Kosten seiner Mutter gehen würde. Der Vater würde ihr heftige Vorwürfe machen und sie wegen der laschen Erziehung ihres Sohnes beschimpfen. Auf der anderen Seite war er sich ziemlich sicher, dass seine Mutter seine Entscheidung nachvollziehen konnte. Er wusste, sie würde ihn verstehen. Wahrscheinlich würde sie genau das von ihm erwarten.

Die Drei hatten gerade beschlossen schlafen zu gehen, als das „Ehepaar Lehmann" alias Christa Bender und Urs Thöni durch die Tür kam. Herr Stocker hatte ja bereits angekündigt, dass die beiden zur Sicherheit weiterhin die Nächte im Haus und in ihrem Zimmer verbringen würden. Auch wenn niemand wirklich damit rechnete, dass es nochmal einen Einbruchsversuch geben würde, war das Trio doch irgendwie erleichtert über die Vorsichtsmaßnahme. Das Angebot, ihnen ein zweites Zimmer zur Verfügung zu stellen, wo sie ja in Wirklichkeit kein Paar waren, lehnten die beiden dankend mit dem Hinweis auf unnötige Aufwendungen und Umstände ab. Sie hätten sich bereits recht gut in dieser Konstellation arrangiert und auf Ewig sei die Situation ja schließlich auch nicht angelegt.

Kurz darauf herrschte Ruhe im Haus und alle schliefen in der Hoffnung ein, dass die Ungewissheit bald ein Ende haben würde.

Obwohl am nächsten Tag nach dem Frühstück ein Teil der Gäste planmäßig abreiste und damit die Hälfte der Zimmer unbewohnt waren, konnten die Drei über Mangel an Arbeit nicht klagen. Verena durfte nach wie vor nur leichte Arbeiten übernehmen und sollte sich möglichst wenig bewegen. Es fiel ihr, nach anfänglichem Widerspruch, nicht allzu schwer Annes und Albertos Bevormundung zu akzeptieren, denn jede Bewegung provozierte unangenehme Kopfschmerzen.

Weder erhielten die Drei Informationen über den Fortgang der polizeilichen Ermittlungen, noch geschah irgendetwas Ungewöhnliches im Haus.

Um nicht in ermüdender Routine umzukommen, wechselten sich Alberto und die beiden Mädchen ab, damit jeder zwischendurch einige Stunden außerhalb des Hotels ausspannen konnte. Ein wenig Tapetenwechsel war im Augenblick sehr willkommen. Sogar Verena wagte sich nach ein paar Tagen alleine, mit ihrer Schwester oder mit Alberto in die Stadt oder die nähere Umgebung. Es ging ihr von Tag zu Tag besser und die Kopfschmerzen traten - zu ihrer eigenen Beruhigung - immer seltener auf. Anne verbrachte das Wochenende mit ihrem Freund und erhoffte sich dadurch ein bisschen Ablenkung.

Statt sie auf andere Gedanken zu bringen, fragte er sie allerdings unablässig aus, denn im Ort hatten Gerüchte über den Einbruch im Florentine und über die rätselhafte Abwesenheit der beiden Chefs die Runde gemacht. Jacques spürte anscheinend, dass ihm Anne nur die offizielle Version und diese auch nur unwillig auftischte, was letztlich das Wochenende ziemlich verhagelte, denn *sie* hatte sich von ihrer gemeinsam verbrachten Zeit Ablenkung, *er* hingegen aktuelle Berichterstattung erhofft.

Einen Abend in der folgenden Woche verbrachten Anne, Alberto und Verena sogar gemeinsam beim Eis essen und überließen das Hotel, mit verschlossener Eingangstür und unbesetzter Rezeption, sich selbst.

Nur noch sechs der Gästezimmer waren bewohnt, darunter das der beiden Polizisten. Trotzdem vernachlässigten die Drei nicht im Geringsten ihre gewohnten und zusätzlich die ungeübten Gastgeber-Pflichten. Es war nun absehbar, dass es in Kürze keine Gäste mehr im Haus geben würde und dieser Tatbestand war gerade das Thema, das die Drei beim Mittagessen erörterten, als Beat Stocker aufgeregt ins Haus geschneit kam.

„Ich bin gut angekommen. Die Verbindlichkeiten konnten zunächst alle beglichen werden und Reserven für neue Projekte sind ebenfalls angelegt. Die Familie hatte alles für meine Ankunft vorbereitet. Alles zu meiner vollsten Zufriedenheit."

„Das freut mich, zu hören. Auch ich war nicht ganz untätig. Leider machte mir die Familie zuhause nicht so viel Freude. Nun ja, ich kam nicht umhin, äußerste Strenge walten zu lassen. Unangenehm aber der Spross ließ mir keine Wahl. Nun bleibt mir nichts übrig, als abzuwarten, welche Konsequenzen sich daraus ergeben werden."

„Ist denn Ungemach in dieser Angelegenheit zu erwarten?"

„Ich bin überzeugt, dass letztlich ein Sturm im Wasserglas daraus werden wird, denn die Netze sind nach wie vor intakt und werden das ein oder andere Störfeuer im Zaum halten."

„Das wäre ja dann noch einigermaßen erfreulich. Auf kurz oder lang hätten Sie durchgreifen müssen, um den Familienverband zusammen zu halten. Ich habe auch meinen italienischen Onkel gebeten, seine Angehörigen wieder nachhause zu berufen."

„Das kann sicher nicht schaden. Doch macht mir das im Augenblick keine großen Sorgen."

„Auf bald, Patron."

„Auf bald."

„Wir haben sie gefunden!" Mit diesem Pauken-schlag ließ sich der Kommissar auf einen der freien Stühle fallen und wischte sich mit einer erschöpften Geste die Haare aus der Stirn. Alle Drei stellten au-genblicklich ihre Unterhaltung ein. Es war, als hätte jemand die Pause-Taste gedrückt. Weder war ein Laut zu hören, noch eine Bewegung wahrzunehmen. Nichts als bange Erwartung lag in der Luft und es schien, als könnte die eingetretene Schockstarre den Augenblick fernhalten, der die Befürchtungen in Ge-wissheit wendet. Alberto löste endlich die Pause-Taste. „Sie lebt nicht mehr, oder?!"

Die Worte trafen Anne und Verena wie ein Strom-schlag und beide sahen erschrocken zuerst ihren Kol-legen, dann den Kommissar an, der lediglich mit ei-nem verhaltenen Nicken antwortete. Mit geschlosse-nen Augen massierte er seine Schläfen und richtete sich endlich auf. Auch er schien Zeit zu brauchen, seine Gedanken zu sortieren und die richtigen Worte zu finden. Anne, Alberto und Verena schwiegen ganz gegen ihre sonstige Gewohnheit. Geduldig warteten sie auf weitere Erklärungen, die dann auch folgten.

„In der Nähe von Buchillon, etwa 25 Kilometer von Lausanne Richtung Genf, entdeckten Kollegen das Fahrzeug Ihrer Chefin. Es war leer aber nicht ver-schlossen."

Jetzt begann Anne doch etwas nervös auf ihrem Stuhl hin und her zu rutschen. Sie wollte eigentlich nicht hören, was nun folgte aber dieses Zeitlupen-

Tempo erschien ihr allmählich ebenso unerträglich. Sie hielt sich mit den Händen links und rechts an der Sitzfläche des Stuhles fest und wirkte, als würde sie jeden Moment zu einem Sprung ansetzen. Beat Stocker nahm diese angespannte Körperhaltung durchaus wahr, doch ließ er sich davon nicht aus dem Konzept bringen. Auch er selbst stand unter enormem Druck und deshalb war es für ihn umso wichtiger, ruhig und besonnen zu bleiben und sich keinesfalls in Hektik versetzen zu lassen.

„Eine Suchmannschaft mit Hunden wurde daraufhin in Bewegung gesetzt, die schließlich fündig wurde." Je unwohler er sich fühlte, desto stärker verfiel der Kommissar in einen formalen Polizeijargon, der die unglaublichsten Dinge wie die Gebrauchsanweisung für einen Rasenmäher klingen ließ.

„Die gesuchte Person wurde wenige hundert Meter von ihrem Auto entfernt in einem kleinen Waldstück an einem Baum sitzend, vornübergebeugt gefunden. Neben ihrer rechten Hand fand man die Pistole mit der sie allem Anschein nach ihrem Leben ein Ende gesetzt hat."

„Auf keinen Fall", brach es aus Verena heraus. „Das passt doch überhaupt nicht zu ihr."

Anne und Alberto empfanden das genauso. Auch dem Kommissar war das Offensichtliche äußerst suspekt, doch konnte er sich dazu nicht äußern. Er musste zunächst die Untersuchungen abwarten. Außerdem war völlig unklar, woher die Pistole kam. Es war durchaus möglich, dass sich diese handliche, kleine Waffe, die in jeder Damenhandtasche Platz fand, aus dem Besitz von Madame Hoover stammte. Das hätte auch zu seinem Bild gepasst, das er sich inzwischen von ihr gemacht hatte. Zwar hatte er Helene Hoover nicht persönlich kennengelernt, doch was er bisher von ihr in Erfahrung gebracht hatte, konnte er ganz und gar nicht mit diesem Ende in Einklang bringen. Seine Überlegungen behielt er selbstverständlich lieber für sich. Die drei Hotelangestellten brauchten für die Zweifel an dieser Deutung der Umstände jedoch keine verbale Bestätigung, sie wussten auch so, dass diese augenscheinliche Lesart höchst unwahrscheinlich war. Mutmaßungen und Intuition konnten aber momentan kaum weiterhelfen. Sie waren außerdem keine Polizisten und die Beweisführung mussten sie schon diesen überlassen.

„Gab es denn einen Abschiedsbrief?", erkundigte sich Alberto dennoch. Herr Stocker musste die Frage verneinen, jedenfalls sei noch keiner gefunden worden. Dass dieser Sachverhalt auch für ihn befremdlich anmutete, war ihm deutlich anzusehen. Weit und breit war kein Motiv für eine Selbsttötung zu entdecken und sie selbst hatte auch keinen Hinweis darauf hinterlassen. Diese Gemengelage wirkte schon äußerst merkwürdig und das nicht nur für einen erfahrenen Polizisten.

Auch wenn weder Anne und Verena, noch Alberto Sympathien für ihre Chefin hegten, erfasste sie doch eine jähe Bestürzung. Sie hatten Madame Hoover auf den Mond oder sonst wohin gewünscht, aber den Tod wünschten sie ihr ganz sicher nicht und schon gar nicht auf diese entsetzliche Weise. Der

Schock und ein unwillkürliches Gefühl der Hilflosigkeit trieben Verena unvermittelt Tränen in die Augen. Auch Anne und Alberto war anzusehen, dass sie ebenfalls nicht weit davon entfernt waren. Konnte dieser Albtraum nicht endlich mal ein Ende nehmen? Wo waren sie nur hineingeraten? Jetzt existierte das Hotel mitsamt den unbeliebten Chefs schon so lange und ausgerechnet während ihres Aufenthaltes hier, brach alles auf eine derartig abenteuerliche Weise zusammen!

„Wir sind aber noch ein Stück weiter in unseren Ermittlungen", durchbrach der Kommissar die nachdenkliche Stille. „Der Schlüssel, den wir unter dem Parkett gefunden haben, passt in ein Gepäckfach am Berner Hauptbahnhof. Der Inhalt wird gerade geprüft und untersucht. Es sind nach erster Sichtung offenbar Briefe, Dokumente und Fotographien, die, wie es aussieht, aus den 30er und 40er Jahren stammen. Möglicherweise dienten sie als Grundlage, Jemanden unter Druck zu setzen, was auch den Einbruch im Hotel erklären würde."

„Im Klartext heißt das, unsere Chefin hat Jemanden erpresst, und lassen Sie mich raten: Erpressungsopfer war der Chef." Annes verkürzte Version wollte Beat Stocker nicht bestätigen, er meinte sie sei etwas voreilig mit ihren Schlussfolgerungen, denn die Ermittlungen diesbezüglich stünden noch ganz am Anfang. Völlig zurückweisen konnte er ihre Vermutung allerdings auch nicht, was nach Auslegung der beiden Schwestern bedeutete, dass er den Fall genauso einschätzte.

Herr Stocker berichtete, dass alle Versuche den Aufenthaltsort von Viktor Suter zu ermitteln, bisher ins Leere gingen. Er schien sich seit der Ankunft in Argentinien in Luft aufgelöst zu haben. Selbst seine Nichte, die auch wegen ihrer Teilhaberschaft am Hotel kontaktiert worden war, wusste nach eigener Aussage nicht einmal, dass sich ihr Onkel mit der Absicht getragen hatte, nach Argentinien zu reisen. Er hätte sich jedenfalls nicht bei ihr gemeldet. Dass er ihr seine Anteile am Hotel Florentine übertragen hatte, hörte sie, wie sie sagte, zum ersten Mal. Monsieur Suters Verwandte schien sprichwörtlich völlig außer sich zu sein über diese Mitteilung.

„Sie hielt es zunächst für einen Scherz, fand sich aber recht schnell mit dieser Überraschung ab", kommentierte Beat Stocker trocken.

„Was den Fortbestand und den Hotelbetrieb anging, wollte sie sich mit einem Anwalt und der zweiten Teilhaberin, Helene Hoover, beraten. Über deren Ableben ist Madame Martinez bisher nicht in Kenntnis gesetzt worden." Sollte sie von ihrem Onkel hören, würde sie die Bitte, sich bei Kommissar Stocker zu melden, weitergeben, das hatte sie zumindest versprochen.

Anne, Verena und Alberto sprachen anschließend mit dem Kommissar über ihre Entscheidung, hier vor Ort zu bleiben bis alle Gäste abgereist waren. Die Ausgaben konnten sie, nach ihrer Einschätzung mit dem Geld bestreiten das sie für die Übernachtungen bisher eingenommen hatten. Verena führte genau Buch über Einnahmen und Ausgaben und so, wie sie die finanzielle Situation einschätzte, würde es am Ende, wenn alle Gäste ihre Rechnungen beglichen hätten, sogar noch für ihren ausstehenden Lohn reichen, auf den sie nur ungern verzichten würden.

Beat Stocker hielt diese Handhabung für vertretbar und war sicher, dies auch vor seiner Behörde und Madame Martinez rechtfertigen zu können. Für die weiteren polizeilichen Untersuchungen besaß der Fortbestand des Hotelbetriebes mit größter Wahrscheinlichkeit keinerlei Relevanz mehr. Dafür hatten die aktuellen Ereignisse zu viel Aufsehen erregt.

Kommissar Stocker versprach, sobald es ihm möglich war, wieder vorbeizukommen. „Sicher werde ich dann mehr zum Stand der Ermittlungen sagen können. Ich glaube zwar nicht, dass alle Details und die großen Zusammenhänge dieses Falles in absehbarer Zeit geklärt sein werden aber vielleicht kommen wir ihnen wenigstens etwas näher." In seinen Worten lag ein Hauch von Hoffnung, in seinem Blick eher Resignation, als sich der Kommissar von den Dreien verabschiedete.

Und in beidem lag - rückblickend - eine gewisse Berechtigung.

Es war wie verhext: erst behielten sie wochenlang in unregelmäßigen Abständen das Hotel, seine Bewohner und die Aktivitäten, die darin vor sich gingen, im Auge. Der Verdacht, dass dieses Haus *ein*

Fädchen eines bereits jahrelang funktionierenden und international agierenden nationalsozialistisch ausgerichteten Geflechtes sein könnte, galt für die Ermittler anhand einer langen, umfangreichen Indizienkette als sicher, wenn auch nicht zweifelsfrei beweiskräftig. Der, wenn auch hinreichend begründete Verdacht alleine hätte juristisch allerdings niemals ausgereicht, um das nötige personelle und finanzielle Aufgebot für eine behördlich verfügte Beobachtung, geschweige denn eine polizeiliche Untersuchung zu erwirken. Erst durch einen Hinweis auf den vermutlichen Aufenthalt eines international gesuchten Terroristen, hatte sich endlich der Aufwand einer Überwachung rechtfertigen lassen und wurde von der Staatsanwaltschaft, nach einigen Widerständen und unendlich erscheinenden Verzögerungen, schließlich genehmigt. Angefangen von immer wieder, mal offiziell, mal diskret beherbergten, einschlägigen Gästen, über undurchsichtige finanzielle Verstrickungen und Transaktionen, bis hin zu dubiosen persönlichen Verbindungen in entsprechende Kreise, hatten sie in der Vergangenheit bereits eine ganze Menge zusammentragen können. Wäre dies Ziel und Zweck der beauftragten Ermittlungen gewesen, hätten die Behörden in diesem Fall bereits vor längerer Zeit eine ziemlich stimmige Indizienkette herstellen und in die Hände der Justiz übergeben können. Das Kniffelige und gleichzeitig Unfassbare lag allerdings in den dubiosen Querverbindungen dieser faschistischen Geheimorganisation mit Terrorgruppen im Nahen Osten und, für ihn noch unglaublicher, mit Terroristen und Mördern der deutschen sogenannten Roten Armee Fraktion. Geldwäsche, Waffenhandel, Finanzierung und Unterstützung von Anschlägen, alles schien zum Portfolio dieses Netzwerkes zu gehören.

Sogar eine Verflechtung mit der „Volksfront zur Befreiung Palästinas", die für die Entführung der deutschen Lufthansa-Maschine „Landshut" im Oktober 1977 und die Ermordung des Flugkapitäns verantwortlich war, galt als nicht nur denkbar, sondern sogar als wahrscheinlich.

Vor einigen Wochen kam schließlich der Einsatzbefehl. Eine Sonderermittlungskommission des Staatsschutzes, der er angehörte und deren Leitung ihm aufs Auge gedrückt wurde, war mit den Ermittlungen im Umfeld des mutmaßlichen Drahtziehers in Lausanne, zu dem auch das Hotel Florentine zählte, beauftragt worden. Trotzdem war nach kurzer Zeit der Recherchen ganz offensichtlich, dass um den Drahtzieher selbst ein ebenso unsichtbares wie undurchdringliches Befestigungswerk gelegt wurde. Er musste über eine Reihe einflussreicher „Schutzengel" verfügen, denn anders ließen sich die ständigen Behinderungen, sobald seine Nachforschungen zu dicht Richtung Lausanne tendierten, kaum erklären. Beispielsweise ließ die Genehmigung zum Abhören des Telefons zuerst unendlich lange auf sich warten und, als sie schließlich erteilt wurde, ließ sich ziemlich rasch erkennen, dass der Inhaber des Anschlusses bereits vorgewarnt war. Dieser mysteriöse Fall bereitete ihm Unbehagen, sogar gelegentlich Zweifel an der Sinnhaftigkeit seines beruflichen Wirkens und der

Vertrauenswürdigkeit diverser Staatsorgane. Schließlich hatte er seinen Beruf ergriffen, um die Rechtsstaatlichkeit und die Verfassung seines Landes und dessen Bürger zu schützen. Er hatte fest an die Bedeutsamkeit und den Wert seiner Arbeit geglaubt. Diese entlastende Hülle der Zuversicht war inzwischen recht porös geworden. Beat Stocker verbrachte mittlerweile keine ruhige Nacht mehr.

Dann, als ginge es darum, seine Frustrationsgrenzen auszutesten, war ihm der Bericht eines Mitarbeiters über eigenwillige Aktivitäten dreier jugendlicher Hotelangestellten zu Ohren gekommen, die in dunkler Nacht auf dem Grundstück umherschlichen und sich auch noch als Fassadenkletterer betätigten. Eine abenteuerliche Kletteraktion reichte diesen Quälgeistern zu seinem Entsetzen jedoch augenscheinlich nicht, sie begannen unvorsichtigerweise auch noch damit, völlig arglos und ungefiltert in der Stadt, ja sogar auf der Polizeistation, erstaunliche Fragen über ihre Arbeitgeber und das Hotel zu stellen. Er konnte es zuerst gar nicht fassen, dass drei junge Hotelangestellte im Begriff waren, nicht nur die bisherigen polizeilichen Ermittlungen zu verhageln, sondern auch noch sich selbst ins Fadenkreuz krimineller Banden zu manövrieren. Die Situation fing an, völlig aus dem Ruder zu laufen, bis er schließlich nicht anders konnte, als mit diesen jugendlichen Quertreibern in Kontakt zu treten. Dabei kam erschwerend hinzu, dass der Vater des italienischen Angestellten, zumindest was die faschistischen Verbindungen anging, ebenfalls im Fokus stand. Es war schlicht zum Haare raufen!

Schon die erste Kontaktaufnahme war für ihn so vollkommen schiefgelaufen, wie sie überhaupt nur laufen konnte, denn Anne Keller, eine der beiden Schwestern aus Deutschland, die gemeinsam mit dem Italiener Alberto Bertoni für seinen Missmut verantwortlich waren, hatte ihn im Laufe der Unterhaltung immerzu in eine Verteidigungsposition gedrängt. Nicht nur hatte sie auf die Einbeziehung ihres italienischen Kollegen bestanden, es war ihr außerdem gelungen, ihn immer wieder aus dem Konzept zu bringen. Er hatte sich dieses Gespräch wahrscheinlich viel zu einfach vorgestellt und deshalb hatte es ihm an einer Strategie gemangelt. Ungeschicklichkeiten begeht man immer dann, wenn man sein Gegenüber unterschätzt, das hätte er eigentlich wissen müssen.

Seit er nun mit den drei Jugendlichen zu tun hatte, schwankte er permanent zwischen bodenlosem Ärger über ihre Tollkühnheit und ihren unerhörten Leichtsinn auf der einen und Bewunderung für ihre gegenseitige Loyalität und ihren Mut auf der anderen Seite, hin und her. Wobei Mut in vielen Fällen als Synonym für mangelnde Erfahrung oder Dummheit stand. Dennoch, er kam nicht umhin, eine gewisse Sympathie für die Drei zu hegen, auch wenn ihm durchaus bewusst war, dass derartige Gemütsbewegungen in seinem Job völlig fehl am Platz und absolut unprofessionell waren.

Irgendwo im Verlauf der Geschichte war ihm dann ein unverzeihlicher Fehler unterlaufen, der nur dank seiner erstklassigen Mitarbeiter, die er vorsichtshalber in „der Höhle des Löwen" positioniert hatte, nicht zu einer Katastrophe ausgeartet war. Hätten Christa und Urs ihre Augen und Ohren nicht in hundertprozentiger Alarmbereitschaft gehabt, hätte dieser Einbruch böse ausgehen können.

Sein erster Lapsus war, dass er nicht mit dem plötzlichen Verschwinden von Viktor Suter und Helene Hoover gerechnet und daher keinerlei Vorkehrungen getroffen hatte. Beide waren so in der Lage gewesen, absolut unbemerkt und unbehelligt von der Bildfläche zu verschwinden. Das hätte nicht passieren dürfen, und das wäre es bei einer Rundum-die-Uhr-Überwachung auch nicht, obwohl das personell nur mit Mühe, wenn überhaupt, hätte geleistet werden können. Die falschen Prioritäten gesetzt zu haben, brachte ihn schier auf die Palme, das war nun aber nicht mehr zu ändern. Jetzt musste er wenigstens für die Aufklärung des Ablebens von Helene Hoover sorgen, denn an Suizid konnte er – wie sich herausstellen sollte, zu Recht - nicht glauben.

📖

Die Zahl der Gäste nahm kontinuierlich ab und so reduzierte sich das Arbeitspensum für Anne, Verena und Alberto auf einen überschaubaren Umfang.

Sämtliche Zimmervorbestellungen hatten sie telefonisch bereits abgesagt. Außer Christa Bender und Urs Thöni, die nach wie vor im Hotel ihre Nächte verbrachten, waren noch zwei Paare im Haus registriert, die allerdings ihr Auschecken innerhalb der folgenden beiden Tage bereits angekündigt hatten. Anne hatte den Beamten einmal mehr ein zusätzliches Zimmer angeboten, schließlich standen genügend Räume leer, doch schienen sich die beiden inzwischen nicht nur beruflich näher gekommen zu sein.

„Wir möchten auf keinen Fall mehr Umstände machen, als unbedingt nötig. Ein Zimmer ist genug für uns beide." Diese Aussage Herrn Thönis, die er mit einem vielsagenden Seitenblick auf seine Kollegin machte, schien deren volle Billigung zu finden. Jedenfalls quittierte sie seine höfliche Zurückweisung dieses Angebotes mit einem freundlich zustimmenden Lächeln.

Keiner der übrigen Hausgäste hatte bisher überhaupt mitbekommen, dass es sich bei dem Ehepaar Lehmann um Polizeibeamten und nicht etwa um erholungsbedürftige Sommerfrischler handelte. Erstaunlicherweise machte sich Niemand Gedanken um die Vorgänge innerhalb des Hotels. Alle schienen sich mit den oberflächlichen Erklärungen der drei Angestellten und des Kommissar Stocker zufriedengegeben zu haben. Weder gab es ausführliche Erkundigungen nach der Rückkehr oder dem Befinden der beiden Chefs, noch wirkten die Urlauber durch den inzwischen Tage zurückliegenden Einbruch beunruhigt oder verunsichert. Im Gegenteil, einer der Gäste meinte sogar neckend, dass nach einem derartigen Polizeiaufgebot vor Ort, selbst dem entschlossensten Einbrecher die Lust vergangen sein müsse. Die Gäste waren in den Ferien, sie brauchten keine nervenaufreibenden Sensationen, sie wollten sich entspannen und erholen. Anne, Verena und Alberto nahmen es als Bestätigung für ihre Arbeit. Sie freuten sich sogar darüber, dass es ihnen offenbar gelungen war, den Feriengästen genau diese gewünschte positive Atmosphäre zu vermitteln.

Verena zeigte sich inzwischen wieder halbwegs fit. Sie schien sich recht gut von ihrem Schockerlebnis und ihrer Gehirnerschütterung erholt zu haben und sah sich absolut in der Lage, alleine das Haus zu hüten. Alberto hatte sich mit der Ankündigung, die Stadt unsicher und die Schönen derselben mit seiner Anwesenheit erfreuen zu wollen, auf den Weg gemacht.

Anne zögerte nur kurz, als Verena sie ermunterte, sich mit Jacques zu treffen, der zurzeit einen Teil seiner Semesterferien in seinem Elternhaus in Montreux zubrachte. Anne hatte vor, mit ihm über ihre bevorstehende Abreise und die Zukunft ihrer Beziehung zu sprechen. Sie hatte in den letzten Tagen viel Zeit gehabt, sich darüber Gedanken zu machen, wie es mit ihrem Freund weitergehen könnte. All ihre bisherigen Pläne hatte sie auf den Prüfstand gestellt und war nun gedanklich noch nicht ganz aber fast so weit, ein Studium in Bern oder Genf in Betracht zu ziehen. Flugbegleiterin, zu diesem Schluss war sie schon seit längerem und völlig unabhängig von den aktuellen

Überlegungen gekommen, war nicht das, was sie sich langfristig vorstellen konnte. Sicher wirkte die Vorstellung reizvoll, viel in der Welt unterwegs zu sein, allerdings waren es zum einen nur große Städte, die einen Flughafen besaßen und zum anderen vermutete sie, dass ihr die Tätigkeit an Bord auf Dauer wahrscheinlich nicht wirklich lag. Kurzum, sie war dabei sich den Kopf über sinnvolle und unter Umständen mit Jacques zu vereinbarende Alternativen zu zerbrechen. Die Wendung, die das das bevorstehende Gespräch nehmen würde, konnte sie zu diesem Zeitpunkt noch nicht ahnen.

Es war sehr still im Haus, nachdem sich zuerst die Gäste, dann Anne und Alberto auf den Weg in alle Himmelsrichtungen gemacht hatten. Verena setzte sich mit einem Buch in den Wintergarten, von wo aus sie sowohl die Lobby samt Eingang, als auch den Garten im Blick hatte. Das Telefonkabel reichte gerade so weit, dass sie im Bedarfsfall mit der Hand den Hörer erreichen konnte, ohne aufstehen zu müssen.

Obwohl das Telefon nur ab und zu und meist ganz kurz ihre Aufmerksamkeit in Anspruch nahm, fand sie nicht richtig hinein in den Roman, den sie seit langem unbedingt lesen wollte, die Zeit dafür aber bisher einfach nicht gefunden hatte. Jetzt war sie frei dafür, aber ihre Konzentration ließ zu wünschen übrig. Es schien so, als müsse sie jeden Satz dreimal lesen, damit die darin enthaltenen Aussagen es schafften, mühselig bis in ihre Gehirnzellen vorzudringen. Ein wenig fühlte sie sich, wie ein Becher mit einem großen Loch im Boden, in den literweise Wasser geschüttet wird, ohne dass er sich füllt. Ihre Gedanken befanden sich auf Wanderschaft und zwar überall, nur nicht dort, wohin sie sie jetzt gerne gewünscht hätte.

Mit der unabänderlichen Tatsache, dass sie und ihre Schwester sich in den nächsten Tagen von Montreux und allem, was ihnen hier so liebgeworden war, verabschieden mussten, damit hatte sie sich bereits arrangiert. Was hätte sie auch anderes tun sollen?!

Die Ereignisse, die zu diesem Umstand geführt hatten, erschienen ihr noch sehr irreal. Dass Monsieur Suter das Weite gesucht und Madame Hoover ihrem Leben ein Ende gesetzt haben sollte, konnte sie einfach nicht fassen. Seit sie hierhergekommen war, reihte sich ein Mysterium an das nächste. Wenn sie versuchte die Vorgänge zu begreifen, glaubte sie, sich als Zuschauer inmitten einer grotesken Theateraufführung wiederzufinden. Das alles hatte nichts mit ihr und dem Leben zu tun, das sie bisher geführt hatte! Oder etwa doch?

Im Geschichtsunterricht in der Schule war die Zeit des Nationalsozialismus natürlich auch ein Thema. Ihre Großeltern hatten diese Zeit, die ihr so weit entfernt vorkam, mit all ihren Schrecken miterlebt. Ihre Eltern waren damals noch Kinder. So lange war das ja gar nicht her. Und wohin sind in der Zwischenzeit all die Überzeugungstäter verschwunden? Wo waren die Profiteure dieses faschistischen Systems, die kleinen und großen Drahtzieher, die Unbelehrbaren? Als wären von einem auf den anderen Tag morgens alle geläutert aufgewacht und praktisch über Nacht zu überzeugten Demokraten mutiert. Noch nie hatte sie einen Gedanken daran verschwendet, dass unverbesserliche Fanatiker noch immer aktiv sein, dass sie auf eine Gelegenheit warten könnten, da fortzufahren, wo sie gezwungenermaßen aufhörten, nachdem sie nichts als Leid und Zerstörung hinterlassen hatten. Nie hatte sie überlegt, dass darunter auch eine Menge Leute sein mussten, denen es in erster Linie um Terror, um Destabilisierung von Demokratien oder schlicht um pure Macht ging. Oder es ging ihnen einfach nur um sich selbst, um den eigenen Vorteil ohne Rücksicht auf Verluste! Nach dem Motto, der Feind meines Feindes ist mein Freund, werden da möglicherweise die gruseligsten Allianzen geknüpft. Diese könnten dann wenigstens so lange bestehen bleiben, bis das eigene Ziel erreicht ist oder man feststellt, dass die andere Seite nicht mehr gebraucht wird.

Mit einem geräuschvollen Krachen knallte – im wahrsten Sinne des Wortes - schlagartig die Eingangstür gegen die Wand im Foyer. Als wäre ein Schalter umgelegt worden, riss das laute Gepolter Verena abrupt aus ihren Reflektionen. Unvermittelt überzog ein eisiger Schauer der Furcht ihren ganzen Körper. Im Hals und in den Schläfen spürte sie den

Puls beinahe explodieren. Die Hände, mit einem Mal eiskalt und feucht, begannen leicht zu zittern. Die Erholung, die in den letzten Tagen so erstaunlich schnell vorangeschritten war, so zeigte sich in diesem Augenblick, war nur auf die körperliche, nicht aber auf die seelische Wiederherstellung beschränkt geblieben.

Noch bevor sie im Dämmerlicht des Foyers die Umrisse einer Gestalt identifizieren konnte, donnerte eine nicht besonders dunkle aber sehr markante männliche Stimme durch den Raum. „Buongiorno signorina, mein Name ist Bertoni. Kann ich bitte mit meinem Sohn sprechen."

Obwohl der Satz als Frage formuliert und durch das Wörtchen "bitte" den Wohlklang einer kultivierten Konversation aufkommen lassen sollte, erinnerte der Tonfall eher an die Erteilung eines ultimativen Kommandos.

„Ihr Sohn, Signore Bertoni, ist im Augenblick leider nicht im Hause. Kann *ich* Ihnen irgendwie behilflich sein?" Verena bemühte sich ihr Herzklopfen, das nach dem eben widerfahrenen panischen Schrecken immer noch nicht ganz abgeklungen war, im Zaum zu halten und gleichzeitig ihrer Stimme einen festen Klang zu verleihen. So beherrscht und höflich wie möglich versuchte sie Albertos Vater gegenüber zu treten. Ganz bestimmt hatte Alberto keinen Schimmer, was ihn nach seiner Rückkehr hier erwartete. Mit einer gesitteten Begrüßung und der Höflichkeitsfloskel „bitte", schien das Reservoir an Liebenswürdigkeiten vorerst aufgebraucht zu sein, was Haltung,

Tonfall und Mimik unmissverständlich zum Ausdruck brachten.

„Sie könnten mir allenfalls sagen, wo er sich aufhält oder wann er zurück sein wird."

„Wieder muss ich Sie enttäuschen, denn mir ist beides nicht bekannt. Kann ich ihm etwas ausrichten oder möchten Sie hier auf Alberto warten?"

„Am liebsten wäre es mir gewesen, ich hätte ihn überraschen können. Aber ich vermute, Sie werden ihn über meine Anwesenheit in Kenntnis setzen, sobald er zurück ist?!" Signore Bertoni blickte ihr forschend und herausfordernd in die Augen.

„Sie vermuten richtig, Signore!" Verena bemühte sich um ein gleichmütiges Lächeln. Der Gesichtsausdruck, mit dem sie Herrn Bertoni zugleich bedachte, hätte es, völlig losgelöst von ihrer aktuellen Gemütslage, an Sanftmut mit der Sixtinischen Madonna von Raffael aufnehmen können. Das wäre ja noch schöner, Alberto ins offene Messer laufen zu lassen! Genauso wirkte sein Vater auf Verena, wie ein offenes Messer. Seine verächtliche Miene als Reaktion auf ihre Antwort, sprach Bände. Alberto hatte seinen Vater absolut treffend beschrieben. Er wirkte autoritär, gebieterisch, befehlsgewohnt und überheblich. Mit Artigkeiten schien er sich, zumindest ihr gegenüber, nicht allzu lange aufhalten zu wollen.

„Dann sagen sie ihm, dass ich ihn um 20 Uhr zum Abendessen im „Suisse Majestic" erwarte!"

Er hatte sich schon halb in Richtung Tür gewandt, da drehte er den Kopf nochmal zurück. „Vielleicht beflügelt es meinen Sohn meiner Einladung zu folgen, wenn er erfährt, dass seine Mutter krank ist. Arrivederci!" Und schon fiel die Tür geräuschvoll ins Schloss. Mit der letzten Äußerung gelang es Herrn Bertoni Verenas Puls, der sich gerade auf Normalwert herunterschrauben wollte, wieder auf Hochtouren zu bringen, denn sie wusste, dass diese Information Alberto in große Sorge versetzen würde. Was sollte sie denn jetzt tun? Sollte sie Alberto suchen gehen? Sollte sie auf ihn warten? Wie würde Alberto überhaupt auf die Neuigkeiten reagieren? Überlegungen, wie sie ihm den Sachverhalt am behutsamsten beibringen sollte, hatten sich im nächsten Augenblick erübrigt, als Alberto, so fröhlich wie falsch eine Melodie pfeifend, durch die Tür und auf sie zu geschlendert kam.

„Dein Vater war eben da!" Sie hatte den Satz kaum beendet, hätte sie sich am liebsten selbst ans Schienbein getreten! Wie oft schon hatte ihr Mundwerk schneller reagiert, als ihr Verstand und wie oft schon hätte sie sich deshalb am liebsten die Zunge abgebissen. Konnte sie sich wirklich so kopflos, so ungeschickt benehmen? Die wenig schmeichelhafte Antwort stand in Albertos Augen. Alle Ausgelassenheit war aus seinem Blick, aus seiner Mimik und Gestik gewichen. Reglos stand er ihr gegenüber und schien nicht einmal in der Lage, eine Frage zu stellen oder wenigstens einen seiner albernen Kommentare abzugeben. Er stand einfach nur mit unendlich traurigem Blick da, sagte nichts und tat nichts.

„Setz' dich, Alberto." Ihre gerade noch überreizte Stimme hatte sich auf eine Moll-Tonlage heruntergedrosselt. Alberto setzte sich neben sie und sie erzählte, jetzt endlich ruhig und einfühlsam, vom Besuch seines Vaters. Als hätte sie einen siebten Sinn für Ungemach, betrat nun auch noch Anne, die eigentlich erst am nächsten Tag zurück sein wollte, die Szenerie, setzte sich kommentarlos zu den Beiden und hörte zu.

„Alberto, vermutlich möchte dein Vater, dass du morgen mit ihm nach Hause fährst. Ich weiß nicht, wie es deiner Mutter gegenwärtig tatsächlich geht aber ich denke, du solltest mitfahren. Hier gibt es nichts mehr für uns zu tun. Anne und ich werden, wie ich das sehe, ebenfalls unsere Sachen packen und Kommissar Stocker über unsere Abreise informieren. Die letzten Gäste möchten morgen abreisen und dann ist das Florentine ein Geisterhaus."

„Vermutlich hast du Recht." Alberto wirkte ungewohnt nachdenklich. Anne machte, wie ihrer Schwester erst jetzt auffiel, ebenfalls keinen ausnehmend entspannten Eindruck. Sie wirkte wie ein Vulkan kurz vor dem Ausbruch und hatte noch keine Silbe von sich gegeben, seit sie zurückgekommen war. Als Verena fragte, warum sie schon wieder da sei, stand sie wortlos auf und ging die Treppe hinunter. Alberto und Verena warfen sich fragende Blicke zu, doch bevor aus der Verwirrung eine Schlussfolgerung entstehen konnte, hörten sie Anne bereits wieder die Stufen herauf schlurfen und in der Küche verschwinden. Gleich darauf erschien sie mit drei

Gläsern und einer Flasche Wein in den Händen, stellte alles auf den Tisch, öffnete die Flasche und schenkte die Gläser voll – randvoll. Mit einem „muss sein!" hob sie ihr Glas und forderte mit dieser Geste die beiden anderen zum Anstoßen auf. Nach dem ersten Schluck verkündete sie kurz und bündig ihre Trennung von Jacques, woraufhin sie ihr Ritual wiederholten und eine weitere Trinkrunde folgte. Erst als sie das zweite Glas geleert hatten, ließ Anne die beiden an ihrer verunglückten Verabredung mit Jacques teilhaben.

Sie hatte ihm ausführlich die Geschehnisse der letzten Tage geschildert und mitgeteilt, dass der Hotelbetrieb in Kürze eingestellt und ihre Tätigkeit vorzeitig beendet sei. Jacques' Reaktion darauf fiel völlig anders aus, als sie es erwartet hatte. Weder zeigte er auch nur die Spur von Mitgefühl für die beängstigenden Erlebnisse, die sie durchgemacht hatte, noch fing er an sich Gedanken zu machen, wie sie ihre Beziehung unter diesen Umständen fortführen konnten.

„Das ist schade", äußerte er ganz und gar gelassen, „aber wir wussten ja beide, dass das mit uns früher oder später auseinanderläuft, dass du zurück gehst nach Deutschland, und ich in der Schweiz mein Studium weiterführen werde."

Als er sah, dass sie offenkundig von einer anderen Reaktion ausgegangen war, fügte er besänftigend hinzu: „Für eine feste Bindung sind wir doch außerdem noch viel zu jung."

Die verblüffende Sachlichkeit, mit der er das diagnostizierte, machte Anne zuerst fassungslos, dann wütend und schließlich war sie einfach aufgestanden und ohne Abschied gegangen. Jacques hatte zwar noch versucht an ihre Vernunft zu appellieren, doch bestätigte er damit in ihren Augen nur, dass stillschweigend das Feld zu räumen, die Erträglichste aller jämmerlichen Varianten darstellte. Keinesfalls wollte sie in ihrem gegenwärtigen Gemütszustand eine zermürbende, nutzlose verbale Auseinandersetzung riskieren. Abgesehen von der Tatsache, dass lange Diskussionen das eigentliche Dilemma nicht aus der Welt schaffen konnten, fühlte Anne auf einmal eine unendliche Leere in sich aufsteigen. Sie hätte ohnehin nichts Sinnreiches zu sagen gewusst.

„Das war's dann wohl!", endete Anne ihre Geschichte. Alberto drückte sie tröstend an sich und öffnete damit endlich alle Schleusen. Alle Drei saßen sie nun herzergreifend melancholisch am Tisch, hielten ihre Gläser fest und ließen ihren Tränen freien Lauf.

„Auf die schönen Söhne anderer Mütter!" Verena prostete den beiden anderen zu. Alberto hob sein Glas: „Auf meine Mutter!" Augenblicklich löste sich das Schluchzen in einem dreistimmigen, hemmungslosen, befreienden Gelächter auf.

Mitten hinein in diese eigentümliche Atmosphäre kehrten Christa Bender und Urs Thöni, wie sie es nannten, *nach Hause* zurück. Obwohl sie nicht wussten, was der Ausgangspunkt dieser bizarren Party war, ließen sie sich gerne einladen, ein Glas mitzutrinken. Aus ihrer beruflichen Erfahrung heraus wussten sie, auf welch ungewöhnliche Art und Weise

Menschen reagieren konnten, wenn sie unter psychischem Druck standen. Um zu begreifen, dass diese drei jungen Leute gegenwärtig eine emotionale Achterbahnfahrt durchlebten, musste man kein Psychologe sein. Alle fünf Anwesenden stießen auf ihrer aller Zukunft an, lachten und versuchten, zunehmend erfolgreich, sich gegenseitig ein wenig aufzumuntern. Anne erzählte den beiden Polizisten bei dieser Gelegenheit auch über ihre aktuellen Abreisepläne und diese versprachen, ihren Chef noch am Abend darüber in Kenntnis zu setzen, um einen gemeinsamen Termin für ein abschließendes Gespräch zu vereinbaren.

Verena traf fast der Schlag, als ihr Blick auf die Uhr fiel. „Alberto, du hast seit genau sieben Minuten ein Rendezvous!" Alberto blickte betont gelangweilt auf seine Armbanduhr, verzog genervt das Gesicht, quälte sich vom Stuhl hoch in eine aufrechtstehende Position und verabschiedete sich. Es war ihm deutlich anzusehen, dass er diese Runde der Verabredung mit seinem Vater bei weitem vorgezogen hätte aber er zog wagemutig wie Don Quichotte in die Schlacht.

Es wurde nicht, wie die beiden Mädchen für Alberto gehofft hatten, der Abend der Aussprache und der Aussöhnung zwischen Vater und Sohn. Im Grunde blieben sie sich so fremd wie eh und je. Albertos Mutter hatte vor wenigen Tagen einen Schwächeanfall erlitten, war jedoch wieder auf dem Weg der Besserung. Während der Sohn dem Vater – erstmals auch verbal - die Verantwortung für die labile

Gesundheit der Mutter zuschrieb, war dieser unbeeindruckt der Auffassung, die Sorge um den Sohn und nicht sein Verhalten als Ehemann und Familienoberhaupt hätte der Mutter zugesetzt. Auch in Bezug auf die Bekanntschaft zwischen Viktor Suter und Albertos Vater, konnte an diesem Abend keine aufklärende Unterhaltung stattfinden. Sämtliche Fragen seines Sohnes ließ Signore Bertoni weitgehend unbeantwortet. Er war viel mehr der Auffassung, Alberto verstünde rein gar nichts vom wahren Leben, den Verpflichtungen, den Zwängen und den Notwendigkeiten, die dieses den pflichtgetreuen, tatkräftigen Menschen und so auch ihm selbst abverlangte. Was immer dies bedeuten sollte, er war nicht bereit, mehr dazu zu sagen. „Unergiebig" nannte Alberto den Abend mit seinem Vater, als er am nächsten Morgen seinen Kolleginnen und Freundinnen beim Frühstück gegenübersaß. Immerhin war er mit seinem Vater übereingekommen, ihn am kommenden Morgen nach Hause nach Sizilien zu begleiten. Sein Vater würde am darauffolgenden Tag, um 9 Uhr, mit dem Auto vor dem Hotel auf ihn warten, um die gemeinsame Heimreise anzutreten. Es fühlte sich nicht gut an. Nicht für Alberto, nicht für Anne und auch nicht für Verena. Allen dreien war sehr wohl bewusst, dass die gemeinsame Zeit ohnehin bald zu Ende gewesen wäre, auch ohne die absonderlichen Ereignisse der letzten Tage. Die Saison dauerte schließlich nicht ewig. Und die Tätigkeit in diesem Haus konnte man nun auch nicht als die Krönung aller Zukunftsträume betrachten. Hätten sich die Drei nicht von Anfang an so gut verstanden, es wäre wohl, trotz dieser wundervollen Umgebung, ziemlich unwahrscheinlich gewesen, dass sie so lange in diesem Hotel, unter der, nun auf so beunruhigende Weise abhanden gekommenen Leitung, durchgehalten hätten.

Wie auch immer. Die Zeichen standen auf Abschied und das änderte alles. Es dämpfte nicht nur die Stimmung, es ließ den allzeit chronisch vorhandenen Optimismus, die wechselseitig ansteckende Lebensfreude und die bisher unendlich vorhanden scheinende Energie ins Nirwana entschwinden. Die Leichtigkeit war mit einem Mal einer krampfhaft zur Schau gestellten Heiterkeit gewichen, mit der alle Drei versuchten, sich gegenseitig ein wenig aufzubauen. Sie waren bemüht, nicht ins Jammern und Klagen zu verfallen. Auf keinen Fall wollten sie sich hängen und schon gar nicht von Unabänderlichkeiten unterkriegen lassen. Diese Absicht trug jeder der Drei wie eine Monstranz vor sich her, doch leicht fiel es keinem von ihnen.

Alberto machte sich daran, seinen Koffer zu packen.

📖

Die Atmosphäre des nächsten Morgens korrespondierte eins zu eins mit der Tiefe der dunklen Augenringe, die sowohl jede der beiden Schwestern, als auch Alberto vergeblich zu kaschieren versuchten.

Die Rechnungen für die letzten, heute abreisenden Gäste hatte Verena bereits am Abend zuvor fertiggestellt. Das abschließende Gästefrühstück verlief routiniert. Die Gäste bedankten sich herzlich bei den Dreien, bezahlten und verabschiedeten sich, sodass um neun Uhr, bis auf das von Christa Bender und Urs Thöni, alle Zimmer geräumt und - laut Alberto - die „Bude so was von beengend leer" war.

Mit ihrem finalen gemeinsamen Frühstück hatten sie dieses Mal gewartet, bis die Urlauber allesamt abgereist waren. Ein Grund war natürlich, dass sie sich auf diese Weise mehr Zeit dafür nehmen konnten, doch spielte auch eine gewisse Beklemmung eine nicht unwesentliche Rolle, die sich in ihren Habitus sachte eingeschlichen hatte. Sie befürchteten insgeheim, bis zum Eintreffen von Albertos Vater, mit sinnlosen Übersprunghandlungen einander gegenseitig auf die Nerven zu gehen. Beim Essen waren Hände, Augen und Mund in zielgerichteter Bewegung und damit eben einfach beschäftigt. So natürlich und unbefangen sie die letzten Wochen und Monate miteinander umgegangen waren, so hilflos wirkten sie jetzt, wo der Abschied bevorstand. Ihre bemüht belanglose Unterhaltung, die partout nicht mehr die gewohnte Unbekümmertheit und Vertrautheit aufkommen lassen wollte, wurde schließlich durch zwei markerschütternde Hupsignale ausgebremst.

Für einen Augenblick waren alle Drei von einer aufblitzenden Schockstarre erfasst. Obwohl sie genau auf dieses Signal die ganze Zeit gewartet hatten, traf sie diese Situation dann doch irgendwie unvorbereitet. Die Blicke wanderten in einer Mischung aus Panik und Erleichterung hin und her und endlich stand Verena abrupt auf und fiel Alberto, der sich, ihrem Beispiel folgend, ebenfalls erhoben hatte, um den Hals. Anne schloss sich kurzerhand an und so hingen sie aneinander und ließen ihren Tränen freien Lauf. Erst das erneute Hupen von Albertos Vater, der offenbar keinen Wert auf eine persönliche Verabschiedung legte, löste die innige freundschaftliche Umarmung. Alberto wühlte in seiner Hosentasche und beförderte eine Münze mit zwei tiefen Einkerbungen ans Licht. Entschlossen legte er sie in Annes offene Handfläche und klappte sie zu. „Das ist eine italienische Telefonmünze. Sobald ihr Siziliens Boden betretet, ruft mich gleich an! Versprochen?"

Die Schwestern nickten energisch. „Versprochen!"

„Jetzt mache endlich, dass du rauskommst, du Tunichtgut!"

Alberto griff seinen Koffer und ging Richtung Tür. Ohne sich noch einmal umzudrehen rief er „Arrivederci, sorelle!"

„Buon viaggio, fratellino!"

Dass er Anne und Verena beim Abschied „Schwestern" nannte und diese ihn als „kleinen Bruder" bezeichneten, zauberte am Ende doch noch ein strahlendes Lächeln auf die tränennassen Gesichter der Drei. Dann fiel die Tür ins Schloss und die Niedergeschlagenheit vom Himmel herab.

Gegen Mittag erschien völlig unerwartet Jacques. Er wirkte ziemlich betreten und beschwor Anne, noch einmal mit ihm zu sprechen. Zuerst zögerte Anne, dann bat sie ihn aber in den verwaisten Wintergarten und setzte sich mit ihm an einen der Tische. Ihre Wut auf ihren aktuellen Exfreund schien sich gänzlich in Luft aufgelöst zu haben. Sie machte einen ganz und gar gleichmütigen und vernünftigen Eindruck. Jacques' schlechtes Gewissen war fast mit Händen greifbar. Er wirkte nervös und bewegte sich wie ein geprügelter Hund. So zumindest empfand es Verena, die sich nach einer kurzen Begrüßung diskret in ihr Zimmer verzog. Sie machte sich daran, den Rest ihrer Siebensachen im Koffer zu verstauen und aufzuräumen. Alles sollte ordentlich hinterlassen werden, auch wenn sie nicht wusste, für wen eigentlich.

Die Aussprache zwischen Anne und Jacques dauerte ziemlich lange. Als Verena endlich die Türglocke vernahm, stieg sie die Treppe hinauf, um nach Anne zu sehen und sie gegebenenfalls zu trösten. Anne räumte gerade Jacques' Teetasse in den Geschirrspüler. Ihre Gesichtszüge wirkten entspannt und es sah überhaupt nicht danach aus, als benötige sie Zuspruch. Verenas fürsorglichen Blick quittierte sie mit einem knappen Schulterzucken. „Jetzt spiel bloß nicht Mutter Teresa, das vertrage ich gar nicht!"

„Schon gut! Dann sieh zu, dass du deinen Kram zusammenpackst, damit wir morgen abreisen können."

Am Abend kam es dann endlich zu der abschließenden Unterredung mit Kommissar Stocker und seinem „Team Lehmann". Er hatte kaum echte Neuigkeiten zu vermelden. Dass sich Monsieur Suters Spur in Argentinien verlor, wussten die beiden ja schon. Dass er im Verdacht stand ein Knoten im Netz einer, seit Kriegsende international agierenden Seilschaft von Nationalsozialisten zu sein, war ihnen inzwischen ebenfalls bekannt. Um ihn zur Fahndung auszuschreiben, gab es nicht genügend Belastungsmomente. Man konnte ihn lediglich bitten, sich als Zeuge zur Verfügung zu stellen. Die Wahrscheinlichkeit, dass er diesem Ersuchen nachkäme, schätzte die Polizei eher gering ein.

Die Umstände des Todes von Madame Hoover waren nach wie vor ungeklärt, doch schien es von Seiten der Kriminaltechnik und der Pathologie eine Reihe von Anhaltspunkten zu geben, die Zweifel an der Suizidversion aufkommen ließen.

„Wir ermitteln jetzt auch in Richtung Mord. Es sind noch eine Menge Fragen abzuarbeiten. War der Fundort auch der Tatort? Was wollte Helene Hoover in der Umgebung von Buchillon? Fuhr sie selbst? Wenn ja, freiwillig oder gezwungen? Wo hielt sie sich davor auf. Gibt es Personen, die sie gesehen haben? Und so weiter. Für uns fängt die Arbeit erst richtig an und ich fürchte, sie wird auch nicht so schnell zu Ende sein. Zumindest würde mich das in diesem Fall sehr überraschen."

Schicksal und Zukunft der Villa Florentine, so meinte er weiter, seien noch völlig offen. „Unsere Behörde ist dafür nicht zuständig, darüber entscheiden andere." Herr Stocker sagte das in einem ein wenig resignierten klingenden Ton.

„Aus den Bareinnahmen des Hotelbetriebes haben wir unsere noch ausstehenden Gehälter bis zum heutigen Tag exakt herausgerechnet und bereits entnommen. Alberto hat hier schon quittiert. Wir haben eine Abrechnung zusammengestellt. Ich hoffe, Sie sind damit in dieser Form einverstanden." Verena hatte mit der Akribie einer Buchhalterin sämtliche Einnahmen, Ausgaben, Außenstände und Verbindlichkeiten, soweit sie ihr bekannt waren, aufgelistet und dokumentiert.

Die drei Beamten prüften die Liste und hielten sie für akzeptabel. Alle standen sie gleichzeitig auf, um sich zu verabschieden.

Plötzlich, es wirkte als hätte ihn unerwartet eine Eingebung erfasst, wandte sich Beat Stocker den beiden Mädchen zu: „Es hat mich, trotz der schwierigen Umstände gefreut, Ihre Bekanntschaft zu machen. Ich hoffe, Sie können künftig Ihren detektivischen Eifer im Zaum halten."

Nach einem kurzen Augenblick der Verblüffung ging ein Lächeln über sämtliche Gesichter und die Tür fiel ins Schloss.

Beat Stockers Befürchtung sollte sich bewahrheiten. Der ziemlich zeitnah als Mord eingestufte Fall ‚Helene Hoover' sollte die Polizei noch sehr lange beschäftigen.

Das Bewegungsprofil des Opfers konnte einigermaßen lückenlos bis nach Lausanne rekonstruiert werden. Ihr Fahrzeug wurde zuletzt in der Nähe des Wohnhauses eines vermögenden Lausanner Bankiers und Geschäftsmannes namens Bertrand gesehen. Danach verlor sich ihre Spur. Monsieur Bertrand, dessen Name für den Kommissar im Zusammenhang mit seiner Ermittlungsarbeit kein unbekannter war, machte keinerlei Anstalten, ein Zusammentreffen mit Madame Hoover vor seinem Haus zu bestreiten. Ja, ganz erstaunt sei er gewesen, als er die Dame, bei seiner Heimkehr, dort stehen sah. Über diverse gesellschaftliche Verbindungen sei ihm Madame Hoover, wie auch Monsieur Suter, mit dem sie, wie er wusste, gemeinsam ein kleines Hotel in Montreux betrieb, seit Jahren bekannt, wenn auch nicht besonders vertraut. Man hatte sich hier und da mal getroffen, verkehrte in konvergenten Kreisen und hatte gelegentlich auch geschäftlich miteinander zu tun. Wie die Eigentumsverhältnisse zwischen den beiden geregelt waren, war ihm nicht bekannt. Schließlich hätte es für ihn nie einen Anlass gegeben, sich mit dieser Frage auseinanderzusetzen.

Die Unterhaltung an besagtem Tage vor seinem Anwesen, sei indessen recht kurz gewesen. Sie hätte einen verstörten Eindruck auf ihn gemacht und sich nach ihrem Kompagnon, Monsieur Suter, erkundigt, von dem sie offenbar glaubte, er hätte eine Verabredung mit ihm gehabt. Dies sei nicht der Fall gewesen, so habe er sie wahrheitsgemäß informiert, und da er auch über dessen gegenwärtigen Aufenthalt nichts Erhellendes beitragen konnte, hätte sie sich rasch und ohne weitere Erklärungen wieder verabschiedet.

Robert Bertrand, ein Name, der fest mit Kommissar Stockers beruflichen Aktivitäten der letzten Jahre verknüpft war, tauchte in verlässlicher Regelmäßigkeit, im Zusammenhang mit nationalsozialistischen Netzwerken und militanten Gruppen im Nahen Osten auf und beides, so schien es, gehörte wie Pest und Cholera zusammen. Immer wieder stießen sie auf Schnittstellen und trotzdem war es bisher nicht gelungen, hieb- und stichfeste Beweise für illegale Transfers oder kriminelle Handlungen jedweder Art zu manifestieren. Telefone wurden abgehört, nicht zuletzt die des Monsieur Bertrand, Überwachungen durchgeführt und eifrig ermittelt. Doch es war wie verhext, alles lief ins Leere. Er, Beat Stocker, war inzwischen felsenfest davon überzeugt, dass es mindestens eine undichte Stelle beim Staatsschutz geben musste, anders waren die Pleiten der letzten Jahre nicht mehr zu erklären. Denn genauso felsenfest war er davon überzeugt, dass Robert Bertrand aktuell eine bedeutende Rolle, wenn nicht gar eine Schlüsselrolle, bei der Finanzierung und Lieferung von illegalen Waffen an militante und kriminelle Palästinensergruppierungen spielte.

Ebenso unglaublich blieb für den Kommissar die Tatsache, dass es seit Kriegsende nie gelungen war, ihm zumindest eine Verstrickung zu Schleusernetzwerken nachzuweisen, die gesuchten Kriegsverbrechern zu einem sicheren Transfer nach Südamerika verhalfen. An dieser sogenannten Rattenlinie waren lange Jahre Bündnisse von Gesinnungsgenossen in Deutschland, der Schweiz, Österreich und Italien beteiligt. Zu deren Unterstützung agierten gewisse Cliquen, unter anderem innerhalb des Roten Kreuzes oder des Vatikans, die für entsprechende Dokumente und damit für neue Identitäten der Flüchtigen sorgten. Sogar in Regierungskreisen der Bundesrepublik Deutschland, wie auch der Transitländer, gab es immer wieder Sympathisanten, die derartige Umtriebe zumindest deckten oder dazu beitrugen, dass diese Organisationen Zugriff auf verwaiste Kapitaldepots oder Konten von Naziverbrechern und deren Opfern erhielten. Einem solchen Kontext war wohl auch der Vater von Alberto Bertoni zuzuordnen, doch ließ sich auch in diesem Fall kein Nachweis erbringen.

Diese Zusammenhänge konnte, wollte und durfte er den drei Hotelangestellten nicht im Detail vermitteln. Zum einen basierte Vieles eben einfach auf nicht beweisbaren Verdachtsmomenten, zum anderen, machten sie auf ihn auch so schon einen weitgehend verunsicherten und aufgewühlten Eindruck. Mehr

Transparenz hätte in diesem Fall außerdem Niemanden einem Resultat in Bezug auf die anstehende Ermittlungsarbeit nähergebracht und so ließ er es damit bewenden.

Eine mehr oder weniger positive Nachricht hatte ihn vor wenigen Stunden erreicht. Der ominöse heimliche Bewohner des Hotel Florentine, ein deutschstämmiger Argentinier, wurde zufällig bei einer Verkehrskontrolle infolge eines kurz zuvor stattgefundenen Tankstellenüberfalls in Tirol, mit mehreren Millionen Schweizer Franken im Gepäck aufgespürt. Er hatte einfach Pech gehabt in eine Fahndungsaktion zu geraten, die mit ihm nicht das Geringste zu tun hatte. Die immerhin hypothetische Aussicht über diesen Zufallserfolg eventuell in den eigenen Ermittlungen weiterzukommen, war nach Ansicht von Beat Stocker zunächst einmal positiv zu bewerteten. Schließlich hatten sie zuvor befürchtet, dass er der Mann gewesen wäre, der Monsieur Suter auf seinem Flug nach Argentinien begleitet hatte.

Der Kommissar bemühte sich einen Hauch von Optimismus in seine Gedanken zu implantieren, doch richtig glücken wollte es ihm nicht, denn aus Erfahrung gewann eine andere Befürchtung die Oberhand. Er hielt es für einigermaßen wahrscheinlich, dass es einer Armada von Anwälten bald gelingen würde, einen juristisch haltbaren Nachweis der Herkunft und Rechtmäßigkeit des Geldes zu konstruieren. Er war schon zu lange im Geschäft!

Als einigermaßen blamabel empfand er den Umstand, dass seinem Team die Identifizierung des Ar-
gentiniers zuvor nicht gelungen war und dieser quasi
vor ihren Augen und auch von ihm unbemerkt mit
all dem Geld das Weite gesucht hatte. Nun war es an
den italienischen Kollegen, die Identität des Reisenden, die Herkunft des Geldes und die Legalität der
Ausfuhr zu klären. Trotz aller Empirie, die Hoffnung
stirbt zuletzt!

Auch in diesem Fall zeigte sich der Volksmund
mehr oder weniger verlässlich: Die Hoffnung starb
tatsächlich sehr spät, aber schließlich mussten er und
seine Kollegen sie doch irgendwann zu Grabe tragen.

Epilog

„Damit endete unsere ereignis- und lehrreiche Zeit in dieser herrlichen kleinen Stadt und damit auch meine Geschichte." Verena wandte ihr Gesicht erwartungsvoll ihrem Ehemann zu, der dies richtigerweise als Aufforderung betrachtete und ihr einen Kuss auf den Mund drückte.

Während Verena und Peter Hand in Hand und ein wenig ratlos die Uferpromenade entlang flanierten, reflektierte der See das grelle Sonnenlicht, das inzwischen sämtliche Wolken restlos verschluckt und die Luft wohltuend erwärmt hatte.

Dass der Mord an Helene Hoover nie aufgeklärt wurde, hatte sie erst viel später im Kontext eines Telefongesprächs zwischen Anne und Jacques erfahren. Ob und wie die Zusammenhänge mit der „Rattenlinie" und der Terrorverflechtungen damals gelöst werden konnten, erfuhr sie hingegen nie.

Robert Bertrand in Lausanne blieb bis zu seinem Tod in den 1990er Jahren ein bekennender Nationalsozialist und führte ein ungestörtes Leben als angesehener Bürger seiner Stadt. Seine Verbindungen in Kreise des internationalen Terrorismus machten ihn zu einer nützlichen Kontaktperson unterschiedlicher Geheimdienste. Diese Informationen waren inzwischen sogar im Internet zugänglich.

Anne und Verena hatten nach dem letzten Gespräch mit den drei Schweizer Bundespolizeibeamten, die Heimreise angetreten. Kurz darauf konnten sie ihre geplante Reise nach Bangkok verwirklichen, wo sie beide ein halbes Jahr im Haushalt einer thailändischen Familie lebten und nebenher ein wenig jobbten. Aber das ist eine andere Geschichte.

Unmittelbar nach ihrer Rückkehr aus Thailand hatte für Anne und Verena der Ernst des Lebens begonnen, mit Studium und dem Versuch, der eigenen Existenz eine neue, möglichst sinnreiche Orientierung zu geben.

„Du siehst", meinte Verena mit einem zufriedenen Blick auf Peter während sie sich auf eine Bank an der herrlichen Seepromenade plumpsen ließ, „es gibt noch einiges zu erzählen. Aber dafür haben wir ja noch Zeit genug – hoffentlich."

Verenas Miene verfinsterte sich und ihr Blick verlor sich irgendwo am Horizont im Nirgendwo. „Ich wünschte, ich könnte behaupten, wir Menschen seien in der Zwischenzeit klüger geworden oder hätten wenigstens aus den Erfahrungen der Vergangenheit gelernt. Stattdessen habe ich den Eindruck, dass es unter uns immer noch viel zu Viele gibt, die dazu nicht in der Lage sind."

Peter legte seinen Kopf in den Nacken, als prüfe er die Wetterlage am Himmel. „Ich fürchte, die Hoffnung auf allumfassende Einsicht und Vernunft kannst du aufgeben. Auch Rattenfänger wird es immer geben, die ohne Rücksicht auf Verluste, nichts Anderes als ihre eigenen dunklen Ziele verfolgen.

Leider wird es aber auch Diejenigen geben, die ihnen blindlings folgen und sich, oft ohne es wirklich zu durchschauen, instrumentalisieren lassen."

„Ich begreife einfach nicht, dass es überall auf der Welt immer noch Leute gibt, die sich die Geschichte so zurechtbiegen, wie es ihnen passt oder wie es gerade ihren egoistischen Zwecken dient. Diese Kaltschnäuzigkeit und die Menschenverachtung sind schlicht unerträglich! Mir will das einfach nicht in den Kopf! Was lief schief in den Jahrzehnten nach dem Zweiten Weltkrieg?"

„Die Fragen bleiben, Antworten lassen auf sich warten. Eine der wenigen Konstanten im Leben." Peter war fest entschlossen, wenigstens für den Rest des Tages einem optimistischen Lebensgefühl Raum zu geben. Er legte seinen Arm um Verenas Schulter, zog sie ein Stück näher an sich heran und folgte ihrem Blick in die Weite des Horizonts.

Das Wasser des Genfersees spiegelte das Sonnenlicht wie kleine Diamantensplitter und funkelte in einem atemberaubenden Blautürkis, als wolle es alle trüben Gedanken ein für alle Mal in seinen morastigen Untiefen versenken.

Nachtrag

In einem beschaulichen kleinen Hotel in der Schweizer Kleinstadt Montreux verbringen drei junge Menschen einen Sommer. Das ist der eine historische Kern aus dem Jahr 1979, der sich so zugetragen hat.

Der andere historische Kern betrifft eine der vielen unglaublichen, aber leider wahren Aspekte des Kalten Krieges nach dem Ende des Zweiten Weltkrieges.

Auch wenn die Schauplätze tatsächlich existieren und die historischen Hintergründe des Romans real sind, stehen sie doch in keinem Zusammenhang mit den Inhalten dieser erdachten Geschichte. Abgesehen von authentischen zeitgeschichtlichen Sachverhalten und Menschen, beruht die Erzählung auf purer Fantasie.

Sollten die Protagonisten dieses Romans Ähnlichkeiten mit realen lebenden oder toten Personen aufweisen, so ist dies purer Zufall und von mir unbeabsichtigt.

Um den historischen Kontext nachvollziehen und einordnen zu können, sind einige Erläuterungen angebracht:

Als „*Rattenlinie*" bezeichneten US-amerikanische Geheimdienst- und Militärkreise diverse erfolgreiche Fluchtrouten deutscher und österreichischer Nationalsozialisten nach dem Zusammenbruch des Dritten Reiches. Da auch hochrangige Vertreter der katholischen Kirche zu deren Unterstützern zählten, wurden sie gelegentlich auch als „*Klosterrouten*" bezeichnet. Über diese Routen, die häufig über Italien und Spanien aber auch über Österreich und die Schweiz u. a. nach Südamerika führten, entzog eine unbekannte Zahl mehr oder minder schwer belasteter NS-Verbrecher und Kollaborateure in verschiedenen europäischen Ländern sich einer strafrechtlichen Verfolgung.

Eine maßgebliche Rolle spielte zum Beispiel der kroatische Franziskaner-Priester *Krunoslav Draganović (1903-1983)*, der bereits 1943 mit der Vorbereitung der Fluchtwege begonnen und sie gemeinsam mit dem in Rom tätigen österreichischen Bischof *Alois Hudal (1885-1963)* organisiert hatte.

Ein Zentrum der faschistischen Bewegung innerhalb der Schweiz, lag bereits vor dem Beginn des Zweiten Weltkrieges in Lausanne. François Genoud (1915-1996), von dem Journalisten Willi Winkler (*1957) von der Süddeutschen Zeitung als „freischaffender Nazi" charakterisiert, hielt von seiner Heimatstadt aus, die Fäden verschiedener Netzwerke in der Hand, wobei er selbst weitgehend im Hintergrund agierte und bis zu seinem Tod völlig unbehelligt blieb.

Seit Genoud 1932 in einem Godesberger Hotel mit Adolf Hitler zusammengetroffen war, propagierte er nationalsozialistisches und antisemitisches Gedankengut und verdiente über Jahrzehnte sehr gut damit. Er sicherte sich nach dem Krieg unter anderem die Urheberrechte für die Werke von Martin Bormann und Joseph Goebbels und unterstützte sowohl Naziverbrecher wie Adolf Eichmann (1906–1972), als auch palästinensische Terroristen, wie Wadi Haddad (1927–1978) und seinen Mitstreiter Ilich Ramirez Sanchez genannt Carlos (*1949)[1]. Als Informant des Schweizer und des ägyptischen Geheimdienstes, bewegte er sich ungehindert und mühelos im Geflecht der Nachrichtendienste des Kalten Krieges.

Zu François Genouds Weggenossen zählten ähnlich zwielichtige Erscheinungen, wie der frühere SS-Untersturmführer Paul Dickopf (1910-1973), der 1965 zum Präsidenten des Bundeskriminalamtes[2] und nach seiner Pensionierung zum Chef von Interpol avancierte. Genoud hatte für ihn die arabischen Stimmen organisiert, denn über seinen Freund Wadi Haddad unterhielt er enge Kontakte zu radikalen Palästinenser-Organisationen. Beraten vom einstigen Reichsbankpräsidenten Hjalmar Schacht (1877–1970) und gemeinsam mit einem syrischen Gesinnungsgenossen, gründete er 1957/58 außerdem die *Banque Commerciale Arabe*.

---

[1] Möchte heute Brian genannt werden.
[2] Trotz seiner Vorgeschichte und der anhaltenden Kritik an seiner Amtsführung, nannte ihn der damalige Innenminister Hans-Dietrich Genscher in seiner Rede zur Verabschiedung im Jahr 1971 „ein Vorbild für die gesamte deutsche Polizei"

- *Willi Winkler: Der Schattenmann. Von Goebbels zu Carlos: Das mysteriöse Leben des François Genoud, Rowohlt Berlin 2011.*
- *Uki Goñi: Odessa. Die wahre Geschichte. Fluchthilfe für NS-Kriegsverbrecher, deutsche Ausgabe Berlin/Hamburg 2006.*
- *Karl Laske: Ein Leben zwischen Hitler und Carlos: François Genoud. Limmat Verlag Zürich*

Danke

Keine Publikation entsteht im luftleeren Raum. Wie die meisten Autorinnen und Autoren brauche auch ich gelegentlich Ermutigung und Unterstützung in vielerlei Hinsicht. Unentbehrlich für die Arbeit ist in jedem Fall der emotionale und intellektuelle Beistand aus ganz unterschiedlichen Richtungen, wie auch der lebhafte Disput und die konstruktive Kritik.

In diesem Kontext müssen meine beiden Schwestern, Martina Schwald und Ulrike Siegrist genannt und mit Dank geradezu überhäuft werden. Sie investierten Unmengen ihrer kostbaren Zeit, um sich gründlich und wiederholt mit meinem Manuskript auseinanderzusetzen, mit mir zu diskutieren und mir immer wieder Mut machten. Ihre Rückfragen, Hinweise, Korrekturen und Vorschläge waren für mich von fundamentaler Bedeutung und außerordentlich wertvoll.

Bedanken möchte ich mich auch bei Alexander Siegrist, der mir, aus seinem umfangreichen Fotoarchiv, eine Auswahl seiner Aufnahmen für die Umschlaggestaltung zur Verfügung stellte.

Last but not least gebührt meinem Ehemann, Siegfried Englert, ein besonderer Dank dafür, dass er mir die Flinte, die ich gelegentlich ins Korn werfe, immer wieder hinterherträgt und sich unerschrocken, in die ihm aufgenötigte Rolle als akribisch-sachlicher Kritiker ergibt.

Ohne eine geneigte Leserschaft liefe allerdings nicht nur die kritische Begleitung, sondern die gesamte Veröffentlichung meines Romas ins Leere. Daher auch Ihnen, geschätzte Leserinnen und Leser, ein herzliches Dankeschön für Ihr Interesse.

Barbara Schmitt-Englert

Zeitfracht Medien GmbH
Ferdinand-Jühlke-Straße 7
99095 Erfurt, Deutschland
produktsicherheit@kolibri360.de